本著作受到北京高校高精尖学科
外国语言文学学科的资助

芈岚 著

# 越界性主体

## 奥克塔维亚·巴特勒的性别身份政治研究

# TRANS-SUBJECTIVITY

## GENDER IDENTITY POLITICS OF OCTAVIA BUTLER

人民东方出版传媒
東方出版社

**图书在版编目（CIP）数据**

越界性主体：奥克塔维亚·巴特勒的性别身份政治研究 / 芈岚 著 . — 北京：东方出版社，2021.1
ISBN 978-7-5207-2038-0

Ⅰ. ①越… Ⅱ . ①芈… Ⅲ . ①幻想小说—小说研究—美国—现代 Ⅳ . ① I712.074

中国版本图书馆 CIP 数据核字（2020）第 261374 号

**越界性主体：奥克塔维亚·巴特勒的性别身份政治研究**
（YUEJIEXING ZHUTI:OCTAVIA BUTLER DE XINGBIE SHENFEN ZHENGZHI YANJIU）

**作　　者**：芈　岚
**策　　划**：张永俊
**责任编辑**：张永俊
**责任审校**：谷铁波
**出　　版**：东方出版社
**发　　行**：人民东方出版传媒有限公司
**地　　址**：北京市西城区北三环中路 6 号
**邮　　编**：100120
**印　　刷**：北京文昌阁彩色印刷有限公司
**版　　次**：2021 年 1 月第 1 版
**印　　次**：2021 年 1 月第 1 次印刷
**开　　本**：880 毫米 ×1230 毫米　1/32
**印　　张**：10.125
**字　　数**：197 千字
**书　　号**：ISBN 978-7-5207-2038-0
**定　　价**：58.00 元
**发行电话**：（010）85924663　85924644　85924641

# 目　录

# 序言

黑人女性作家奥克塔维亚·艾斯特尔·巴特勒（Octavia Estelle Butler）堪称美国当代科幻文学界的殿堂级人物之一，其作品多次荣获雨果奖、星云奖，她本人还于2010年荣获国际笔会颁发的文学写作终身成就奖。其代表作有包括《模式之王》（*Patternmaster*，1976）、《我意识中的意识》（*Mind of My Mind*，1977）、《生还者》（*Survivor*，1978）、《野种》（*Wildseed*，1980）在内的“模式主义者”系列（*Patternist series*）长篇小说和“异种移植”（*Xenogenesis trilogy*）三部曲。

巴特勒作品的核心内容是对人类主体的身份、身体等内容的模糊却又细致的建构及重构。身体是理解巴特勒作品中身份的形成和固化过程的关键所在。身体，尤其是人类身体是由什么构成的、身体的意义何在等一系列复杂问题及称谓在很长一段时间里都是令人困惑不解的，对此巴特勒展开了颇有说服力、颇具特色和深度的研究。完全可以说，对上述问题的探究是巴特勒早期作品所共有的最显著特征。

承认身体相关问题的存在，就意味着意识到了对身体进行身份建构这一过程的多重多维复杂性，尽管这一意识似乎没有什么实际功效。在巴特勒众多叙事线索错综复杂、奇思妙想恢宏叠加的作品中，围绕上述主题的探讨总是通过各种繁妙的表现手法被置于长篇小说和短篇小说的核心位置之上，其暗含之意便是要弄清楚，人们应该如何面对建构了自己身体的诸种差异。人类的社会体系架构就是通过将强权专制性的标记符号分派给模糊不清的指代体的方式来管制操控具象化标定了社会本身存在的众多身体。若单是从词性来解读，种族、性、性别都是称谓名词，但是若作为人类社会中附着在身体上的身份架构形成的一个组成成分或某种一元结构，上述词语就成了某种神秘的属类化过程的结果。巴特勒的小说给人们提供了想象并最终理解身体及其附属的诸多身份的独特路径：她的作品能够促使人们从超越身体这一称谓的传统域界范围的视角来对之进行全面的重新审视。按照巴特勒的观点，身体远远不是骨骼和肌肉组成的简单的物理存在，而是用来表呈差异的无边界实体。

巴特勒的作品一直被评论家们用来质疑并挑战用专制性的标记、符号来界定身体身份这一做法的内在机制和实际含义。通过对巴特勒描画的社会架构和人物主体（要比那些纯粹抽象、臆想的呈现更具历史性和推理性）进行分析就可以清楚地看到，种族、性和性别这些概念并不是用来规制社会差异的存在状态的，而是具有极大颠覆性和破坏力的。事实上，身体并不受时间和空间的约束。身体可以被探究被想象，却从未被明确予以界定，这一悖论便是有关身体本质特性的精准描述。巴特勒的科幻作品从相当程度上体现了这一悖论。

时至今日，科幻文学领域的评论家们对于巴特勒的作品是否应该被划归为传统意义上的科幻文学依旧争论不休。虽然巴特勒的作品多次荣获科幻文学的最高奖项（雨果奖和星云奖）并被广泛收录，但是以学术文章或专著等形式呈现的对其作品的相关研究直到本世纪初才逐渐成型（Haraway，Luckhurst，Melzer，Vint）。而上世纪 80、90 年代出现的关于巴特勒长篇及短篇小说的研究都是忽视了其作品蕴含的巨大批判特性的短论和书评。也就是说，在很长一段时间里，巴特勒的作品都没有被置于合适的语境之中进行学术批评和研究，这种情况一直持续到巴特勒于 2006 年 2 月去世。如果从巴特勒对科幻文学以及非裔美国文学所作出的巨大贡献来考察，可以说直到目前为止都没有形成对其作品的内容和价值作出全面、深入探析的成规模、高质量的二次文献。本书的创作初衷就是要尽可能全面地对巴特勒的代表性作品进行多维度分析。

虽然巴特勒的作品被广泛地收录在许多科幻文学以及非裔美国文学的名录之中，但在很多人心目当中仍被视作某种“暗物质”或者“无法被观测到却因重力作用而被感知的不发光物质”（Sheree Thomas，Introduction X）的存在。那些对科幻小说不感兴趣的读者或许永远都不会接触到巴特勒的作品。然而事实上，巴特勒的作品跨越了若干文学子类的边界，绝非简单意义上的科幻小说。帕特里卡·梅尔泽尔（Patricia Melzer）在《外形生物的建构：科幻小说和女性主义思想》（*Alien Construction: Science Fiction and Feminist Thought*）中指出："若只是将其作品认作科幻小说，则将极大地限制对巴特勒作品所蕴含的黑人女性的想象力以及文化生产力的理解和认知。"（37）梅尔泽尔对巴特勒作品进行研究的一个主要内容就是"通过追踪其在巴特勒作品中的主题呈现模式来明晰女性主义的相关理念"（37）。基于此，本书则是意图通过探究身份是如何在身体上进行镌刻来呈现女性主义、性别研究视角之外，从种族、阶级和权力等视角对巴特勒作品进行更为广泛、深入的解读。

种族问题是巴特勒的作品重点关注的内容，而正是巴特勒对种族问题的独特表现方式才使得其作品得以跨越科幻文学的类型边界。科奈尔 · 韦斯特在《种族的重要性》中表示，关于种族的基础性观念就会认为黑人就是"问题人群"（5）。很不幸的是，韦斯特的这种杜波依斯所指在现实生活中被证明是事实。塞缪尔 · 德拉尼（Samuel Delany）在其文章《种族主义和科幻小说》（"Racism and Science Fiction"）中提出，无论是在科幻小说的写作方面，还是在科幻文化领域，种族主义都无处不在（Thomas，383）。巴特勒的作品旗帜鲜明地反对"问题人群"的说法，并指出之所以会出现这种谬称，其根源就在于将种族这种社会性建构当作凸显差异的变量。“巴特勒的作品明确拒斥用性、种族和/或性别身份来固化标定主体位置的做法。”（Melzer，42）在《同黑暗的较量：白人主义与文学想象》（*Playing in the Dark: Whiteness and Literary Imagination*，1992）中，托尼·莫里森（Tony Morrison）的论述有助于理解巴特勒对种族主义的剖析在美国科幻文学乃至整个文学领域里有着何种地位。

> 一旦种族主义的议题出现在美国文学领域之中并引起广泛关注，那么随之而来的评论批判则通常会是齐声呼唤神秘的人性方案——或者是被冠以“政治”之名的缄口不言、不置可否。毕竟意识形态层面的政治实践早已被证实是要付出巨大代价的牺牲。在我看来，这种人为的抹除就是某种需要时不时地用并非必需的手术来治疗的间歇性抑郁症。那些秉持文学不单是要具有“普遍性”，还应该“没有种族歧视”的文学评论观念很有可能会让文学作品变得漠然迟钝，减损了文学作品的内涵价值以及创作者的艺术贡献。（12）

诚然，种族议题并不是巴特勒作品的全部，但是对于种族和其他标识差异的变量的描写呈现是巴勒特能够在整个科幻文学领域取得令人瞩目的地位及成就的重要原因之一。可以这样说，如果只将种族问题当作可有可无的组成成分来析读巴特勒的作品，那么是无法领略其中最有价值的真正内涵的。巴特勒的作品之所以独具特色、极具辨识度，就是因为其对种族、性和模糊特性的探究及表呈是不加遮掩、清晰可见的。“她的小说就是女性主义理论、反殖民文本、科幻小说以及黑人女性书写的集合体，是梅伊 · 格温德林 ·汉德尔森（Mae Gwendolyn Henderson）所说的‘文本共时性’的关联体现。”（Melzer，38）正因为这种共时性特质，阅读巴特勒的作品要比对之进行分析和归类简单易行许多。

## 巴特勒在科幻文学领域中的定位

到目前为止，科幻文学领域仍旧是一个在很大程度上依据其贡献来标定作者地位的文学子类。可以说，巴特勒是在预设接受或怀疑批判一整套传承下来的固有的价值观念和分划体系的基础之上延展并变革关于身体的相关认知理念的。这一动态的类型结构，加上她对身体相关问题的特别关注才使得巴特勒能够以如此具有挑战传统的方式来探究人类的起源和天启末日式的衰败。巴特勒作品中丰富的洞见、并置和揭示在相当程度上得益于科幻文学门类的灵活可变之特性，尤其是科幻文学的读者们愿意接受并思考那些会被其他门类视作无稽无理的天方夜谭的思想观念。关于科幻文学这一门类及其读者的要求，评论家布莱恩 ·阿德利斯（Brian Aldiss）如此表示：

> 科幻文学作品及其读者都需要找寻一个秘密，一个身份，一种关系，还有前往其他星球或未来世界的探索旅行者。工业化进程极大地助力了科学技术的发展，尤其是地质学和天文学。关于自然世界原动力（一度被神学教义认定为固定的一成不变的状态）的全新解释被有机融入了达尔文的进化论，该理论是19世纪最伟大的成就之一，至今仍然影响着人类对自然万物的认知……上述的全新认知，是能够帮助人类解决最令人困惑、最具影响效能的身份问题的关键——人类的身份。(17)

解密被镌刻在身体之上的身份向来是科幻文学的核心要旨。随着工业化催生出机械化奴隶，对人类本性问题的探讨变得同奴隶制时期一样紧迫、重要。巴特勒对科幻文学的一个重要发挥和贡献就是，她从或许并非基于“历史史实”和真实事件，但绝对能够以更为清晰明确的方式，来审视所谓现实的某些方面的叙事方式，并以此不断地提醒其读者，要用结合着历史沿革过程中对身份相关问题探究的角度来看待并呈现未来。也就是说，科幻文学的奇思妙想向来被视为现实片段的充满想象力的镜像化呈现。虽然巴特勒的作品横跨诸多文学子类，但是从科幻文学特性的角度来衡量，其作品依旧符合上述论断。

科幻文学在大众认知中是一个颇具特色的文学子类，尤其是其呈现的主题。自捷克剧作家卡雷尔·恰佩克（Karel Capek）于

1921 年创作了 R.U.R[①]（《罗素姆的万能机器人》）以来，被操控、奴役就一直是科幻文学需要表现的一个重要方面。恰佩克在剧本中描写了一位名叫罗素姆的哲学家研制出一种机器人，被资本家批量生产出来充当劳动力。这些机器人外貌与人类相差无几，并可以自行思考，然而一场机器人灭绝人类的叛变计划正在进行。最终，这些机器人集体反叛，毁灭了创造并奴役它们的人类并接管了地球。恰佩克被认为是“机器人”一词，或者是“男性机器化奴隶”这一词语的创造者。也正是因为恰佩克的剧作才使非裔美国人的身体被置于几乎所有关于机器人或者外星生物的文本的核心位置。奴隶制被认作一个关键的标记美国历史的常量，而用来标识那个特殊历史阶段社会进程的正是非裔美国人的身体。可以说自 1921 年恰佩克的剧作问世以来，科幻文学作品就一直是通过奴隶主和奴隶或者人类与“他者”的文本来对身体的相关问题进行直接呈现。从这个角度而言，科幻文学无疑是对他者的主体建构进行探讨的主要文学表现形式。唐纳 · 哈拉维（Donna Haraway）对科技同被边缘化身体的探究与恰佩克和巴特勒在各自作品中的观点有许多共同之处：恰佩克在剧作中构建了血肉之躯的机器人，巴特

① R.U.R 是 Rossum's Universal Robots 的缩写，意为罗素姆的万能机器人。1921 年，捷克剧作家卡雷尔 · 恰佩克发表了新剧作《罗素姆的万能机器人》，剧名中的“Robota”一词被用来形容一种经过生物零部件组装而成的生化人——为人类服务的奴隶。这个词后来演化成了 Robot，成为人造人、机器人的代名词。该剧于 1921 年在布拉格演出，轰动了欧洲。卡雷尔 · 恰佩克作品中创造了“robot”（机器人）一词。这个词源于捷克语的“robota”，意思是“苦力”。之后该词被欧洲各国语言吸收而成为世界性的名词。

勒创作了众多非裔美国奴隶的主体形象，而哈拉维则完成了对赛博格（人机混合体）的理论建构。哈拉维最具影响力的作品《赛博格宣言》（*A Cyborg Manifesto*）便是"从西方的后现代主义理念体系以及由科技和制度决定的后人类主义语境来探究女性主义赛博格化主体的相关问题"（Melzer，26）。

> 大多数有关巴特勒作品的研究都受到了哈拉维在女性主义科幻文学和《赛博格宣言》里提出的女性主义社会理论之间构建的关联，以及哈拉维在《赛博格宣言》最后一个章节"灵长类视角"中对"异种移植"三部曲所作分析的启发。（41）

构建一个充满着"陌生"甚或是"不为人知"的身体的未知疆域或边界一直以来都是传统科幻文学不变的主要范式。关于这些令人恐惧的未知领域的小说里充斥着来自人们想象力中最深、最阴暗角落的生物。与此同时，人们再熟悉不过的以巴克·罗杰斯（Buck Rogers）和泰山（Tarzan）为典型代表的来自西方社会的英雄们挺身而出，将所有那些负隅顽抗的异己铲除干净。当代科幻文学领域中也不乏延循上述传统写作模式的作品，比如约翰·布鲁纳（John Brunner）的《博学家》（*Polymath*，1963）中的艾斯，《完整的人》（*The Whole Man*，1964）中的巴兰坦，《漫长的结果》（*Long Result*，1965）中的法布尔，哈伦·艾里森（Harlan Ellison）的《危险的幻象》（*Dangerous Visions*，1967）中的道布尔迪，以及菲利克斯·苏尔坦（Felix Sultan）的作品。这些作家的作品都为像巴特勒之类的作家们对传统科幻文学描写范式的过往和未来的改写、复兴以及重新构建提供了广阔的空间。巴特勒就曾在参加琼·福莱（Joan Fry）的专访时明确表示，正是弗兰克·赫伯特（Frank Herbert）、约翰·布鲁纳这样优秀作家的工匠精神和丰富的作品才让她能够充分掌握科幻文学的本质和精髓（Fry，58）。

迫于生计，巴特勒从10岁就开始写作。尽管被诊断患有诵读困难症，但到了12岁的时候巴特勒已经成了一名科幻小说的“铁粉”，阅读了大量的作品。在观看了一部名为《火星女魔》（1954）的科幻电影之后，巴特勒下决心开始自己写作科幻小说，并且不刻意规避种族和性别等敏感话题。巴特勒先后就读于帕萨迪纳城市学院、加利福尼亚州立大学、加州大学洛杉矶分校，并参加了“美国西部银幕编剧协会门户开放项目”（1969—1970）（Open Door Program of Screen Writers’ Guild of America，West），1970年还加入了“克莱瑞恩科幻文学作家工作室”（Clarion Science Fiction Writers Workshop）。在自己的第一部短篇小说《转型》（*Crossover*）被克莱瑞恩（Clarion）1971年的选集所收录以后，巴特勒开始了自己第一部长篇小说《模式之王》（1976）的创作。

同其他大多数科幻文学/幻想文学作家一样，巴特勒作为一名科幻小说作家的职业生涯轨迹也沿袭着该领域的三位奠基人物约翰·坎贝尔[①]（John W. Campbell）、罗伯特·海因莱因[②]（Robert Anson Heinlein）和艾萨克·阿西莫夫[③]（Issac Asimov）创立的基本写作范式。20世纪30年代，约翰·坎贝尔还只是一个刚刚放弃了成为一名科学家梦想的机械工程专业研究生。在成了《模拟》杂志的编辑之后，科幻文学创作占据了坎贝尔本该用来读书做实验的时间，而这本杂志也于1937年更名为《惊险科幻小说》（*Astounding Stories*）。彼时的坎贝尔以“唐·A.斯图尔特”为笔名，发表了小说《有谁去那里》（*Who Goes There*，1938），讲述了一个居住在北极的有暴力倾向的变形人的故事，后来此类故事也成了科幻文学中长盛不衰的主题之一。效仿之前的科学家们的经历，巴特勒将自己作为黑人女性作家的特质加以充分发挥，巧妙地把由白人男性科幻作家制定的科幻文学写作传统与当代非裔美国文学写作范式融合起来，对过去和现实进行极具辨识度的呈现。

---

① 约翰·坎贝尔（John W. Campbell，1910—1971），被人称为美国科幻小说“黄金时代”的开山祖师，一生主要工作是主编《惊险科幻小说》杂志，培养了一大批科幻小说家，对科幻小说的发展作出了很大的贡献。

② 罗伯特·海因莱因（Robert Anson Heinlein，1907—1988），被誉为“美国现代科幻小说之父”“美国科幻空前绝后的优秀作家”“美国科幻黄金时代四大才子之一”。海因莱因是美国著名科幻小说家，硬科幻小说大师，其代表作有《星船伞兵》《星际迷航》《严厉的月亮》《双星》《银河系公民》《银河行商》等。

③ 艾萨克·阿西莫夫（Isaac Asimov，1920—1992），美国科幻小说作家、科普作家、文学评论家，美国科幻小说黄金时代的代表人物之一。阿西莫夫一生著述近500种，题材涉及自然科学、社会科学和文学艺术等许多领域，与罗伯特·海因莱因、亚瑟·克拉克并列为科幻小说的三巨头。同时也是著名的门萨学会会员，并且后来担任副会长。其作品中《基地系列》《银河帝国三部曲》《机器人系列》三大系列被誉为“科幻圣经”。曾获代表科幻界最高荣誉的雨果奖和星云终身成就大师奖。小行星5020、《阿西莫夫科幻小说》杂志和两项阿西莫夫奖都是以他的名字命名。他提出的“机器人学三定律”被称为“现代机器人学的基石”。

罗杰·拉科赫尔斯特（Roger Luckhurst）在其著作《科幻小说：文学的文化历史》（*Science Fiction: Cultural History of Literature*）中将巴特勒看作20世纪80年代最有影响力的作家：

> 20世纪80年代，对虚拟或赛博网络空间的描写之风盛行，相关的文学作品不但突出强调人与机器的相互渗透、人机共生，也十分注意呈现自我同身体的脱离。这是自由的象征，电脑科技的发展能够让人们不受物理存在状态限制充分表达自我的多面性，而且这些方面大都是尚未被发现的。（213）

拉科赫尔斯特的这段论述恰到好处地概括出了巴特勒“模式主义者”系列作品中反复出现的相关主题，该系列小说的主要人物是《野种》（1980）中没有固定生存形态的变形之王多罗以及在《我意识中的意识》（1977）中出现过的他的子孙后代。拉科赫尔斯特认为，身体以及“身体恐惧”是解读巴特勒创作于20世纪80年代的小说的关键词，巴特勒在其作品中对身体及其杂糅特性的探讨具有不可忽视的重要性，并对诸如赛博朋克小说这样的其他科幻文学子类产生了深远的影响：

> 在很长一段时间里，奥克塔维亚·巴特勒都被看成是对“男性主导的”赛博朋克小说最具颠覆性和代表性的女性主义挑战，是唐纳·哈拉维《赛博格宣言》里最具辨识度的“有色人

> 种女性”和具有后殖民主义杂糅特性的赛博格主体。然而，巴特勒对于杂糅性的关注和表呈绝非哗众取宠的跟风之举，而是深深植根于美国历史上充满暴力血腥的黑人奴隶制以及迫不得已的种族间混血……巴特勒作品中的身体源自更为切近、直接的语境：20世纪80年代盛行的新进化论。(217)

拉科赫尔斯特虽然只是在其著作中对巴特勒及其相关作品作了较为简要的介绍，但仍旧明确指出巴特勒对整个科幻文学作出了卓尔不群的贡献，其在科幻文学里占据着不可或缺的重要位置，创作了“20世纪80年代最有代表性的作品”(219)。在拉科赫尔斯特研究的基础之上，本书还意在证明，巴特勒作品的影响力自20世纪80年代开始，一直延续到现在。

亚当·罗伯茨(Adam Roberts)的著作《科幻文学历史》(*History of Science Fiction*，2005)也将巴特勒视为20世纪80年代最具影响力的科幻作家。然而，与拉科赫尔斯特不同的是，罗伯茨认为巴特勒的重要性和影响力不仅仅局限于科幻文学领域，而应该被冠以不受文学类别划分规限的“通识作家”的称号。因为按照罗伯茨的标准而言，巴特勒并非绝对意义上的科幻小说作家，其作品的“共时性文本”特质明显是同传统的科幻文学的范式不相符的。罗伯茨指出，巴特勒“将黑人女性置于故事架构的中心位置之上，无可避免地会让读者去关注种族差异的问题，而这恰恰是在巴特勒作品中反复出现的主题”(318)。考虑到种族问题并不是大多数科幻文学作品所着力呈现的，故而罗伯茨的这一论断就是要明确，巴特勒的小说将之前被普遍认为是科幻文学门类中边缘化的内容变成了具有突出重要性的关键主题。

有学者指出，由于巴特勒的作品常常将女性人物角色的经历感受放在突出位置，故而应该被归为科幻文学中的女性主义范畴之列（Melzer，43）。萨拉·勒法奴（Sara Lefanu）更是明确地称巴特勒为女性主义科幻文学作家，可同琼安·鲁斯（Joanna Russ）、玛格丽特·阿特伍德（Margaret Atwood）以及厄苏拉·勒瑰恩（Ursula Le Guin）等伟大的女性科幻作家齐名并立。勒法奴的著作《世界机器之光：女性主义 & 科幻文学》（*In the Chinks of the World Machine: Feminism & Science Fiction*）强调的重点是"科幻文学的可塑性"（9），凸显其足以让当代女性作家充分发挥创作潜能的不受限的门类特性。巴特勒是书中关涉的一位重量级作家，被认为是采用"传统科幻小说写作范式"进行创作的作家（88），足以表明巴特勒的科幻作品对女性主义 / 女权主义作出的卓越贡献。

学术界普遍持有这样一种观点，那就是非裔美国人、女性和众多处于边缘位置的身体是巴特勒作品一贯关注并予以呈现的对象，故而不应该从某一个单维度文学视角来对其作品进行研究。桑德拉·戈万（Sandra Govan）就曾多次表示：

> 巴特勒的大多数作品都堪称非裔美国文学宝库中的珍品，与此同时，其作品还有着根基深厚的科幻小说或幻想小说的特

质呈现，是推理小说的典型代表。(14)

蒂莫西·斯波尔丁（Timothy Spaulding）在其专著《重塑过去》（*Re-Forming the Past*，2005）中把巴特勒的代表作品之一《家族》（*Kindred*，1979）称作后现代主义的修正版奴隶叙事。戈万和斯波尔丁都是非裔美国文学研究领域颇有建树的专家学者，两人都认同巴特勒的作品既是非裔美国文学传统的延承，又是对该传统的发扬及变革。本书对巴特勒的研究将突破科幻文学的门类限制，从多门类维度的视角对其作品进行全方位的复合研究。

## 科幻文学的连贯性：延承与发展

在国家和全球层面上的帝国衰败及复兴，意图通过操控生物遗传和心理意念来影响历史轨迹的秘密团体，对自由意志和决心的抵制及反对，知识和行为的相互关联以及在历史的进程中某些特殊时段诸多强大势力的交汇融合，等等，都是阿西莫夫、海因莱因和巴特勒作品予以特别关注的主题。此外，三位作家还有一个重要的共同之处，就是用推理小说的方式进行科幻文学作品的创作。唐·里格斯（Don Riggs）在《〈基础与沙丘〉中的未来与“进步”》（“Future and ‘Progress’ in *Foundation and Dune*”）中列举了三者之间的若干相似点：

> 以未来作为写作内容的叙事文本，其内容可能是颇具预言性质的，因其可以利用未来世界的高科技来讲述具有异域风格的现代故事，也可以通过将过去的两种可能性相连接来呈现延续当下发展趋势的未来世界的模样来影射现实。（116）

阿西莫夫、海因莱因以及巴特勒对未来的书写就属于后一种情况。在三位作家描画的未来世界里，人类必须战胜自己的脆弱，否则就没有生存的希望。贪得无厌、极端利己、目光短浅、性别歧视、种族主义和排斥异己等都是困扰未来世界人类的根本问题。三位作家的作品中都构建了数量不多的社会精英群体，他们找到了能够降服因人类的科技和生物学发展而产生的那些恶魔，这些社会精英群体是三位作家公认的能够引领未来人类找寻更美好世界的主体：

> 阿西莫夫试图表明，引领人类建构更好世界的终极目标是同 18 世纪的光照派[①]或启蒙思想家们追求的目标相一致的，他们希望人类的行为能够同某种尚未被完全解读却是慈善祥和的

① 光照派（英语：Illuminati），又被翻译为光明会或光明帮。广义上是指自从传说中的人类上一次文明亚特兰蒂斯灭亡以来，一直秘密控制人类的古老神秘组织。狭义上是指启蒙运动时期的一个巴伐利亚秘密组织，成立于 1776 年 5 月 1 日。“光照派”经常被指控合谋控制世界事务，通过策划事件（如法国大革命、滑铁卢战役和美国总统肯尼迪遇刺案），并安插政府和企业中的代理人，以获得政治权力和影响力，最终建立一个“新世界秩序”。

原动力的标准琴瑟和谐……（Riggs，116）

在巴特勒看来，人类的终极目标就是利用任何必要的手段求得生存，其中最重要的当然还是接受差异以及承认改变的不可避免和巨大能量。全人类的和谐共生并不是巴特勒的作品追求的目标，最主要的原因就是“世界大同”并不是巴特勒心中“更好的世界”的标识。正如其作品所表现的那般，相似或者一致并不能保证物种在艰险环境中的生存。恰恰是改变以及对非同质性的调整适应的能力才是生存的根本。当然，巴特勒的作品里也不乏基于个体的族群社团以及归属并依附于某些族群的个体。在《未来的考古学：名为乌托邦的欲望以及其他的科幻小说》（*Archaeologies of the Future: The Desire Called Utopia and Other Science Fictions*）中，弗雷德里克·詹姆森（Fredric Jameson）专门探讨了巴特勒不受某种特定的乌托邦的固限而兼容多种形式的做法的实际作用：

> 众所周知，我们经常需要对乌托邦的形式和乌托邦的愿望加以比对区分：用某种特殊的解释或解读方式来比对区分文本或者文体类型的书写内容与内含在日常生活及行为之中体现出来的乌托邦构想。（1）

这就是为何巴特勒的小说一直都试图区分所谓的可能之事以及从其笔下角色的身体角度考量既不可能也不现实的事情。

巴特勒的“模式主义者”系列，尤其是其中的《模式之王》（1976）和《野种》（1980）两部小说都是以限制性的、充满暴力的方式来对极权主义进行呈现的。多罗的子孙后代虽竭力主张他们要寻求的是人类同模式主义者之间的和平与秩序，但事实上罪恶的奴隶制和与人类社会相似的杀戮在模式主义者的族群内部根深蒂固。简言之，巴特勒的叙事所构建的就是基于层级和特权的某种社会哲学理念体系。阿西莫夫的代表作《基地》[①]也是通过心理学史的一代宗师哈里·谢顿竭尽所能帮助人类应对一场在劫难逃但有希望缩短时间的宇宙“大衰败”期的故事来对共有理念进行相似的表呈。谢顿博士在对过去和现在的细致观察和研究的基础之上，通过精准的数学计算来预测未来事件的发生概率。阿西莫夫将此种做法归为心理历史的形成过程，也可以将之视为过去和现在的融汇混合。

尽管巴特勒同之前的科幻作家在内涵所指方面有着诸多的相似点和共同点，但有必要指出的是，在身体的描写和呈现方面巴特勒的作品同由白人男性作家创作的科幻文学有着明显的区别。在面向“热衷于科学和技术的不同寻常的年轻人”（Harrison，34）的经典科幻文学领域中塑造出一个黑人双性恋女性主体形象的做

---

① 《基地》（*Foundation*），是美国作家艾萨克·阿西莫夫出版于 1951 年的科幻小说短篇集，是“基地三部曲”的第一部。本书讲述了在统治银河系达一万两千年之久的银河帝国逐渐走向衰亡期间，只有心理史学的一代宗师哈里·谢顿预见未来银河将会经历一段长达三万年，充满无知、野蛮和战争的黑暗时期，于是集合帝国中最优秀的科学家，来到银河边缘的一个荒凉行星建立“基地”，使之成为未来世代人类的希望灯塔的科幻史诗故事，共由五个短篇故事组成。

法，很可能会有将读者的注意力从主要情节转移到别处的风险，而经典科幻文学作品中的主要情节可都是为由白人异性恋男性作为主要组成的读者群体量身打造的。在相当长的一段时间里，传统科幻文学“不是绿色的，就是全白的”。其中，“外来生物”或者“外星人”是他者的具象化表征。巴特勒将高度可视化的（性或者种族）和不可视的（性别和性取向）身份标识放置在其文本的显著的位置，让其读者直视他者而不是仅仅将之视作某种暗喻式的指代。

巴特勒在维罗妮卡·米克森（Veronica Mixon）的访谈中曾经谈到过白人男性科幻文学作家以及像厄苏拉·勒瑰恩这样伟大的女性科幻作家对自己创作的影响。可以说巴特勒的作品既在一定程度上沿袭了之前科幻文学写作的一些类型特质，也因其对非裔美国读者的特殊关注形成了一些特有的风格和写作模式：用传统科幻文学的架构及主题呈现方式来探究对有色人种女性和被边缘化人群有着特殊重要性的身份构建的相关问题。她用经典科幻文学引导、影响白人青年男性的方式方法来对女性主义奴隶叙事进行重构，并重新审视和解读了“他者”在文学领域以及社会架构中的建构及定位。

在由马琳·巴尔（Marleen Barr）编著的重要文集《未来女性》（*Future Females*，1981）中，艾瑞克·莱布金（Eric Rabkin）就科幻文学缺少对女性主体及其身体关注的事实现状进行了充分的论述。莱布金表示，“不可否认，女性主体，尤其是女性主体的身体一直都是科幻文学作品的出版商和封面设计者们挖空心思利用的对象，他们都秉持着这样一种狭隘的观念，即犹抱琵琶半遮面强过暴露无遗”（9）。然而莱布金在其名为《解放前夕的科幻文学作品中的女性》中也有许多忽略的内容，不仅仅是未能具体地提及像罗伯特·海因莱因在《傀儡主人》（*Puppet Masters*，1951）、赫伯特·乔治·威尔斯（H. G. Wells）在《现代乌托邦》（*A Modern Utopia*，1905）中对女性主体形象的刻板印象刻画，还有女性科幻作家的作品直到目前为止还被排挤在科幻文学的边缘地带。然而尽管如此，科幻小说还是以远比其他文学形式更为大胆的方式来想象和描画女性有可能充当的其他角色及其发挥的巨大作用。

将女性主义观念融入书写架构之中并不是巴特勒的作品或者科幻小说作为一个文学子类所特有的。琼安·鲁斯就以在科幻文学这个通常忽视女性主体及其发挥的作用的文学子类中描写强大有能力的女性角色而著称。她荣获星云奖的短篇小说《当改变来临时》（*When It Changed*，1972）和她的代表作长篇小说《女性化男人》（*The Female Man*，1975）都描述了因男性濒临灭绝或者被集体淘汰而使得女性融入社会各个行业、扮演各种社会角色的未来世界。“可以想象，鲁斯的这种写作方式得罪了她的很多同行男性作家。人们用各种辱骂女性的难听的称呼来侮辱她”（Aldiss，363）。另外一位女作家厄苏拉·勒瑰恩也因自己的作品《黑暗的左手》（*Left Hand of Darkness*，1969）受到了同样的如洪水般的贬低和嘲讽。勒瑰恩在书中描画的雌雄同体的冬日世界里建构了一个没有社会性别的种族，在官场政界叱咤风云、玩弄权术的全都是女性化男人。鲁斯和勒瑰恩的作品只对性别问题进行了探究和呈现，而巴特勒则明确提出性别和种族是密不可分的，两者的内在关联要比其前辈女性科幻作家所构建的只凸显性别差异而种族同质化的社会复杂得多。

《黑暗的左手》一书描画的没有性别差异和歧视的社会绝非天下大同、无忧和谐。战争、奴隶制以及其他形式的赤裸裸的剥削压迫或许不复存在，但是勒瑰恩提出的性别差异的划分是源于牵涉整个社会的重要问题的主张并不完全正确、合理。勒瑰恩的论证推理过程中缺失的一个重要环节是探究除性别之外的主体身份标识是如何让身体的相关问题复杂化的。而巴特勒的作品则是对这些复杂问题进行了细致的探讨，并提出了如何能在非乌托邦或者非同质化的环境中求得生存的可行性建议。巴特勒通过批驳传统的身体建构方式来进一步表明女性及其身体可能发挥的其他作用。比如，米歇尔·福柯[①]（Michel Foucault）认为身体的建构建立在诸如生理性别这样的标识基础之上，而性本身也是产生、形成身体的一种普遍的规范性行为（Judith Butler，1），而巴特勒的作品则意在表明，像生理性别这样的标记对于身体的构造既不发

---

① 米歇尔·福柯（Michel Foucault，1926—1984），法国哲学家、社会思想家和“思想系统的历史学家”，法兰西学院思想体系史教授。毕业于巴黎高等师范学院、索邦大学。他对文学评论及其理论、哲学（尤其在法语国家中）、批评理论、历史学、科学史（尤其医学史）、批评教育学和知识社会学有很大的影响。著有《疯癫与文明》《性史》《规训与惩罚》《临床医学的诞生》《知识考古学》《词与物》等。

挥决定性作用，也不是人人必经的巧合。也就是说，性和性取向不只是用来标记身体的物理差异的充满歧义的指征，其在现实生活中的操演才更具深远的含义。在巴特勒看来，包括社会、个体特质因素在内的复合文化语境才是身体建构过程中最重要的维度。这种对身体的理解和呈现方式打破了西方社会传承已久的二元对立思维模式，因为这一方式强调的是身体建构过程中的多维复合甚至是矛盾的多重方式。

兼容并蓄、包罗万象是巴特勒的科幻文学作品最为显著的特征之一，其作品也因此被收录到多部科幻小说文集之中。艾萨克·阿西莫夫也曾多次在对科幻小说及其作者进行述评的专著和文章中对巴特勒的作品褒扬有加。另一位享誉科幻文坛的非裔美国作家塞缪尔·德拉尼，虽然入行比巴特勒要早，但是也曾多次坦承受到其作品的极大影响，尽管有些影响是间接形成的。相比于传统的科幻小说作家对“硬”科学——物理学、天文学、热力学和计算机科学——的偏爱，德拉尼对“软”科学——生物学、心理学、人类学以及语言学理论——的娴熟运用简直同在其名声大噪十年后才出现在读者视野之中的巴特勒的作品相差无几。德拉尼在其职业生涯中的一次明显的转向，即不再延续遵从传统科幻范式写作的外太空小说《贝塔-2 之歌》（*The Ballad of Beta-2*，1965）、《巴别塔-17》（*Babel-17*，1967）和《新星》（*Nova*，1969）那样的写作套路，也表明了巴特勒将种族、性别和女性主义元素巧妙融入其作品的做法促使德拉尼也开始在写作中对种族、性取向以及酷儿理论等进行表呈，代表作品就是在1979—1987年陆续发表的《重返内维扬》系列。若从语言学的角度来评析，以解构和心理分析为写作基点的德拉尼的作品同巴特勒的小说是有着显著区别的，然而两位作家在理论层面的观点和方法却是十分趋同的。德里达和拉康的理论无疑为巴特勒的作品铺设了最为坚实的理论框架。

## 身体的理论框架

正如巴特勒的作品包含了许多种类不同的语境和文本一般，对其作品的阐释自然也要采取多种不同的方式，选用不同的理论框架。前文所涉及的由勒法奴和梅尔泽尔提出的女性主义理论，非裔美国文学批评理论，以及由海泽尔·卡尔比（Hazel Carby）、芭芭拉·克里斯蒂安（Barbara Christian）以及安格林·麦特切尔（Angelyn Mitchell）等人提出的相关理论都会被应用在本书的理论分析框架之中。研究身体和主体自我的理论大都是从福柯和拉康的理论里演变发展而来的。谢里尔·温特（Sherryl Vint）的成果《明日之身体：技术、主体性、科幻小说》（*Bodies of Tomorrow: Technology, Subjectivity, Science Fiction*）对从“生物权力”的角度构建身体研究的理论框架很有助益。

在《规训与惩罚》（*Discipline and Punishment*）和《性史》

（*The History of Sexuality*）的第一卷里，米歇尔·福柯构建了自己的生物权力理论，用来分析操控规约身体的社会因素是如何被用来生产附着在那个身体之上的特定形式的主体性的过程和方式。福柯希望通过上述分析传递的观点就是，身体同使其成为高等生物主体的物理存在表征的文本语境之间有着密切的内在关联。生物权力，无论正常还是异常，有效还是失效，都产生了在其领域范围之外不可视的身体。福柯有关生物权力及其应用的规训性文化的最值得关注的一点就是，我们心甘情愿地臣服于斯；毕竟我们都想要成为拥有主体性的个体。（18）

温特还表示，朱迪斯·巴特勒[①]（Judith Butler）对上述观点进行了合理性延展，形成了她独特的界定身体的方式，并将不符合规范性话语的身体看作超越物质形式的存在。奥克塔维亚·巴特勒的等身著作中也有一个循环往复的主题，那便是对超越规范/西方话语的身体的书写，意在激励读者重新审视身体和自我。

巴特勒的作品为我们尝试理解、领会为何身体要被格式化分类提供了丰富的想象空间和渠道，由此便可以更好地探究诸如种族、性和性别这些身份标识的真正含义及其被预设的内涵。这些本身就充满不确定性和歧义的标记被用来确保本就缺乏稳定性、模糊

---

① 朱迪斯·巴特勒（Judith Butler，1956— ），耶鲁大学哲学博士，加州大学伯克利分校修辞与比较文学系教授。巴特勒是当代最著名的后现代主义思想家之一，在女性主义批评、性别研究、当代政治哲学和伦理学等学术领域成就卓著。其所提出的关于性别的“角色扮演”概念是酷儿理论中十分重要的观点，她也因此被视为酷儿运动的理论先驱。

不清的身份表征系统的稳固和沿袭。把那些并非天马行空的奇思妙想用现实的手法加以呈现，巴特勒正是利用了科幻文学的这个类型特质作为有力工具，开启了读者们对于身体本质和组成要素的质询和想象。

本书是对巴特勒作品中身体得以呈现的诸多方式进行全面、深入探究的一个有益尝试，核心问题还是身体的建构。本书要力证的一个主要观点就是，巴特勒用自己的作品建构并形成了能够极大地拓宽解读身体的传统领域和方式的开创性的解构身体的范式。上述观点之所以重要，是因为巴特勒对非传统形态身体的建构表明了社会价值观念和行为体系都受到社会对身体含义理解的直接影响。巴特勒的作品让人们早已习惯并视之为自然的界定身体方式的实操性大大降低，难度却大幅提升；人们得以开始以一种思辨的方式来重新审视传统的身份标定架构。能同时体现人类行为和身份界定方式长处和短板的，并且用来标定差异和相似度的种族、性别和性等标记的效能在巴特勒的作品中被充分予以质疑。这种做法导致了当代思想体系中对于身体的种种主导性认知和理念的分解和重塑。巴特勒用自己作品中的奴隶、外星人和吸血鬼等主体形象来凸显被边缘化身体的建构及内涵价值所在。

在《明日之身体》（2007）中，谢里尔·温特提出：

> 巴特勒的三部曲表明，身体及其遗传基因是主体的一部分，而不是一个基础材料仓库，单纯的对身体的理解并不足以理解

> 人类的意识。因此，在巴特勒的作品中，身体是文化和自然的产物。(77)

温特所指的三部曲，既包括巴特勒的“异种移植”三部曲，也包括她的“模式主义者”系列。在上述作品中，“自我”和“他者”都是超越了物质化身体的单一维度解读的概念，在一定程度上还帮助形成了文化及精神历史话语环境。

奥克塔维亚·巴特勒小说中身体相关问题研究的难点，同时也是最大的挑战就是身体的边界，即身体的概念界定和局限性。本书第一部分集中探究作为历史叙事载体的身体。在这一部分里，身体被看成能够借由时间和空间进行改写甚至是重写的文本，同时也是等待着各种符号及标记镌刻的白板。作为一个后现代主义文本的《家族》奠定了巴特勒在正统的非裔美国文学写作领域中的地位，而其中的科幻元素为非裔美国人物主体身体和美国历史相关概念的解构提供了必要条件。

由于巴特勒的作品中身体通常是被赋予了使得某个特定身体身份复杂化的叙事范式，故而本书的第二部分主要分析探究的是有关“身体的镌刻”这一概念的相关称谓和关联性文本。这一部分力求深刻剖析对某个身体进行镌刻的深远含义和影响，以及镌刻的身份如何反作用于身体意向的形成与刻画。小说《野种》及其主要人物多罗、安延舞是理解身份的形成和应用以及宗族、阶级和性别等标记如何发挥作用、发挥怎样作用的关键。多罗和安延舞都是变形者，他们能够自主地改变镌刻在他们各自身体之上的叙事，而这种能力也使得身体镌刻的价值和稳定性成为亟待思考的问题。

巴特勒的首部长篇小说《模式之王》是第三章的重点，因为这部小说搭建了在“模式主义者”系列中的若干身份层级。第三章将细究种族和民族这两个概念之间的差异以及两者在定义存在于某一个特定的社会架构里的身体的过程中发挥的作用。在巴特勒的笔下，模式主义者被描画成拥有某种并非源自主观意识的层级的物种，模式主义者们接受并把这种层级划分结构保留下来，以分辨并界定他们自己被极度边缘化的身体。在小说中，正是这个被极度边缘化的种族牢牢占据了社会层级的最顶端，享有绝对的主导权力。由于巴特勒的推理叙事在历史时间脉络和社会架构方面各不相同，于是种族变成了某种身份科技的代名词。

本书的第四部分是围绕非裔美国人身体的争议和模糊性展开的，这部分涉及的文本也都是同种族和性别的不确定性相关的。“异种移植”系列小说是用来呈现巴特勒对身份和生存边界的破解与重构的最佳文本。杜波依斯和沃勒·索因卡的种族和文化理论是用来解释巴特勒笔下的人物主体是如何将种族和性别的模糊性转变为有力的求生机制的。

巴特勒认为的另一个强有力的求生机制就是宗教信仰或精神依托。第五部分的主要内容就是解析巴特勒如何用宗教标记来描画身体以求为其笔下人物角色的斗争正名。她在《撒种的寓言》

（*Parable of the Sower*，1993）和《血孩子及其他故事》（*Bloodchild and Other Stories*，2005）中突出描写、刻画黑人身体和精神所指的做法颇受那些徘徊在世俗观念和宗教信仰边界的典型人群的认同。对宗教和科幻小说内在关联的探究表明，两者都可能成为标定身份边界的写作域场。

本书的第六部分是在第四部分的基础之上，对杂糅性作出的更深层次的探讨，力求说明巴特勒的作品同杂糅性话语语境不可分割的关系。这部分通过对《撒种的寓言》和《我意识中的意识》两部小说的分析，来呈现被边缘化身体的迁移过程的价值理应由身体所具有、表现出来的调整适应或改变的能力作为核准元素。身体的杂糅特性能够使之成为自由的主体，使之远比巴特勒作品中那些屈从顺服或者仅仅被当作所属资产的身体有价值。从这个角度而言，强调身体具有的巨大调整甚至是改变的可能性是辨识巴特勒作品独特文学价值的重要因素。

本书的第七部分重点论述的就是巴特勒文本的政治特性及其对身体政治的呈现。在巴特勒"寓言"系列和她的最后一部长篇小说《雏鸟》（*Fledging*，2005）中呈现的去乌托邦元素同种族和性别政治的关联研究是第七部分的重点，这样能够更好地对由复杂、多维的黑人女性身体引发的变化进行相应的量化研究。温特认为，"科幻小说其实是形式形态领域的一个组成元素，不但能够被用来评析当下的文化政治，还能通过对文化政治施加影响而促使其发生改变"（20），故而科幻小说对性、种族和文化政治的剖析探讨是应该被予以充分挖掘和关注的。巴特勒的小说对全球变暖、经济与社会剥削以及美国种族主义在当今社会的变体等问题的关注无疑有力地表明了其作品的丰富内涵。

本书的结论认为，身体的形成和建构是处于不断变化过程中的，受到环境和必要性的极大影响。此外，诸如生理差异之类向来被用作标划区分身体的身体镌刻事实上都是超越了生物学和认知理性的、源自专制强权的强加性差异。而科幻小说，特别是巴特勒的作品就是一个重新审视、研判身体被建构和标记过程的最理想的平台。通过对巴特勒的作品进行详细解读，能更全面地了解身体的身份标记过程，在此基础之上，还能更深刻地体会那些被标定为“他者”或者差异化身体所隐含的权力关系及由此形成的主体身份。

# 第一章　身体的历史、记忆及意象重构

## 后现代主义的奴隶叙事

1979年出版的《家族》无疑是奥克塔维亚·巴特勒最有名的代表作之一。受众面广泛是这部小说享有盛名的主要原因，而且小说的前两章还兼具了若干文学子类文本的特质，包括自传小说、奴隶叙事作品、科幻小说以及当代美国黑人文学等。虽然这部小说突破了传统的文学子类划分，但是学界还是认定巴特勒是一名科幻小说作家。文本类别归属的模糊难定导致巴特勒的作品直到近年才受到与其齐名的黑人女作家作品同样的关注和研究。无论是从史料真实性的角度还是从叙事框架的角度，《家族》都是一部重要性、研究价值毋庸置疑的作品。有关巴特勒小说的研究中经常被忽略的一个重要内容就是，巴特勒运用赫伯特·威尔斯的时间机器情境书写，不但改写了历史，还重新建构了非裔美国人的主体身份。《家族》是“一部后现代主义的奴隶叙事小说，它将两个不同的时间维度平行描画的同时，着力探究这两个时间维度是如何以互鉴的方式来呈现处于彼此之中的被边缘化主体”（Spaulding，27）。巴特勒作品对身体的书写在很大程度上是基于叙事史学以及构建了过去和现在的记忆书写。换言之，巴特勒的作品能够让读者去想象，如果过去的事情发生在当下会是什么样子，而现今的一切通过时间穿梭回到过去又将如何。《家族》就讲述了一个生活在 20 世纪的黑人女性，为了保证自己生命的延续而必须去经历她祖先们生活的故事。在这部小说里，奴隶制不单决定了 19 世纪战前的美国黑人和白人的主体价值，其后续影响还一直持续到 20 世纪的现代美国社会。

《家族》一书主要牵涉的史实就是奴隶制的建立及其把非裔黑人当作物化财产来对待。从史书上读到的有关奴隶制的相关内容是无法让人切身体会这一体制的残忍程度的，即便是听取当事人对当时情景的回忆也同亲身经历的感受相去甚远，毕竟时间的流逝会冲淡许多历史长河中的苦痛。然而，巴特勒的作品却打破了时间的物理性隔断。通过让达娜回到战前的马里兰州，巴特勒在过去和现在之间架起了一座时间之桥，模糊了历史与现实的物理边界。《家族》打乱了艾达娜（达娜）· 富兰克林现在和过去的时间域，由此中断了时间的线性规律。巴特勒曾表示：“《家族》是新奴隶叙事的典型作品，这一非裔美国文学子类就是在探究奴隶

制历史的基础之上打破 19 世纪的奴隶叙事传统，对之加以重新书写。”（241）

小说正是通过打破传统的方式，才能让读者和书中的主人公达娜一同去做看起来根本不可能，也没有人愿意去做的事情：回到美国历史中的那个特殊阶段，无论那时的法律还是文化习俗都不认为黑人是具有价值的存在主体，他们就是用来买卖的商品。在巴特勒的“时间机器”里，通过读者想象力的加工，历史能够以存在于现今社会不同场合的变体形式再现，这样读者便可以通过达娜的眼睛真切见证人类是如何令人难以置信地变成野兽的。这一“亲见”般的经历同阅读史书或者二手奴隶叙事作品的感受是不可同日而语的。之所以说是二手作品，是因为这些作品都是曾经身为奴隶的人们根据他们在被迫为奴之后受到压制管控的思想记忆而撰写成文的。故而，比起对身为奴隶经历的直接描画，这些奴隶叙事文学作品无疑就是经过加工的经历或记忆转述。从现象学意义的角度来评判，达娜对这段历史的再经历要比奴隶叙事文学作品现实得多，因为她不得不去经历和感受她出生之前很久的时代的生活状态。

巴特勒对达娜经历的呈现方式就是对书写叙事准则规制的解构及重构。《家族》不是说书人讲给听众的一个故事，而是由达娜和小说读者感同身受的一段经历。读者和达娜一样，都成了能够进入时间隧道的时间穿行者，虽然他们和达娜的家族没有任何关联。根据蒂莫西 · 斯波尔丁的作品《重塑过去》（2005），《家族》

这部小说“刻意凸显的是美国奴隶制的意识形态基础，这一根基有着极强的时间贯穿性，并且不会被某个历史时期中断其延续的状态”（27）。这种复杂交错的定位书写模式体现出后现代奴隶叙事同传统的历史题材作品的差异。在《在奥克塔维亚·巴特勒的后现代奴隶叙事中再创历史》（“Inventing History in Octavia Butler's Postmodern Slave Narrative”）一文中，马克·斯坦伯格也表达了相似的观点：

> 和同期许多对传统奴隶叙事的修订作品——最具代表性的是查尔斯·约翰逊的《中途》（*Middle Passage*），雪莉·安·威廉姆斯的《德萨·罗斯》（*Dessa Rose*），托尼·莫里森的《宠儿》（*Beloved*）——所不同的是，巴特勒的作品是以近现代作为书写场景的（尽管新奴隶叙事作品的写作传统就是将过去投射到现在）。在时间的连续性方面，这部小说兼具了现代和后现代的特性理念。（467）

包括斯波尔丁和斯坦伯格在内的许多学者都倾向于从后现代和复古两个角度同时对巴特勒的这部《家族》进行解读，其目的就是表明这部小说运用科幻小说的门类特质来对“身体”和“历史”加以解构的内涵价值是同类型小说不可比拟的。通过对这部小说有关传统的奴隶叙事中男性气质和女性气质内容及形式方面呈现的文本分析，我们可以看出巴特勒这部作品对非裔美国文学书写传统的继承和突破。在将后现代文本与传统文本进行有限关联的基础之上，对《家族》一书中科幻因素的探究有助于明确该书是如何在身体书写方面做到了传统叙事和后现代叙事都不可及之事。换言之，巴特勒将科幻作品的书写特质有机融入后现代文学传统体系的做法是解构非裔美国人主体身份和经历的上佳渠道。

## 奴隶书写的历史

人们早已记录下来的历史并不等同于事实真相，对于这一点人们已达成了共识。比如，史学家们就在不断修改过去数十年来被人们视为精准历史描述的教科书。由于可以衍生出很多版本，某一个人的个体经历能成为许多人认可的“事实真相”。斯坦伯格提出：

> 巴特勒用作品向人们呈现出历史和现实的关联交互。她也会描写貌似合理的历史事件和关系，“填补”在经典奴隶叙事中有可能出现的明显鸿沟。巴特勒对历史的概念体系建构是非西方的——她笔下的历史是周而复始的循环，而不是单向单纬的线性，因为只有这样才能印证，某些形式的种族和性别压迫一直延续到 20 世纪末，甚至更晚。她通过对后现代文学写作技巧的运用，来批判认为从史实和心理角度奴隶制这页历史都可以

被翻过去的观点。(467)

于是，有书写并发表历史性文本资源的个人或群体都是被记录的记忆的保有者、民间说唱艺人。根据奥古斯特·梅尔(August Meier)的《美国黑人思想 1880—1915》(*Negro Thought in America 1880—1915*)里面的说法，如果从口口相传的历史的特质来分析，被记录下来的记忆通常都是个体历史经历的最精准描述。《家族》一书中促使达娜不惜生命去冒险的原动力就是她根本不记得自己的过去(也就是美国的过去)。因而可以说，达娜未被记录的或者丢失的记忆成为她自己历史的书写以及身体建构的起点。

虽然《家族》基本上就是以美国的奴隶制时期为历史背景而书写的，但其并不仅仅是传统奴隶书写的修补或变体。在沿用了所有奴隶书写特质的基础之上，小说对其作出了超越和突破。艾格林·麦特切尔(Angelyn Mitchell)认为：

> 很明显，巴特勒受到19世纪女性解放叙事作品的很大影响，尤其是哈莉特·雅各布斯(Harriet Jacobs)的作品《一个女奴的生平记事》。桑德拉·戈万在对巴特勒的作品同解放叙事作品进行类型关联研究之后，提出“《家族》同奴隶叙事作品中书写的经历是如此地切近，以至于整书的叙事架构都是延续了奴隶叙事的经典模式，只不过为了让书中的人物、故事和事件更加丰满、真实，作者作出了一些添加和改变”。(43)

当然，巴特勒的作品并不是简单照搬奴隶叙事的内容和形式。巴特勒改写了19世纪奴隶叙事的主题。将《家族》视为改良版的奴隶叙事的学者为数不多，大多数研究巴特勒作品的学者都没能很全面地看到这部小说在内容和架构方面的复杂性和争议点。

传统奴隶叙事的核心问题就是黑人主体作为享有自主权的人类这一高级物种存在的身份建构。《弗雷德里克 · 道格拉斯传》[①]（*The Narrative of Frederick Douglass*，1845）一书的开篇就是"我出生了"。这个简单而又直白的事实叙述表明这个曾经做过奴隶的作者的人类身份。作者还在搭建黑人与同情黑奴者，尤其是主张废除奴隶制者之间沟通的基础性平台方面迈出了一大步。而达娜的经历几乎可以说同奴隶叙事中的同情丝毫不沾边，巴特勒的主要目的是通过达娜对奴隶制的亲身经历来更好地探究奴隶制的本质。达娜在奴隶制时代的亲身经历是她能够很好地解读奴隶制在现今社会种种遗毒的原因所在。

道格拉斯的作品里还包含了其他奴隶叙事的主题特质，比如对奴隶们经受的各种身体残害及接受教育、逃跑、获得自由之后感受的描写，这些都是用来讲述身为人奴者经历的文学作品的基本组成部分。其后致力于揭露奴隶制的不公以及强调非裔美国人人性

① 弗雷德里克 · 道格拉斯（Frederick Douglass，1817 — 1895），19世纪美国废奴运动领袖。1817年2月，道格拉斯诞生于美国马里兰州塔尔波特县吐卡霍地方的一个种植场。母亲是一个黑人奴隶，父亲是一个白人。道格拉斯是一名杰出的演说家、作家、人道主义者和政治活动家。

本质的奴隶叙事作家们大都沿袭了道格拉斯的写作模式。大卫・布莱特（David Blight）在其作品《弗雷德里克・道格拉斯生平记事》（*Narrative of the Life of Frederick Douglass*）的简介中，论述了道格拉斯的作品是如何同包括情感小说、流浪汉小说以及囚禁小说在内的19世纪诸多文学作品类型传统特质相融的。尽管如此，布莱特关于道格拉斯书写范式对美国文学传承历史影响作用的评判还是相当谨慎的，毕竟道格拉斯对处于奴隶制体系中的女性主体及其经历的建构大都是低层级的、负面的。

哈莉特・雅各布斯笔下的琳达・布兰特，布朗西斯・哈珀（Frances Harper）笔下的艾奥拉・勒罗伊，柏林・霍普金斯（Pauline Hopkins）笔下的萨福是同道格拉斯塑造的女性主体形成鲜明对比的三位女性。矢志不渝、忠贞不二的她们几乎没有任何瑕疵，而这恰是构建血肉之躯的最原始基础，无怪乎人们会认为这样的女性不真实、根本不存在。黛博拉・麦克唐威尔（Deborah McDowell）在《不断变化的同一性：黑人女性文学作品、批评及理论》（*The Changing Same: Black Women's Literature, Criticism, and Theory*）中提出，这些人物角色“都深受预设了她们主体性的意识形态范式的牢牢掌控”（98）。换言之，这些试图打破战前美国种族及性别固有模式的努力却往往成了对黑人女性主体真实建构的绊脚石。

海泽尔・卡尔比（Hazel Carby）的《重构女性》（*Reconstructing Womanhood*）从女性主义角度对非裔美国女性作家及其作品进行了梳理。书中将由男性作家建构的受害的奴隶形象的女性人物同由女性作家呈现的真正意义上的女性主体人物进行了对比。作者整理了黑人女性作家的写作历史，并总结出黑人女性作家对她们所处的社会体系进行政治和文学干预的路径及方式。

19 世纪的女性主义奴隶叙事的风格及架构同现代作品是不同的，造成这种差异的主要原因是 19 世纪盛行的价值观念阻碍了当时的黑人女性作家建构出拥有“完整”主体性和个体经历的女性形象。在那个被卡尔比称为“黑人女性文艺复兴”年代（19 世纪 90 年代至 20 世纪 30 年代）里的女性作家就是在这样严苛、高压的环境之下打造了黑人女性形象的模板雏形，她们在道德层面无可挑剔，同时又去除了传统女性角色的性别特质：弗朗西斯 · E. W. 哈珀（Frances E. W. Harper）作品《艾奥拉 · 勒罗伊》（*Iola Leroy*，1892）中的艾奥拉，哈莉特 · 雅各布斯（Harriet Jacobs）作品《一个女奴的生平记事》（*Incidents in the Life of a Slave Girl*，1861）中的琳达，柏林 · 霍普金斯作品《竞争势力》（*Contending Force*，1900）中的萨福等，这些人物形象在个体发展方面都是十分受限的。

上述人物角色都被设定为“种族女性”，用来提升并重新界定美国的黑人女性应该是什么样子的。她们同内战前以及战后重建时期文学作品中被塑造的有着负面固化形象的女性是对立、不相融的。正因为要与后者区分开来，故而这些模板雏形女性主体的完美基本上都是无可挑剔的。然而不幸的是，没有缺点的极端主体建构方式恰恰与人类的本性是背道而驰的。经由“黑人女性文艺复兴”时期建构出来的是圣人，而不是黑人女性：

> 哈珀笔下的主要人物艾奥拉·勒罗伊，既不寻求自身的个体价值，也不去尝试理解黑人女性的群体价值。艾奥拉就是一个美国人心目中希望的并且认可的“淑女”，只不过她有着黑色的皮肤。按照那个时代的主流观念，塑造这样一个被人们认可接受的理想化女性形象，哈珀不是在为自己、为黑人女性、为整个黑人群体发声，而是充当了她的（白人）同胞们的代言人。（Christian，334）

故而，“黑人女性文艺复兴”在很大程度上被同质化了，阻碍了当时的作家们“寻求属于自己的独特声音”（McDowell，108）。当然，这一局面的形成同当时的社会状况也是不无关联的，生活在同期的黑人中产阶级全盘接受了维多利亚时期贵族订立的各项标准，他们既想成为其他黑人效仿的榜样，也认为这样能显示他们拥有同白人同等的地位（和更高的道德修养）。

而作为生活在20世纪的作家，奥克塔维亚·巴特勒则可以不受维多利亚时期准则的规限来书写她心目中的美国黑人女性。《家族》就是一部有关女主人公达娜在奴隶制时期美国生活经历的小说。也就是说，达娜就是反映不公不允的美国奴隶制的核心人物。这就解释了为什么《家族》绝非传统的女性主义奴隶叙事小说，因其本身就被置于这一叙事架构的核心基础之上：它没有让读者笃信奴隶制理当被废除的政治动机，也无须去证明达娜拥有足以让白人认可接受的内在价值，因为这些早在小说问世之前就已经是不争的事实了。从这个角度来说，《家族》打破了传统的以男性作家为主的奴隶叙事的种种准则，颠覆了维多利亚时期对女性的种种限定。

巴特勒同传统的男性作家奴隶叙事分道扬镳的做法还包括塑造出许多强大的女性人物形象，这让她本已经不符合传统的写作更加特别。巴特勒作品中以女性主体作为核心人物以及对家庭关系的呈现等女性化元素，与哈莉特·雅各布斯、哈莉特·威尔逊、柏林·霍普金斯等人的属于女性主义奴隶叙事作品中的内容是相似的。在成功获取自由之前或之后，不惜冒着再被抓的风险去解救其他家庭成员或配偶在奴隶叙事中也是极为常见的情节铺设。《一个女奴的生平记事》中的琳达就属此类。四处躲避当局追捕的琳达冒着巨大的风险也要同自己正处于青春期的女儿对话，要知道她的女儿很有可能会泄露琳达的秘密藏身之处。雅各布斯写道：

> 我乞求他们能让我在其中的一间屋子里跟我的女儿度过最后一晚。他们都认为我把关乎自己生死的秘密告诉这么一个小姑娘一定是疯了。我告诉他们，据我的观察，我相信她不会出卖我的；而且我决意要跟女儿沟通，如果他们不愿意出手相助，我就用自己的方式去做。(139)

琳达对女儿的这种爱和关切都是女性主义奴隶叙事作品中黑

人母亲惯有的情感表达。对于黑人母亲来说，母爱以及对孩子的责任甚至比自身的自由更为重要。对于琳达而言，什么都无法同自己孩子的自由以及她和孩子之间的情感纽带相比。正是琳达的家人和孩子才给予了她逃脱奴隶制的动力和助力。琳达对她孩子和家庭的忠诚是维多利亚时期社会准则的上佳映像，因此可以说这个人物角色的塑造也是为了获得白人读者的认可。

与之类似，达娜同其先祖之间的家族纽带关系对于她的自由以及整个家族的存在而言都是至关重要的。这也是《家族》不被划定为后现代主义小说，而被认作改良版的女性主义奴隶叙事作品的原因之一。琳达是因自己孩子的生命受到威胁而要全力摆脱奴隶制，而达娜则是因为这种威胁而回到奴隶制社会去解救自己和祖先的性命。

按照雅各布斯的书写，比起自己的自由，琳达更希望自己的孩子能够拥有自由身：她宁愿在自己祖母破旧不堪的阁楼里过七年不见天日的生活，也不愿意在无法确保自己孩子安然无恙的情况下自己逃跑。按照维多利亚时期的标准，这无疑是“好”女人和“好”妈妈的典范。达娜和她的祖先也有着相似的关联，她似乎生来就是要解救艾莉丝和鲁弗斯的。

如何做抉择，是达娜和琳达必须面对的问题：达娜根本没有选择的余地，若不是因为顾及孩子能否获得自由而影响了自己的逃跑计划，那么在七年之前弗林特博士就不是她的对手。琳达不能像道格拉斯那样通过独自逃亡获取自由。由于维多利亚时期的社会准则及其对文学创作的潜在影响，雅各布斯不可能将之描画成可以不顾孩子死活而独自逃脱的女性。也可以这样假设，既然奥克塔维亚·巴特勒不受雅各布斯那个年代的种种限制，那么达娜完全可以反抗《家族》的情节预设。所谓的反抗，就是指达娜或许有可能抑制住自己的母性而选择解救鲁弗斯。当然，这样一来，达娜很可能有生命危险或遇到更糟糕的情况：永远生活在过去，永世为奴。正是因为被其祖先的行为牢牢掌控，达娜只能想尽办法确保海格尔顺利出生，除此以外别无他法。

达娜对其家庭关系的看重程度丝毫不亚于琳达对其家庭成员的依赖。在祖母的帮助下，琳达才得以逃脱弗林特博士的控制；没有艾莉丝的舍命相助，达娜也不可能摆脱鲁弗斯。作为达娜的祖先，鲁弗斯可以说是达娜在书中串联整个叙事架构的关键节点。鲁弗斯本人也是整部小说的核心人物之一。没有鲁弗斯，就没有对未出生的达娜父母的控制一说。

《家族》同传统奴隶叙事作品之间存在诸多相似之处是毋庸置疑的，但是其中的时间穿梭元素又让这部小说具有其他作品没有的特质。在斯波尔丁看来：

> 后现代主义奴隶叙事并不是在传统奴隶叙事基础之上的简单模仿和小修小补，而是质疑并批判那些所谓的以真实为基准的历史记录和文字呈现。这部小说就是针对人们普遍持有的——真实性是历史文献以及历史题材小说最理想的写作范

式——这一观点进行反思；小说意在表明，对真实性、现实性、客观性的刻意追求难免会导致对历史的篡改，以奴隶制为主题的文本尤为如此。（5）

与家庭成员的纽带关系使得达娜能够实现时间和空间的穿梭，能从自由的现代回到受压制的奴隶制时期。因此，边界的跨越是这部小说历史或叙事架构的基点所在。虽说在很多方面达娜要受到之前家庭成员的影响，但是她祖父母和父母的命运同时也取决于在由达娜重写的那段历史中行为的成败。《家族》的精妙之处就在于，达娜同过去的关联成为其摆脱现世种种遗毒牵绊的途径；她的过去是构成现世和未来的必要基础，现世和未来同时也是她的过往获取真正价值及意义的唯一渠道。

## 《家族》的后现代主义架构

《家族》以一段关于身体的独白拉开帷幕。达娜开头便说道："我在回家的路上失去了一条胳膊。"（9）这句话表明，早在小说开始之前，身体的解构和拆分就已经存在了。接下来的一句传递出了叙事架构中的另一个重要信息：当达娜说到"我还失去了一年的寿命，失去了许多之前并不珍惜、现在却倍感后悔的舒适感和安全感"（9），她其实在表达两个重要意思。第一就是她并不是按照时间顺序来讲述自己的故事，所谓的现在不过是用来给故事开头的时间标题。第二便是安全感的获得或失去同身体是密不可分的。安全感的消失意味着个体对周围环境的失控。参照欧劳戴 · 艾奎亚诺（Olaudah Equiano）在《有趣的叙事》（“Interesting Narrative”）中的观点，奴隶制本身就意味着奴隶的身体会不时地受到虐待。于是，小说的开篇就预设了叙事架构中复杂的时间穿梭和奴隶制的黑暗残忍。

小说中，达娜被鲁弗斯的意念想象（某种玄之又玄的时间机器）送回到内战前的美国南部，并且无法像生活在 20 世纪时那样控制自己的所在之地。就这样，一个 26 岁、生活在 1976 年的黑人姑娘被她的一个白人奴隶主亲戚用某种神秘的方式带回了一百多年前的美国。之所以称之为神秘，是因为此处，或者更确切地说是整部小说也没有交代清楚，达娜是如何实现从一个时空到另一个时空的位移的。小说只是写到，达娜的曾祖父鲁弗斯 · 韦林因为自己的生命危在旦夕而通过某种方式将达娜时空转移到了内战之前的马里兰州。只有达娜化解了所有的风险，让一百多年前的自己不再受到任何威胁，她才能回到现代的洛杉矶。

这个神秘的时空穿梭的物理原理并不是小说要着力探究的，重要的是这种穿梭实现了，而且似乎不可避免。按照小说的叙事架构，达娜及其家人在现代社会的生存取决于她能否应付自己时空穿梭回到过去之后面临的各种问题。这种关联现在和过去的时空穿梭方式可以让读者重新审视历史和现实之间的关系。

在《重塑过去》中，蒂莫西·斯波尔丁将《家族》和伊斯梅尔·里德（Ishmael Reed）的《飞往加拿大》(*Flight to Canada*)的航班进行比较，认为两部作品在重新审视奴隶制的过程中打破了现实主义叙事的边界。两部小说对时间线性特质的重构都是对传统历史记录方式的批判。从这个角度而言，两部小说都是解构书写历史和身份的启蒙式观念、批判西方文化优越性的后现代主义奴隶叙事作品（Spaulding，3）。应该说《家族》在斯波尔丁论断的基础上还对黑人的身体及其在过去和现在的价值进行了解构，这应该是这部小说最具后现代主义特质的地方。小说中那些原创性的元素，比如时空穿梭、同时重现历史和现实、通过意念想象进行超时空传输等，都是以巴特勒对黑人身体的描述为基础，斯波尔丁称之为独特的非裔美国后现代主义——虽然受到后现代主义思潮的影响，但是仍以黑人历史和黑人的身份政治为基点。

小说中达娜的时空穿梭表明历史可以存在于现实，现实也可以回溯到历史。如果这种看似矛盾的互换真的能成为现实，那么回忆就不仅仅是记住发生的事情这么简单了。鲁弗斯的意念想象是达娜回到过去的主要路径，那么达娜自己的记忆就是她重回现实的渠道。这里的记忆对于达娜自己而言就是为了重回现实，她必须先回到过去并用解救鲁弗斯性命的方式改变过去，然后记忆中的过去再根据改变了的现实进行修改，达娜才能回到现实之中。

巴特勒这种超乎常人想象的写作方式使人不禁会联想过去同现实之间究竟是怎样的互联关系，如果抛去具体的事件，那么历史和现实就是平行存在的同义词。达娜的时空穿梭为重构“过去”和“现在”或记忆开启了广阔的空间。假如鲁弗斯是达娜重回过去的始作俑者，那么他在达娜的现实生活中也一定居于核心位置。这一切只有在过去和现实之间存在某种超越时空的量子维度的复杂关联的情况下才有可能实现。这样一来，达娜的时空穿梭就可以被看成对历史和现实的重新考量。“这种时空穿梭的方式非但没有削弱达娜为奴经历的可信度，她的这种本体视角反而让读者看到了更真实、更完整的奴隶制。”（26）换言之，达娜在现代社会的自由是同其在过去的为奴经历密不可分的。

从更为现实的角度而言，达娜重回过去的经历同当年的黑奴被从非洲贩卖到美洲的史实是相似的。在被从自己的家里、丈夫的身边传输到一个陌生地方之前，达娜感到眩晕恶心，这既可以作为她即将被时空传输的前兆，也可以被看成用来表征那些被抓的非洲黑人在被运送到“中间通道”尽头的新世界之船上的种种不适。

1976 年 6 月 9 日，刚刚乔迁新居的达娜夫妇（都是作家）正准备庆贺达娜的 26 岁生日，他俩谁也没有想到，达娜的“中间通道”也即将开启。达娜回忆道：

> 屋子，还有书，都消失了。突然，我发现自己跪在屋外的一棵树下。在我面前是一条平静的大河，河中央有个孩子在不停地拍打、叫喊……孩子溺水了！（13）

达娜救起了那个有着“怪异名字”（14）的溺水儿童，得到的“回报”却是孩子的父亲要夺去达娜的性命。惊恐不已的达娜盯着来复枪的枪口，恰在此时，她的第一次时空穿梭结束了，眩晕恶心的感觉让达娜意识到自己在短暂穿梭后又回到了1976年的家里。

直到达娜第二次时空穿梭，她才真正开始了自己的这段险象环生的经历。再次回到过去之后，达娜又遇到了上次她从水中救起的那个红头发男孩，这回他正准备放火烧窗户下的一堆布料。很显然，这场火要是真烧着了，小男孩和屋子里的所有人都会被烧死。达娜奋力把火扑灭，之后却发现自己身无分文，也无法回家。这个名叫鲁弗斯的红头发男孩比两人上次见面时又长大了四岁，而对于生活在1976年的达娜来说只过了不到24小时。鲁弗斯的话让达娜明白，家和自己的丈夫对于她而言已是遥不可及了。通过问鲁弗斯问题，达娜意识到是鲁弗斯通过某种方式启动了自己的超时空穿梭。

读者还弄懂了为何鲁弗斯的父亲会对刚刚救了自己儿子性命的人恩将仇报。由于达娜的衣着和肤色，她被误认为是想要伤害鲁弗斯和他母亲的男性黑奴。鲁弗斯告诉达娜：“你穿着男人穿的裤子——就像你现在这样。我以为你是个男人。”（22）“他（爸爸）也以为你是一个男人——他以为你要伤害我跟我妈妈。”（23）被错误认知的身份是达娜的身体被超时空传输并且经历了身体社会意义的再定义的首次明确标记。在战前的美国南部，黑人女性是不会穿裤装的，也不会去救溺水的白人儿童。因此，在当时那种情况下，达娜的身体在手持来复枪的白人奴隶主看来只可能属于一个危险的男性黑奴。在达娜被第二次超时空传送回去的1815年，她身体的存在方式同她本身所处的1976年有着天壤之别：既没有安全可言，也毫无自主性可论。1815年的达娜身体只是某个白人男性地主的所有品。

在达娜的第二次时空穿梭过程中，读者从对1976年的只言片语的论述中了解到鲁弗斯 · 韦林是达娜的曾祖父，她在1815年的居所是位于马里兰州某处一个拥有38名奴隶的种植园。达娜还见到了自己的曾祖母艾莉丝 · 格林伍德，她若是不能顺利生下达娜的祖母海格尔 · 韦林，就不会有后来生活在1976年的达娜。鲁弗斯带着达娜来到年轻的艾莉丝和她母亲的居所。艾莉丝的母亲同达娜有着惊人的相似之处，以至于几个奴隶巡警误以为达娜就是艾莉丝的妈妈："很明显，我看上去很像艾莉丝的妈妈，他根本分不清——不仔细看的话。"（41）这次会面很快升级为一场危及生命的争吵，并且又把达娜送回了1976年。

达娜受到其中一名巡警的攻击，情急之下她用一根木棒打晕了这名巡警。这一纯属自我防卫的举动会导致的后果让达娜六神无主。虽然达娜的生命威胁被解除了，但是她依然感觉自己处境危险。就是在这个时刻，达娜对当时所处环境中自己身体的价值有了无比清楚的认知。也就是说，达娜意识到了在1815年的美国南部，黑人就是被剥夺了权利的客体，随时都可能被毒打甚至失去生命。奴隶巡警不把黑奴当人看待，无论白人男性如何对待黑奴，他们都没有资格还手自保，而且一旦还手还要被处以极刑。达娜在鲁弗斯和艾莉丝所处年代的短暂的几个小时就让她“切身”体会到了 1815 年的黑人女性身体是处于一种怎样无力、缺乏安全的状态之中。

达娜再次苏醒的时候，她又回到了自己 1976 年的家里，见到了自己的丈夫凯文。凯文·富兰克林是一名生活在 20 世纪的白人男性作家，是内战前白人男性的对立性存在。在名为《降落》的第三章，读者了解到凯文和达娜不顾种族差异，“相爱”并组建家庭。在以探讨复杂的美国种族关系为主要内容的故事框架中添加达娜和凯文的关系，巴特勒意在告诉读者，不能简单地从黑人与白人关系的角度来看待达娜时空穿梭的经历。尽管受到了战前美国奴隶巡警的生命威胁，小说并没有一概而论地将所有白人男性都描写成种族主义者，都是邪恶的化身。凯文这个人物的存在表明，种族主义有其特有的时代特征和历史社会因素，而且存在个体差异。

达娜在 19 世纪的美国感受到的“种族区分”和“性别差异”都是因美国历史上那段特殊时期的社会行为而产生的。达娜的身份从一个 20 世纪的黑人女性作家沦为“一个可怜的成天惊恐不已的哑巴黑鬼”（48）是那个以固化的层级划分逻辑或者以种族和性别来区分、定义身份类别的年代的产物。凯文这个角色的存在，从小说的主题意义上来解读，就是要让 20 世纪 70 年代的一些种族和性别关系成为可能。

达娜的第三次时空穿梭之旅是在凯文的陪同下完成的。他俩回到了 1819 年，遇到了从树杈上掉下来摔断了腿的鲁弗斯。达娜和凯文装扮成女奴和白人奴隶主的模样，把鲁弗斯送回到他父亲的庄园里。充当达娜所有者的凯文，实际上给予了达娜在那个年代无法自给的安全保护。达娜意识到了这点，也想到了这么做有可能带来的负面后果。

> 在这样的地方，他这么做会带给自己的危险是我不愿意去想象的。万一他被困在这里几年，这个地方的很多东西会影响到他的。这个地方，这个年代，要不就要了他的命，要不就给他留下难以抹除的印记。无论哪种都是我不愿意见到的。(78)

达娜担心，那个时代的环境会带给凯文和自己一样的影响，会重新界定他的身份。或者更确切地说，达娜害怕凯文受到战前南部美国白人男性至上理念的荼毒，按照这种理念的说法，白人男性的身体要比黑人女性的身体金贵太多。在所有的担忧中，对于凯文在身体价值的界定上会受当时社会历史环境负面影响的恐惧是首要的。因此，作为 20 世纪 70 年代种族和性别关系可能性标识的凯文，他的肤色和其受到的 20 世纪社会化的影响，反而使其有可能难以抵拒 18 世纪 70 年代的主流异化危险，个中的讽刺意味可见一斑。

巴特勒让凯文和达娜一起回到1819年的马里兰，目的就是要让读者对凯文和鲁弗斯这两个同时出现在一个黑人女性生活中的白人男性进行对比。两人都同美国的奴隶制有着某种内在的关联，就好比达娜同艾莉丝因奴隶制这个特定历史时期而产生互联的关系。作为两个不同时间和空间里的穿梭旅行者，达娜和读者们都必定会考虑的一个问题便是，凯文是一个白人男性，这就意味着无论是在过去还是在现在，他的肤色都赋予了他权力和优越性。而作为黑人女性的达娜，无论是在哪个年代，她要想生存都必须有应对这种权力的能力。

书中写到，有一次达娜正在教一个黑奴孩童读书写字时被逮到，而当时凯文并没有在她的身边保护她。鲁弗斯的父亲汤姆·韦林发现达娜在厨房给鲁弗斯的黑人玩伴纳吉尔念书。达娜的做法触犯了在当时的美国南部最为重要的一条禁令。汤姆·韦林把达娜拖出厨房，并对其大打出手。达娜说道："我感觉韦林想要打死我。我觉得我会就那么满嘴泥沙鲜血死在地上，旁边那个往死里打我的白种男人嘴里在不停地诅咒怒骂。"（107）对死亡的极度恐惧把达娜带回了1976年的美国，而凯文却留在原地等着达娜再次回去找他。

达娜在1976年的美国生活了8天之后又被鲁弗斯召唤回到过去。这回达娜看到的是成年的鲁弗斯正惨遭艾莉丝的丈夫伊萨克的暴打，原因是鲁弗斯企图强奸艾莉丝，而这一幕恰被时空穿梭后的达娜看到。在跟鲁弗斯短暂交谈之后，达娜意识到"那个时代和社会环境”已经把鲁弗斯变成了一个典型的厌恶女性的强奸犯，一个全盘接受那个年代美国南部盛行的社会准则和价值观的成年人，达娜再想改变他，已经很难了。他儿时的玩伴，那个曾经自由又独立的艾莉丝现在成了他发泄兽欲的对象。在达娜回到现代的那些年里，鲁弗斯对艾莉丝的欲望与日俱增，艾莉丝最终难逃他的魔掌，并生下海格尔·韦林，也就是达娜的祖母。

在小说名为《战斗》的第四章里，读者知道艾莉丝也经历了某种社会转型——因由残酷的社会现实而不得不作出的改变。鲁弗斯对她施加的暴行让艾莉丝从一个原本自由的已婚黑人女性沦为一个寡妇奴隶。艾莉丝的丈夫伊萨克在受尽折磨后被卖到更加偏远的南部地区。艾莉丝在打算跟伊萨克一起逃跑时被抓，成了奴隶市场上任人买卖的商品。和达娜一样，艾莉丝失去了在遭遇鲁弗斯之前曾经拥有过的那仅有的一点安全感。

鲁弗斯把艾莉丝从奴隶市场上买回来之后，对其更加肆无忌惮。作为鲁弗斯的奴隶的艾莉丝再也没有保护自己身体的任何渠道了，因为在奴隶制时期，根本就不存在保护黑人女性身体自主性或人道主义待遇的法律。达娜很清楚，自己的生命是否能够得以延续，完全取决于艾莉丝是打算承受鲁弗斯的一次次凌辱还是决意冒着生命危险逃跑。达娜找到艾莉丝，企图劝说她认命，但当艾莉丝问达娜愿不愿意跟自己恨之入骨的男人同床共枕时，达娜也很犹豫。考虑到艾莉丝的处境，达娜最终决定帮艾莉丝引开鲁弗斯，好让她伺机逃脱。面对达娜的帮助，艾莉丝回答道：

我骗了你。我不能再逃跑了。我认命了。他知道我迟早会认命的。但他不知道的是，我多希望我能有胆量杀了他。(168)

艾莉丝打算屈从于鲁弗斯的决定表明了当时的社会环境对她身体的束缚。首先是艾莉丝的主体性并不是完全由其身体的所属决定的。在那个年代，社会赋予的法律和经济方面的所有权可以让鲁弗斯任意处置艾莉丝的身体，但是艾莉丝的精神是自由的，她满心都是对这个夺走她自由的男人的仇恨，并打算报复他。鲁弗斯能够霸占她的身体，但绝对不可能主宰她的全部。艾莉丝的灵魂依然由她自己掌控。更为重要的是，艾莉丝的拒绝逃跑可以看作她被动抵抗的表现。再次逃跑很有可能是一种自杀性尝试，于是艾莉丝主动选择在那个会伤害并毁坏黑人身体的体系里保全自我。这样一来，虽然艾莉丝无法决定自己所处的环境，但依然能保有对自己身体的一些自主性。

凯文回到韦林的庄园之后，决定营救达娜并跑到北方去。鲁弗斯在他俩实施计划之前就予以阻止，并扬言要取两人的性命。鲁弗斯的如意算盘是同时霸占达娜和艾莉丝两人。艾莉丝和鲁弗斯两人从小一起长大，她是鲁弗斯身体和社会建构欲望的表征体。奴隶制的体系构成让鲁弗斯相信，他有权侵占任何一个他买得起的黑人女性的身体。艾莉丝就是这样，触手可及，得来全不费工夫，最重要的是十分牢靠。

而达娜却象征着在主体性方面高于鲁弗斯的、很难掌控的存在。达娜在小说里的一个很重要的作用就是屡次救鲁弗斯于危难之中，因此在很大程度上达娜就是鲁弗斯的保护神。对于鲁弗斯而言，达娜既是母亲、朋友，又是庇护者，以至于他会很自然地想到要像霸占艾莉丝那样拥有达娜。而达娜的不可控和不稳定更让本来就对现实有着偏执认知的鲁弗斯更迫切地要达成自己扭曲的愿望。

于是，当凯文和达娜试图从庄园逃跑时，无法再压抑自己恐惧和怒火的鲁弗斯情绪大爆发："你俩谁也不许走！"他咆哮着，半跪着举着枪，眼看就要扣动扳机："该死的，谁也别想逃出我的手掌心。"（186）鲁弗斯既害怕达娜会再次莫名消失一段时间，又对她的身体不受自己控制感到气愤不已。艾莉丝是"无处可逃"，而达娜却能在远离鲁弗斯庄园的地方找到居所，这愈发让年轻气盛的鲁弗斯怒不可遏。鲁弗斯之所以知道达娜另有居处，是因为每次达娜都能解救他于困境中。鲁弗斯明白自己对达娜的来无影去无踪无计可施，才会更担心自己失去主动权。

鲁弗斯没有办法彻底、无限期地掌控达娜的身体也说明了达娜的身体并非完全由鲁弗斯所处的年代和环境控制或左右。对于鲁弗斯而言，达娜的身体并不完全是"真实的"，因为从历史的顺延角度来说，在鲁弗斯生活的年代里达娜根本没有出生。她是未来世界的幽灵，回到过去只是为了保证自己能够顺利地降生在身为一个人、一名黑人女作家的 20 世纪。

鲁弗斯的射杀企图让凯文和达娜穿梭回了两人位于洛杉矶的家。之前达娜独处的 8 天是凯文在战前美国的 5 年时光。凯文告诉达娜："5 年的时间可比听起来要长多了，简直就是度日如年。"（193）他就是在暗示达娜，达娜独自返回现代的这 5 年时间对于凯文而言无异于坐牢般痛苦。凯文不禁疑惑"那些从监狱刑满释放的人是如何重新开始生活的"（197）。

凯文独自在奴隶制时期的美国南部的这 5 年时间可以用来将那个时期白人男性的身体经历和黑人女性的身体遭遇作对比。尽管他在这 5 年的时间里经历了很多磨难，比如前额上的疤痕以及"眼看着一个女人难产而死"，然而他的性别和肤色无疑是他能够安然无恙的最核心因素，他享有的自由和自主性是同在那个时代的达娜所无法企及的。在凯文那段"牢狱般的日子"里，他还能"靠当老师养活自己"（193），还能期盼"远在东海岸人们的生活"（192），"说不定还能在加拿大颐养天年"（192）。将凯文和达娜并置在 19 世纪奴隶制时期的美国南部，巴特勒就是在呈现由那个特殊时期、特定环境决定的，基于种族、性别和权力划分的复杂边界。

达娜最后一次被传输回过去是在鲁弗斯即将摧毁艾莉丝身体的关键时刻。为了惩罚再次企图逃跑的艾莉丝，鲁弗斯让艾莉丝相信了他已经把她的两个孩子琼和海格尔卖掉的谎言。悲痛欲绝的艾莉丝决定上吊自杀。而达娜被传送回来是因为艾莉丝的死也会让鲁弗斯自杀。艾莉丝的不复存在再次点燃了鲁弗斯想要永久霸占达娜的欲望。鲁弗斯想让达娜成为艾莉丝的替代品，让达娜

“取代死去的艾莉丝的位置”（259）。在鲁弗斯的眼中，达娜不但是艾莉丝的替代品，还是他重获对黑人身体和日渐衰落的韦林庄园、他自己日益减弱的安全感掌控力的表征。艾莉丝的死让鲁弗斯不安地意识到，除了自己的肤色和性别，达娜是自己仅存的安全感的证明和来源。因此，在小说的最后一章，达娜的威胁（要离开鲁弗斯）以及表达出来的对鲁弗斯的憎恨，对于鲁弗斯而言无异于对失去生命的恐惧。

也就是在这个时候，鲁弗斯才被迫开始考虑他自己的行为会产生怎样的后果，在整部小说里，他是头一次这么做。从鲁弗斯孩童时代开始，达娜的出现和作为就让他习惯性地认为自己的生命是珍贵无比的，无论遇到怎样的危险都会有人出手相助。当他的守护神决定不再为其提供庇护的时候，鲁弗斯才生平第一次感受到了将要失去生命般的恐惧。达娜不再提供保护对鲁弗斯而言意味着死亡和孤寂，这都是鲁弗斯 · 韦林在他的父亲和艾莉丝去世之前想都没有想过的问题。

在最后一次战斗中，达娜告诉鲁弗斯：“为了让你活着，我做的已经够多了！”（259）达娜意识到鲁弗斯想要侵占自己的欲望已经到了不可理喻的地步。鲁弗斯要是不死，自己也就再也不能回到 1976 年的美国，重新做回那个自由独立的黑人女作家。达娜一直没让任何凌辱她身体的企图得逞，这一仅有的未被跨越的边界确保了自己没有沦为战前美国南部的一名黑人女奴。在自我防卫的过程中，达娜一刀捅死了鲁弗斯。这个无疑会给她招致杀身之祸的自卫举动让达娜恐惧到了极点，同时也把达娜带回了 1976 年 7 月 4 日的美国，但是她失去了自己的左胳膊。“我的左胳膊从肘关节往下的部分，消失不见了，这就是鲁弗斯那双罪恶的手抓过的地方。”（261）

鲁弗斯死在达娜的手里，这既可以被视为一段令人费解的共生关系的结束，也可以成为另一个未知故事的开端。在形容达娜同鲁弗斯的关系时，“共生”是一个很关键的词，因为两人都从这段关系中有所收获。鲁弗斯得到了很多的安全感和达娜身体的一部分，但是最终他失去了生命。达娜则是欣慰地获知，虽说海格尔·韦林的出生是鲁弗斯对艾莉丝施暴的结果，但她的生命因此能够得以延续并且养育出能生活在更好的时代和社会环境中的后代。维系鲁弗斯的生命，达娜其实也是在确保 1976 年的自己的生命。而且，若是没有鲁弗斯的存在，达娜也不可能有跟自己的先祖共同生活的经历。鲁弗斯这个超时空穿梭的媒介让达娜能够切身体会奴隶制时期美国社会的种种黑暗。达娜失去的左臂也是一个时时刻刻的警醒，告诫人们过去既是现在的必要基础，也同时对现在有破坏性的影响。与此同时，达娜遗失的左臂还是她跨越时间、空间和身体边界的代价。安妮·多纳代（Anne Donadey）在比较了《家族》和阿尔及利亚女作家阿西娅·杰巴尔（Assia Djebar）的小说《没有墓地的女人》（*La Femme sans sépulture*）之后，表示：

虽然小说从包括身体、情感和心理在内的很多角度来对暴力进行书写，但是达娜的身体上经受的最令她痛苦的暴力就是失去一条胳膊。左臂的丢失是极具象征意义的，是整部小说最强有力的宣告，表征着过去对现在不可忽视的影响：现世今日的非裔美国人依旧生活在奴隶制的历史和白人至上主义的阴影之下，当年的奴隶制就是现今种族主义的源头所在。达娜的经历表明，我们都要直面过去，才能从中抽身而退，虽然我们都无法逃脱被过去撕扯的身体残缺的命运。（71—72）

## 后现代主义文本

《家族》还同当代的其他反映黑人女性身体的作品有着千丝万缕的联系。可以说巴特勒作品探究的问题在很多方面与托尼·莫里森的《宠儿》（1987）以及盖尔·琼斯（Gayl Jones）的《克姿朵拉家的女人》（*Corregidora*，1975）十分相似。除了时空穿梭这个科幻元素之外，《家族》和《宠儿》或者《克姿朵拉家的女人》一样，都是关于身体在不同的历史时期以及记忆过程中的移动。从这个角度而言，《家族》就是把历史和现实融汇到一个足以重构人们对历史认知的基点上。在对《家族》和《宠儿》进行比较分析之后，温特提出两部小说“都主张重新审视非裔美国人同幻想文学的关系”（241）。要想跟得上作者的思路和小说的叙事步伐，达娜和读者都必须回顾战前美国南部的那段历史，去了解当时的时代特征和地理特性。没有知识的回顾作为铺垫，读者是读不懂小说的，因为根本不知道小说的内容指向。达娜的经历很清楚地表明，她对自己家族和自己国家历史的了解或记忆虽然肯定是不完整的，但最起码是有相当的储备，好过一无所知。要不是对记忆中的“海格尔祖母，有个叫艾莉丝·格林的和一个叫鲁弗斯·韦林的”（28）有印象，那她再被时空传输回那个完全陌生的时空环境里的时候就什么都做不了，只能听由命运摆布。

正是因为能够记起过去的事情，达娜才能够知道自己被时空传输到了什么地方，才能搞清楚自己周围发生的事情究竟是怎么回事。由此，《家族》也把人们口中常说的历史的概念加以延伸，使得人们的回忆成为历史的必要组成部分。按照常理，历史被定义成发生在过去的时间、空间里的事情，而达娜的经历却告诉人们，过去的事件会通过人们的记忆而同现实形成必然的关联（Rushdy，134）。

《家族》的女主人公达娜是被迫穿越回过去，托尼·莫里森的《宠儿》中塞丝的遭遇恰好相反，她是要在现实生活中面对一个来自自己过去的访客。为了确保自己在现实生活中的存在，回到过去的达娜要切身经历很多磨难。可以说达娜穿越回过去的经历构建了能够让她更好地认知生活在 1976 年的自己的崭新记忆。塞丝的遭遇和达娜类似，生活在现代社会的她必须回忆（重新经历）一段悲惨的过往，因为只有这样她才能修复过去经受的并且对现实中的自己仍有挥之不去影响的身心伤害。此外，必须指出的是两人的差异，达娜是必须回忆起在现实生活中快要被遗忘的东西，而塞丝的回忆则是为了遗忘，因为现实中的她被过去的回忆所笼罩。

塞丝从位于肯塔基州的庄园逃走以后，跑到了象征自由的俄亥俄州，有孕在身的塞丝和她的三个孩子在奴隶巡警找到她们之前，享受了生命中难得的一个月自由时光。为了让自己的孩子不再受奴隶制的戕害，塞丝割断了自己大女儿宠儿的喉咙，试图用铁铲杀死两个儿子，还要置襁褓中的女儿丹福于死地。塞丝因故意杀人罪被判处绞刑，但最后被释放，重获自由身的塞丝带着孩子回到了故乡。塞丝的婆婆去世后，两个儿子被宠儿的魂魄逼着离开了家。

宠儿神秘地在塞丝的现代生活中重现，达娜则不知为何回到自己的过去，不知怎么被鲁弗斯召唤回奴隶时代的韦林庄园。宠儿身体的一部分是女孩儿的模样，同时也有成年女性的特征，但她身上承载最多的是她临死时那些被压制的恐惧和痛苦的记忆。如果塞丝想延续自己的生命，健康地活下去，她就必须面对这些回忆。

莫里斯的《宠儿》中塞丝这个人物带有明显的修正主义色彩，她亲手杀死自己孩子的举动不仅体现出她浓烈的情绪、复杂的人性和模糊的道德观念，且其呈现的价值观念体系是像哈莉特·雅各布斯之类的作家难以理解和想象的。亲手杀子的举动会让大批（如果不是全部）同雅各布斯有着相似观点的读者无法接受。这一灭绝人性的行为显然同她的广大读者认可并接受的最主流道德观是背道而驰的，最重要的是，违背了这类作品最主要的目的之一——

要印证并颂扬非裔美国人，特别是非裔美国女性群体的人性良知以及理性通达。

巴特勒的《家族》也包含着与上述相似的逆行元素：达娜不仅公然蔑视、挑战战前美国南部的种种规制，还有着“不道德”的两性关系——嫁给了白人男性凯文。达娜和塞丝大搞的这些自由化是早期奴隶书写中的女性主义自传式作品无法兼容的。若是从芭芭拉·克里斯蒂安的说法“回忆是决定我们如何评价过去，我们该牢记什么以及该如何甄别什么应该牢记，我们又该忘却什么的关键因素”（Christian，326）来思考，那么《家族》所提倡的就是所谓的“重新接触”。从这个角度而言，这部小说成为两个主要观点的宣言书：第一，非裔美国人有自己的历史和文化；第二，他们的历史和文化在生理上和心理上，或者我们可以更简单直白地说，在身体和灵魂上，与奴隶主们的历史和文化密切关联、相互交织。

盖尔·琼斯《克姿朵拉家的女人》中的人物尔萨，她的回忆完全就是对历史的记录，而且只要她还有能力述说，这些记录就会留存。尔萨之前的三代都是母女，因此她就是这一支脉的最后一个人。她因子宫被摘除无法生育，这就意味着她无法把她的女性先祖们受奴役以及被名叫克姿朵拉的葡萄牙裔庄园主欺辱的口述历史再往下传递。1948 年的时候，尔萨的丈夫穆特把她推下楼梯，导致她的子宫被摘除。无法生育自己的女儿，使得尔萨整个家族口口相传的回忆将销声匿迹，这段祖辈相传的历史是那些乱伦暴行的见证，记录下了整个克姿朵拉家族是如何产生并相传的。

《宠儿》和《克姿朵拉家的女人》都是基于人物角色回忆的小说，通过回忆将人物角色的身体同过去和现在相关联。尽管两部作品搭建上述关联的形式和路径与《家族》不尽相同，但是对奴隶的主体形象建构，将黑人女性置于叙事架构的核心位置以及相同的生存主题构成了将三部小说归为同类的基础。和《家族》一样，《宠儿》和《克姿朵拉家的女人》有着浓厚的修正主义风格，是对文学传统和过去及现在女性身体的批判和质疑。从这个角度而言，巴特勒、莫里森和琼斯作品的关注点都是女性在文学作品以及个体两个层面上“更加真实”的身份架构。“20 世纪 70、80 年代的非裔美国女性作家大都致力于对作为核心存在而并非边缘化附属性自我的探索”（Christian，234），这在很大程度上有助于改写甚或重塑女性主体身份的历史建构轨迹。在《家族》《宠儿》《克姿朵拉家的女人》这三部小说中，主体在过去的身份都同回忆以及黑人女性身体的修正有着内在的本质性关联。

与传统的科幻小说不同的是，《家族》中以时光穿梭为主线的叙事架构里，最重要的穿梭交通方式就是人物角色的回忆和想象力。整部小说里，达娜在现代和过去的数次往来穿梭过程中都没有出现所谓的时间机器，除非我们把自己的想象力或者书中巴特勒的文字幻想成某种有机体来承载这种穿梭。“巴特勒就是把时间看成某种灵活可变的结构体，这种观点比绝大多数的身心连续理论所固有的看法都要严肃客观。”（Ashraf Rushdy，137）也就是说，对于达娜的时光穿梭之行而言，她对自己的界定及其回到过去之后所处的位置远不如她要在现代社会保证另一个时空的自己能够存活的真实经历重要。鲁史蒂的观点虽有深度，但是过于简单，因为《家族》中的身心连续是用来考量达娜时空穿梭经历的一个重要支撑点。

主张人类的身体是唯一同想象力绑定而存在的观点是达娜的时空之旅得以成行的主要原因。达娜和读者都被引导着认为，是鲁弗斯实现了现在和过去的某种形式的折叠，但如果从其时的鲁弗斯只是一个五岁孩童的这一主体能动性角度来考虑的话，这一想法既幼稚又武断。更加理性的推断应该是着眼于一位职业科幻作家和一个相信所有事情，包括不会游泳的人也能在水中嬉戏之类都有可能发生的孩童的想象力。

和巴特勒其他作品类似，《家族》中也包含着许多复杂的不明确性。能让巴特勒得以打破科幻小说的传统写作特质，或者挣脱被认为是不可能之事的束缚而超越现实社会的种种边界的，就是她本人超群绝伦的想象力。作为一位敢于挑战固化传统的、具有远见卓识的作家，巴特勒通过达娜的回忆来尝试改写女性主义奴隶叙事的传统。"达娜的记忆是历史的操演，这一强有力的操演使得达娜自己完全融入过去，使得她能够同自己记忆里发生过的事情'零距离'接触。"（Rushdy，137）换言之，正是因为达娜作为一名专业作家所具有的超群想象力并进而进行创作的能力，时间和空间的折叠或重叠就变得似是而非、模棱两可。在《家族》中，达娜就是当代许多有着非凡见识的、书写了大量追溯非裔美国人历史著作的黑人女性的表征，她集中表达了这些黑人女作家尝试从创想式的、合情合理的视角重塑非裔美国人历史的想法和愿望（Christian，“Somebody Forgot”，327）。

如果我们接受弗雷德里克·詹姆森所说的存在于科幻小说和历史题材小说之间的固有关联，即两者都用各自呈现未来或过去的方式营造出充满暴力的叙事错位来恢复、重塑我们从历史角度去组织并感受时间的动力和认知，那么巴特勒的小说究竟归于哪类就不再是什么重要的问题了（Rushdy，136）。在巴特勒的小说里，身体，尤其是在历史史实或文学作品面纱遮盖之下的行为的身体，总是具有跨越边界的能力。

## 《家族》中边界的缺失

《家族》通过对达娜的时空穿梭之行的描写构建了包含身体政治以及对于黑人女性身体主体能动性古板刻画批判的潜在文本。雅各布斯的《一个女奴的生平记事》，露西·德拉尼（Lucy Delany）的《光明从黑暗中降临》（*From the Darkness Cometh Light*），玛丽·普林斯的《西印度奴隶玛丽·普林斯的生平》（*The History of Mary Prince，a West Indian Slave*）等传记类小说也包含相似内容。女性主义奴隶叙事和美国历史史实叙事都在巴特勒对一个黑人女性生平经历的丰富多维化描写中有着至关重要的影响。从“有好些年纪轻轻的白人在管理奴隶以维持正常的秩序”（Butler，37），到对韦林庄园布局以及日常运转和想要给鲁弗斯·韦林找个白人老婆有多不容易等方面细致形象的描写，都体现出巴特勒对历史的探究和批判。通过定格于一个相对切近的时空背景，把时光穿梭这种可能性融入一个本该只是面向 19 世纪、人数不多并且认同这种可能性的读者的叙事架构之中，巴特勒有效提升了奴隶叙事体系的价值，大幅度地扩充了其受众范围。

将《家族》当作一部改良版的奴隶小说来析读，有助于对传统叙事的目的及相应边界的更深了解。巴特勒用来呈现达娜的叙事架构完全不受兴盛于 19 世纪末期的那些约定俗成的种族差异准则或社会政治诉求的限制。相比于在对自己作品中的女性角色进行描画呈现时颇受约束的哈莉特·雅各布斯和弗朗西斯·哈珀，巴特勒可以说是能够全方位地把达娜塑造成一个强有力的、颇具女性特质的、成熟理性的主体人物。

在书中名为《斗争》的这一章里，我们能够看出达娜在面对自己的老板和未来的丈夫凯文时，都是希望得到对方尊重的坚强独立的女性。达娜回忆起她出生之前的生活状态。虽然她获得的独立与她的预期并不相符，但她仍坚信这种不再受到重重约束和管制的自由是真实的、可见的。对于那些生活在 19 世纪的黑人女性而言，独立和自由是遥不可及的。尽管如此，达娜却要努力去争取。即便是凯文，如果牵涉到独立和自由的问题，达娜也是不会让步妥协的。有一次，凯文让达娜替他打印一份书稿，达娜的断然相拒惹恼了凯文，两人之间爆发了争吵。“他说如果这点小忙我都不愿意帮的话，就可以从家里滚出去了。”（Butler，109）第二天返回家的达娜还是不愿意帮凯文打印书稿。这样的举动无疑凸显出，生活在现代社会的达娜，要在各个层面上捍卫并践行自己的独立自主。

达娜不顾自己叔婶的反对嫁给凯文，表明她要按照自己的意愿自主选择生活方式、自主看待过去和现实的决心。达娜在给凯文讲述自己的叔叔婶婶时，语气里充满了讽刺和幽默，主要原因还是他们曾在奴隶制时期的美国饱受磨难。

> 他们都老了。很多时候他们的想法都和时代格格不入了。我觉得他们还在期盼有一天我能想明白，搬回家里，去念文秘学校。（110）

考虑到当时的时代特征和韦林庄园严苛的生存环境，达娜有关她叔叔婶婶的这段描述是极为激进的。虽然达娜的家人们年纪大了，但他们的观点并没有与时代脱节，对于穿梭于过去和现代的达娜而言，也并非毫无用处。

和传统的奴隶叙事不同的是，《家族》要让读者和书中主人公一道去感受、经历奴隶制，而不是仅仅作为听众来接受曾经身为奴者的二手回忆。达娜带着读者回到过去，亲见那些险象环生的危机时刻，比如差点儿被人凌辱，当然最重要的还是达娜对生活在奴隶制时期黑奴们的弱小、无助的认知和反思。跟随可以跨越时空的达娜，生活在21世纪的读者有机会去感受早已远去的19世纪，其感受就好比他们自己在进行某种实验那般真切。读者之所以能有这样的机会，主要是因为达娜是一名能够遵从自己意愿来自主选择的作家，而不是曾经身为奴隶的人们为了尽早结束奴隶制而进行的政治意味浓厚的写作。作为其神秘时空之行的记录者和讲述人，她对自己经历的描述比起处处受限的琳达·布兰特和艾奥拉·勒罗伊，自然更为真实可信。

正因为我们可以透过达娜了解到韦林庄园的真貌以及汤姆·韦林、鲁弗斯·韦林这两个人物的复杂性，我们对于奴隶制时期美国南部的被奴役压迫人群以及作威作福的奴隶主的认知才能超越此前传统奴隶叙事作品中的那些呈现。艾莉丝·格林伍德是一个远不止被奴隶制逼迫自杀身亡的传统受害者的人物形象。同达娜一样，巴特勒也把艾莉丝塑造成宁愿付出生命也要保证自身的能动性以及对自己身体的自主性掌控的女性。故而，艾莉丝的自杀完全就是她反抗鲁弗斯对其身体和精神控制的自主行为。

虽说雅各布斯笔下的琳达和哈珀笔下的艾奥拉没有被“赋予”能像达娜和艾莉丝那样反抗自身压迫的颇具激进性的强大能力，但是通过阅读《家族》我们还是能够对缘何如此有一个更好、更全面的了解。达娜通过自己20世纪的眼光对奴隶制时期美国的观察和评判要比19世纪的琳达和艾奥拉对奴隶制的避而不谈或闻所不闻理性得多。作为来自和现代社会的达娜所居环境较为相似时空的读者，我们对她的认同使得我们完全可以冲口而出："如果换作我处于当时那种环境之下，我也绝对会像达娜那样去做！"比起颇受时代规限的19世纪的琳达和艾奥拉，达娜的态度和语言要更加清晰明朗，顾虑也明显减少。在达娜的故事里，读者不用去猜疑是不是有暴力性侵犯或性骚扰之类的事情发生，因为在巴特勒看来，这些曾经被视作禁忌的事情达娜完全可以说出来。在很多方面，巴特勒都通过把"黑人女性"放置于之前只有"白人淑女"存在的位置之上来填补了传统女性主义奴隶叙事架构中的若干空白。从达娜和艾莉丝的经历来看，我们有理由怀疑琳达和她的黑白混血孩子们父亲之间两性关系的本质；艾奥拉·勒罗伊在被她那图谋不轨、报复心强的叔叔剥夺自由之后是怎样地绝望恐惧。巴特勒让达娜揭露出她的先祖都不敢言及、无法相传的奴隶制的种种罪恶。这样一来，身体就成为《家族》叙事架构中不可言说的预设场景的一种。

# 第二章 《野种》：身体标记的悖论

## 性／别二元对立框架的建构与解构

囿于传统的二元对立认知体系，女性主义对社会权力的批评及研究历来都是建立在性（sex，生物学、解剖学）、性别（gender，社会角色及表现，社会性别）和性欲（sexuality，性取向、欲望）三者相关联的基础之上。性和性欲通常被笼统纳入性别的范畴之内，尽管女性主义学者对性别的建构大加指责，然而上述三者之间的规范性关联却少有人诟病。

科幻文学素以对未来世界更为精心、更具包容的描画著称，赞成非主流性别政治的读者能够在其中找到颇为激进的，甚至是颠覆性的性别身份种类。近三十多年以来，女性主义科幻文学对二元性别关系及架构的挑战有目共睹，女性主义作家们提出了女同性恋、酷儿性别身份以及诸多全新的社会性别角色，引发了大范围的文理及政治争论。尽管如此，大多数女性主义科幻文学作品在对社会秩序的重构中仍以男 / 女二元对立为基准，虽然有些作品质疑主流异性恋体系中的异性相吸观念，但并未触及性（男性、女性）同性别（男人、女人）之间的归化性关联。在这些女性科幻作家构建的未来世界里，女性不再是父权体系中受压迫的被动客体，有些作品还依据女同性恋文化女性主义（lesbian cultural feminism）的模式虚构了同主流社会隔离的社会族群，比如琼安 · 鲁斯的《女性化男人》（1975），苏兹 · 麦基 · 查纳斯（Suzy McKee Charnas）的《母域》（*Motherlines*，1978）等。女性作家们还摹想出非源于两性关系的物种繁殖，认为性的分而等立是终结女性受压迫地位的唯一可行方式。有的女性主义文本通过重新定义传统的性别角色来建构平等的男女地位或推翻传统的权力关系，结果却是引发了激进派女性主义同自由派女性主义之间有关女性身份定位的新争端。而且，这些作品中但凡涉及二元对立性别之间的跨越时，都是性、性别和性欲被糅合成基于男性化身份本位主义的雌雄同体的变体范式，比如厄苏拉 · 勒瑰恩的《黑暗的左手》（1969）；或者是借用现代的生物科技来探寻性别差异的生理原因，比如尼克拉 · 格里菲斯（Nicola Griffith）的小说《菊石》（*Ammonite*，1992），其目的还是寻求男 / 女两性的分立。塞缪尔 · 德拉尼在《海神》（*Triton*，1976）一书中通过增加性别数量以及已然被社会群体认知体系接受的易性视角来挑战性、性别和性欲之间被归化的关联；玛吉 · 皮尔斯（Marge Piercy）在《时间边缘的女人》（*Woman on the Edge of Time*，1976）一书中摈弃了性别称谓词和社会性别角色。可以说上述这些作品都未曾尝试通过改变男女二元模式框架来尝试颠覆作为一种社会体系而存在的男女对立架构。

还必须指出的是，在科幻文学的叙事及评论体系中，有相当数量的对跨性别身份探讨的文本是基于赛博空间和离身性（disembodiment）身份归化而展开的。然而，此类文本中主体身体的持续存在都必然引发包括存在于“男性”和“女性”这一社会性别两分法之外的主体之物质实在性的争辩。酷儿理论家盖尔·鲁宾在其著名的《性的思考：性政治的激进理论》（“Thinking Sex: Notes for a Radical Theory of the Politics of Sexuality”）一文中批评同性恋女性主义将性、性欲同性别混为一谈的做法，提出应将性的规范机制明晰、精确，“（社会）性别影响着性体系的运转，性体系也有着（社会）性别具体所指的表呈。尽管性同社会性别彼此关联，但两者绝非彼此的对等物，是两个迥然不同的社会行为范畴的基础”。酷儿理论质疑对性 / 性别 / 性欲三者的异性恋同化以及对特定形式欲望的归化。女性主义酷儿理论进一步提出，主体的身体同其社会性别身份及主体欲望之间有着复杂但又非稳固的关系模式。主体的身体并不是一个先于话语的物质假设，而是朱迪斯·巴特勒在《性别麻烦：女性主义和身份的颠覆》（*Gender Trouble: Feminism and the Subversion of Identity*）中所说的“性本身就是一个被社会性别化的属类”（7）。女性主义酷儿理论此举的目的就是要抵制任何层级之上的男女二元论以及对“他者”性别主体的话语建构，包括对异性恋者主体身份和同性恋者主体身份的划分。就主体性而言，酷儿理论通过摈弃父权制所包含的性别分列并将之解构的方式来抨击所谓的关联性的、基于社会性别的身份政治理念。

朱迪斯·巴特勒认为，性别身份并不是一个真正的内在“自我”的传递，而是由强制异性恋体系中的政治和社会话语霸权催生的产物（177）。她提醒人们要将性/性别/性欲区别开来，因为三者的混杂融合根本无法包含诸种非异性间欲望。心理分析文本全然无视诸种酷儿欲望的存在，将生理性别认作主体欲望产生的根源，并由此将符合异性恋规制的性别定位当作一种给定的预设，而不把身体看成被话语权性别化的结果。朱迪斯 · 巴特勒指出，社会性别不应该被解释为一种稳定的身份，或是产生各种行动的一个能动的场域；相反，社会性别是在时间的过程中建立的一种脆弱的身份，通过风格/程式化的重复行动在一个表面的空间里建制。这种论点使性别的概念脱离了实在的身份模式，而转向在概念上必须把性别视为一种建构的社会暂时状态的模式。性别身份的基础是一种时间性的以性别进行身体具化的过程。“性别是一种操演”的观点将主体的社会性别理解为一种理想化性别身份的戏仿，其本身就是一个无法真正获取的幻象。这一理念彻底解构了基于前话语的所谓“自然”性别的核心性别身份，从根本上动摇了规范化“正常”性行为的概念范畴及内涵（184）。

朱迪斯·巴特勒认同经由话语建构的身份的强大效应，认为性别归化是真实存在的，尽管其发生于一种建构的幻想之中；正如她所说，“连贯性是人们所期待的”（336）。操演性行为并非如许多评论家所误读的那般是一种反抗性的、自发的自由行为，而是在不断地寻求经由话语镌刻在我们身体上的，我们选择性地通过自身的性别呈现与之争论、重建并挑战的一种规范化性别。同此种理想化性别不相符的性别呈现（比如男性化的女人和女性化的男人）打破了任何性别身份及其呈现都是“自然”的这一假设，故而性别操演本质上而言是抑郁的，因为上述理想化的性别呈现根本无法实现。朱迪斯·巴特勒将能动性（agency）置于这种理想破灭的框架之内，也就是说用性别身份来置换欲望。性别操演的失败证明了性别身份作为对一种不存在本体模仿的可能性的存在。

《野种》是一部讲述一个女性家长和男性家长抵抗对天赋异禀之人的奴役并为他们谋求独立的小说。创作并描画这些有着特异功能的个体成为巴特勒这部小说的叙事主架构，并且就身体和附着于身体的身份是由什么构成的这个问题进行了批判和质疑。附着在身体上的身份是极不稳定的，在不同的社会环境中会有不确定性和不同的变体。包括《野种》在内的巴特勒的绝大部分作品中呈现的身体，是不受物质实在性约束的先验性镌刻的表象。也就是说，巴特勒的作品就是在提倡将身体看作等待赋予其外在形态和内在含义的经历去填充和刻画的空白画布。巴特勒的《野种》表明，构建身体的不仅仅是肌肉和骨头，更多的是历史和个体经历。

“野种”，或者说是能够创造出一种新型人类的基因物质，是巴特勒这部小说的关键词。“野”这个字眼表明，“野种”是某种非常态的基因物质，可能是一个地方，一种血统或是一个种族，是无法被普通人类所理解的。“野种”是构成某种超人类族群的潜在物质成分，其可能长期在普通个体体内处于休眠状态，直到同包括自身在内的其他基因物质相混杂。基因混合的结果就产生了具备特殊能力的个体，这些特殊能力包括心灵感应和变形。用更加精确的语言表述就是，“野种”就是包含某种特殊基因成分的身体。通过集聚和覆盖不同“种族、性别、外形”（Judith Butler，178）的身体，《野种》主人公多罗的存在无疑是对到底什么才是附着于身体之上不同身份的构成和表现的本质成分的拷问：如果个体没有一个物质实在性的身体要如何生存？没有身体又如何能拥有供人区分辨别彼此的身份？如果个体没有属于自己的物质实在性身体，而是寄居在其他个体的身体上存在，我们又该如何对这些个体的身份进行界定？

在科幻文本中出现的易形者（shapeshifter）可被视为独立于二元性别架构之外的雌雄同体性主体身份的表征。能够不断变换形体的易形者没有恒定的外在形式，也没有一个能够用男人或女人来界定的稳固本体存在。能够随意变换身体，进而变换身份的能力使得易形者具有无可辩驳的跨性别酷儿特质——他们抵拒“和/或”的身份标识，在传统的两分性别属类间游走往来，其身体同其性别身份间不确定的关系无疑是对基于两分性别理念认知体系的巨大挑战，引发从跨界角度对性别身份的再认识，并质疑原有两分模式中两个节端之间的权力架构。

奥克塔维亚·巴特勒作品中角色复杂多变的性别身份及欲望的定位是串联叙事建构的关键因素。在构建女性主体时，她常竭力弱化其“女性气质”，既旗帜鲜明地反对她们权利被剥夺的生理性别身份，也拒斥建立在白人、中产阶级女性理应具有的优良特质（贞洁、柔顺、无助、弱势等）之上，被定义为“真正”女性化的、带有种族偏见的女性理想模型。她所塑造的女性主体通常在外形上是“去性别化”的，比如《撒种的寓言》中的劳伦，《模式之主》中的安博，或者是《幸存者》中具有“非典型”身体特征的、身材奇高无比的艾兰娜。而在《野种》中，巴特勒则通过永生的、身形不断变换的安延舞和长生不老、本无具身形体存在的多罗这两个雌雄同体的间性主人公对跨性别主体的身份政治及表呈进行探究。

安延舞和多罗可被视为朱迪斯·巴特勒性别操演理论的具象化表呈，因为他们的形体构成只是对他们不时需要呈现出的不同社会性别的戏仿，这些形体都不是“本真”的。然而与此同时，两者对自己原有的、不受被话语建构的种种肉身形态影响的“原初”身份的坚持又是对操演理论的质疑。多罗是一个活了四千多年的努比亚男性，他是吸血鬼的一种，一个寄生体。为了寻找合适的宿主，他常寄居在被他杀害的人类体内，因此他无法停止杀戮行为。从最初的人类"越界"成为后来具有精神动能的无体化寄生存在体，多罗已然完全失去了自己的本初形态，只能依靠宿主的身体来延续其生命。他有一个野心勃勃的计划：育殖一个能够听任他驱使、给予他绝对权力的独特人类属群，即具有心灵感应超能力的"天赋"人类。他不断强迫被其挑选出来的人跟他交配，虽然这些人大都是他的后代。在其千年之久的育殖计划里，他走遍世界各地寻找"潜在者"并让她们生育子嗣，由于这些"潜在者"具有心灵感应的超能力，故而她们的精神状态通常极不稳定，被社会所边缘化。

安延舞是一个拥有不死之身的伊博易形者，能够变成包括动物在内的任何生命体的形态，其本初形态是一个黑人女性。多罗在非洲贩卖奴隶准备运回 17 世纪的美洲时"发现"了她，当时她已经三百多岁了。他认为她是"野种"，是被他的育殖计划遗漏的产品。安延舞被多罗强行带回美国，并成为多罗手下的核心人物。两者之间的关系紧张而又复杂。尽管多罗冷酷残忍，但是安延舞还是很依赖于他，最重要的原因就是他们都有不死之身，只有多罗能够长久地陪伴在她身边。而对于多罗来说，安延舞不仅仅是个育种人，更是他的支柱，是唯一能够对他施加影响、跟他讨价还价的人。当多罗在《我意识中的意识》一书中被终结生命后，安延舞选择了自杀。

从某种程度而言，安延舞和多罗都有着"无社会性别"（genderless）特质，因为两者没有稳固的、性 / 别恒定的肉身。两者都用出生时的生理性别来定义自己的性别身份归属，然而在现实生活中，两者因由不断变换的形体而获得的多变身份却早已超越了由生理性别决定社会性别的传统认知域界。这同许多易性癖的人发觉自己被限固在“错误”的躯体中的想法和感受相吻合。肉身的非连贯性以及不断变化的生理性别差异的具身性表呈，都是性别酷儿理论中有关去自然化社会性别身份概念的重要体现。作为“他者化”的间性主体，这些易形者只在其愿意付诸真实情感的人际关系中才保持特定的形态，而且他们的身体可以根据同他们交往者的愿望作出改变。

奥克塔维亚·巴特勒用安延舞和多罗这两个雌雄同体的间性者在传统二元性别框架之中探寻跨性别身份的可能性：两个主体都对自己是男人还是女人有着明晰的社会性别意识，而且这一意识不受其所表现出来的诸种身体形态的性/别影响。两个主体都有着不由任何特殊的且总处于变化中的性欲决定的固定性别身份，然而问题的关键是他们并不需要倚仗某一身体形态来表现其稳固的社会性别身份。他们相对多变的性别与稳固的身份归化使得酷儿理论认为社会性别身份是变化不定的，一如身体是由话语建构的因而缺乏稳定的主张更趋复杂。跨性别主体同其身体被指派生理性别不相符的稳固的性别身份的感知经历，比如易形者不断变换的外在形体和从未改变的性别身份，同性别酷儿间性主体的身份理念更为相符。

在多罗和安延舞这两个主体形象中，巴特勒探讨了性别身份的两种极端构建方式：认为话语之外根本不存在主体身份的建构主义和主张前话语（pre-discourse）身份的生物本质主义。两种方式都以主体的身体作为指称对象。建构而来的性别身份从本质上说是随着时间的推移而变化不定的，这是因为不同的历史语境对于身体有着不同的解读。尽管身份能够以同社会分配相对立的方式发展，但这是通过福柯所谓的“反话语”路径，即同主流语境相悖的方式得以实现的。经由话语建构的性别化身体一直是身份的关键性参照，因为这一身体在其性别定位以及种族、能力、国籍、年龄和阶层等方面受到社会和地理环境的管控。而生物本质主义则以身体为根本，认为自然的身体是决定身份的主要因素。身体所具有的能力和经历感受，比如生育和繁殖的能力，决定了身体的性别身份。性别身份是一种假设，由主体的天然身体形状和机能决定，唯一的变量是由社会权力架构决定的性别表现。

无论是哪种理论体系，都认为变换的身体会引发性别身份的变化。然而，巴特勒在作品中对多罗和安延舞的人称代词的使用是连续不变的。身为一个易形者，安延舞通过变换并呈现各种动物以及男性的形体而积聚了许多不同的生理感受和经验感知，但是她的自我意识始终是女性的，而且只要环境允许，她所呈现的形体永远都是一个黑人女性。她的性别身份连同她的种族身份源自主体对于自身核心身份的本体性认识，这一认识不受任何社会认知的束缚，因为身份的获得同其所投射的身体无关。多罗通过杀戮和寄宿不断改变自己的形体：“我都不知道我做过多少回女人了。”（157）他还延续了其宿主的所有生理特征，感知其生理经验：他曾用女人的躯体生过孩子，也曾作为女人跟男人怀孕。对于无体化的多罗而言，唯一稳固的只有不受其宿主躯体的物质实在性影响的，始终是男性的性别身份。他被清晰无误地指认为一名男性化个体；在跟相熟的人交往时，无论是否以女性形象示人，都是以男人的性别身份行事。他的性别身份是非物质性的，不随环境或语境的改变而变化。

因此，完全有理由认为，安延舞和多罗都在不断变换形体的同时保持各自稳固的性别身份，这不但证明了建构主义声称话语建构的身体决定主体身份之说的偏颇，也挑战了本质论关于天然性别化身体的生理感受经历是性别身份形成基础的主张。

帕特里卡·梅尔泽尔在对多罗和“模式主义者”系列进行研究时论及了种族和权力的问题。

> 种族关系和权力架构之间的密切关联在“模式主义者”系列中是显而易见的。这里，差异的新标记形成了能够导致同奴隶制时期相似的掌控机制的分层。（82）

多罗利用三角奴隶贸易这个特殊历史时期来实现他的目的。《野种》中多罗最主要的目的就是收集野种并通过优生学工程和选择性繁殖来创造一个全新的人类物种，供其奴役、寄居和繁衍后代。值得一提的是，多罗是完全不受种族标记的限制和约束的。梅尔泽尔表示，尽管多罗的终极目标是要创建一个“超级物种”，但“他自己的非人类、无外在具体形态的存在方式打破了许多所谓外在标记的桎梏”（82）。只能通过对多罗所寄居的不同个体的身体才能对其身份进行系统的辨识。与之类似，《野种》的主人公安延舞的身份也是要由她复制并滋养不同身体的欲望和能力来构建和辨识。所谓的复制，就是指安延舞能够像母亲生育孩子那般繁殖并养育其他的野种。她有着可以寄居到被她选中的任何一具身体内并保证其宿主健康存活的能力。安延舞从来不会毁坏她寄居的身体，只是改变并操控这具身体的外在身份表呈。多罗则不同，一方面，多罗的行为使得被寄居的身体屈从于彻底的掌控，存活的时间很有限。在小说中，多罗不断变换的身份很好地说明了这点，比如他扮演过奴隶捕手、刽子手、热恋中的人和基因工程师。另一方面，多罗身体的不明确性代表着一种生产力和一种无限制的存在。在其寄居的身体之外，多罗是毫无疑问存在的，无论何时，无论他当时所寄居的身体有着怎样的肌肉骨骼形态，多罗的子民后代都能够认出他来就是最有力最直接的证明。安延舞在书中如此形容与其外在身体无关的多罗的本体：“就是将她包围的一束强光，一团烈火。”（《野种》，256）这句话也证明了，多罗的确还存在于血肉之躯以外。安延舞所说的一道强光可以被理解成某种天体物质，或者是多罗没有物质化具体形态的本体的形象化描述。小说对于多罗身体的呈现无疑是对身体决定论的批判，因为他的身体就是由同我们所有关于身体认知相反相悖的东西构建的。他将自己的本体融到其他人的骨肉之躯里，从而生成了属于多罗的身体。按照伊丽莎白·格罗斯（Elizabeth Grosz）的观点，多罗就是“文本化身体”（Grozs，62）这一隐喻说法的例证，因为多罗的身份就是一种文本，在这个文本里，文化行为赋予其存在的含义。故而，在对多罗的身体进行刻画时，他对某具身体的自我刻画并不是唯一重要的，同样重要的还有在其一手创建的“野种”圈里围绕在他周围的那些身体上的专属文化印记，因为“身体印刻标记的最重要目标就是要将身体置于某种文化矩阵之中”（62）。

在过去的几十年里，有关身体的种种疑问和探寻一直都是哲学界热度不减的话题，从尼采、达尔文、弗洛伊德到笛卡尔、黑格尔，都曾对之进行过探讨（Hodge，31）。在如此浩如烟海的对身体进行哲学探究的文献中，有两名学者的观点同奥克塔维亚·巴特勒的看法是极为相近的。伊丽莎白·格罗斯就试图用女性主义理论和心理分析理论来对身体问题进行分析。在格罗斯看来，女性主义理论受到了拉康相关理论的影响，这一观点在她的作品《雅克·拉康：女性主义视角》（*Jacques Lacan: A Feminist Introduction*，1990）以及关于身体相关理论发展演变的研究《变化无常的身体：走向物质女性主义》（*Volatile Bodies: Toward a Corporeal Feminism*，1994）中有集中体现。格罗斯的这些著作集中探讨了波伏娃[①]（Simone

① 西蒙娜·德·波伏娃（Simone de Beauvoir，1908—1986），法国存在主义作家，女权运动的创始人之一。1945 年与让-保罗·萨特、莫里斯·梅格-庞蒂共同创办《现代》杂志，致力于推介存在主义观点。1949 年出版的《第二性》，在思想界引起极大反响，成为女性主义经典。1954 年凭小说《名士风流》获龚古尔文学奖。

de Beauvoir）的理论同萨特[①]（Jean-Paul Sartre）在《存在与虚无》（*Being and Nothingness: a phenomenological essay on ontology*）中提出的精神和肉体的二元对立存在的矛盾之处，以及莫里斯·梅洛–庞蒂[②]（Maurice Merleau-Ponty）在其作品《看得见的和看不见的》（*The Visible and the Invisible*，1964）中所论述的有关触摸和意义之间的关系（Hodge，32）。朱迪斯·巴特勒在其文章《福柯与身体铭刻的悖论》（"Foucault and the Paradox of Bodily Inscription"）中，认为身体就是被事先预设的用来铭刻话语和权力体系的场所。换言之，身体在成为可辨识的物质形态之前就已经存在了。这一论断同多罗的情况是完全相符的，在《野种》这部小说里，身体在寄居于一具具血肉之躯前就已经存在了。从很多角度而言，多罗和安延舞都是等待着物质化身份铭刻的空白。如果多罗是绝对意义上的等待着由跟他同属一类的人群铭刻的空白页，也就是潜在的历史，那么安延舞就是已经部分被历史铭刻的非空白页，只不过这部分历史有可能会被多罗和她自身的经历改写。

---

① 让–保罗·萨特（Jean-Paul Sartre，1905—1980），法国 20 世纪最重要的哲学家之一，法国无神论存在主义的主要代表人物，西方社会主义最积极的倡导者之一，一生中拒绝接受任何奖项，包括 1964 年的诺贝尔文学奖。在战后的历次斗争中都站在正义的一边，对各种被剥夺权利者表示同情，反对冷战。他也是优秀的文学家、戏剧家、评论家和社会活动家。

② 莫里斯·梅洛–庞蒂（Maurice Merleau-Ponty，1908—1961），法国著名哲学家，存在主义的代表人物，知觉现象学的创始人。曾在巴黎高等师范学院求学，后来主持法兰西学院的哲学教席，与萨特一起主编过《现代》杂志。主要著作有《行为的结构》《知觉现象学》《意义与无意义》《眼和心》《看得见的和看不见的》等等。他被称为"法国最伟大的现象学家""无可争议的一代哲学宗师"。

奥克塔维亚·巴特勒塑造的人物回答了朱迪斯·巴特勒提出的几个相关问题。比如："如果有两具身体，那么哪一具才是'那个真正的'身体？这个和其他无数真实存在的身体别无二致的身体有无法言说的性别吗？这具身体的外形是什么样的，我们要如何才能辨识？这具身体是从哪里来的呢？"（601）多罗这个人物虽然并不能全面回答巴特勒提出的关于身体的历史铭刻和建构方面的具体问题，但依然为这些问题的解答提供了很多帮助。最典型的就是，如果像多罗这样的人或物可以被看作没有具体形态的存在，那么身体就绝不只是福柯所谓的"事件表面的铭刻"（603）。可以说多罗和安延舞的身体在某种程度上既不受任何历史时代及文化的影响，又完全依赖之，两者同时并存。"任何一具身体都是在依赖于他人的同时，又要遭到他人的暴力破坏。"（Chambers，49）通过文学作品中的人物来具象化有关身体的种种质疑的方式，奥克塔维亚·巴特勒在哲学和文艺理论领域之外，为探究身体的复杂性问题作出了重要的贡献。

对多罗和安延舞这两个主要人物以及《野种》这部小说架构的分析有助于解读身体的建构，有助于进一步了解通常是哪些种类的身份会附着于身体之上。通过文本分析，还可以充分理解巴特勒是如何运用像中间通道和庄园的社会组织架构之类的奴隶叙事元素来表明被边缘化身体的价值是怎样根据环境而改变的。巴特勒在《野种》中还塑造了一系列同《家族》相类似的拥有多重身份的角色，只是这些身份的复合和并存更加精妙细致。

《野种》是一部比较典型的科幻和奴隶叙事相结合的作品。在其叙事架构中，通过可以寄居于他人身体以及可以变换外在形态的多罗和安延舞这两个主要角色的建构，被边缘化身体的价值和可塑性得到了明确的显现。

## 间性主体的种族身份标记

《野种》一书中的三大部分都是源于《圣经 · 旧约》里《创世记》的相关内容，这三部分的标题分别是“立约”（1690）、“后代”（1741）和“迦南”（1840）。这三部分重现了《圣经》里犹太人创世记的故事。巴特勒用异常清晰的笔调将奴隶叙事巧妙地编织到了现代社会的科幻作品之中。尤其值得一提的是，小说同时吸收了非裔美国人奴隶叙事传统中的男性主义和女性主义写作传统及相关元素，两者相兼容的结果就是一个神秘人种族群的诞生，这便是多罗的后代。

小说《野种》以主人公多罗寻找其家人和血脉无果开篇。多罗找的这家人就是其散布在全世界的后代族群中的一个。这个族群已经有几千年的历史了，其血脉传承的结果就是要产生一个都是由拥有超能力者组成的新人类。在发现他所要寻找的这个族群的聚集地被破坏、被摧毁以后，多罗突然意识到他苦苦寻找的那个有着超能力的人就在附近，这个人能够帮助他实现培育新型人种的目标。巴特勒这部小说用多罗开头，其用意十分明显，就是要引导读者用想象力去勾勒这样一个主体：他已经活了一千多年，手下掌控着很多的族群和团体，这些族群和团体存在的唯一目的就是要繁殖延续他的后代。无论读者是否能够清楚地辨识多罗到底是谁，甚或多罗到底是不是人类，巴特勒从小说开篇就明确的一点便是，多罗不但是很多不同身体的占有者，同时还是身体的制造者。说多罗是身体的占有者是因为，多罗把人类的身体当作市场上的商品或奴隶那般买卖。说多罗是身体的制造者，是因为他是一个要穷尽全力打造出一个以他为模板的人类族群的基因供给源头。

多罗可不是一个要从奴隶交易中通过赚取差价发财的小商贩（Alaimo，127），他更在意的是通过榨取奴隶所获得的物质利益无法企及的东西。多罗是以他所寄居的不同身体的形式出现在他的后代子民面前，而因为他所寄居的身体无可避免的生老病死，他才不得不依附于他的后代子民（Chambers，49）。居住在由多罗掌控的聚集族群里的人都是他创造一个新型人类计划的基因试验品。和那些处于羡慕嫉妒恨中而用枪支火药把他的后代族群聚集地洗劫一空的奴隶贩子不一样，多罗在乎的根本不是经济利益的得失。多罗既扮演着这些族群家长的角色，又是他们的所有者。虽然在多罗的族群里，他如暴君一般统治着自己的后代子民，但他也肩负着保护者的责任，毕竟他的后代子民给他提供寄居的身体和忠诚。从这个角度而言，多罗对其后代子民所肩负的责任远远超过一个父亲对其孩子的所谓“白人男性的职责”范畴。巴特勒将多罗置于一个家长的位置上，他有着复杂并且不明确的人格特征，他的目标就是要在尽可能少受干扰和抵制的情况下实现自己的愿望。

读者可以从第一章的第三段得知，多罗不属于真正意义上的人类。在多罗受到未知的“意识”指引而离开他所掌控的聚集地之后，“他死过很多次——死于疾病，死于被野兽袭击，被对手杀害”（3）。因此，多罗的存活与身体的降生和死亡根本毫无关系，他只是需要有活着的身体来寄居而已。这就不禁会让读者产生质询，多罗是谁，他是不是人类，又该如何理解他（它）的身份。

多罗的身份与他所寄居的血肉之躯毫无关系。这具身体不过是一个可移动的居点，它可以用来进行位置的转换和后代的繁殖。对于多罗而言，要想避免死亡或者不被野兽和对手攻击毙命，只需要换一副躯壳便可以实现。这样一来，多罗的本体或者说真实的身份就无法用某一个所寄居的身体来予以判定了。他的外在身份会随着寄居身体的不同而改变，但其“本体”却是持续未变的。在相当程度上而言，多罗没有一个固定恒久的寄居体是一种理想化身份的呈现：他在不受物质实在性限制的同时，却享有对物质世界的掌控力。

从《野种》之后的章节以及《我意识中的意识》一书中多罗与玛丽的最后一战读者可以得知，如果多罗没有寄居在人类的身体之中就无法施展他的能力。在整个“模式主义者”系列中，寄居于他人的体内并将之作为繁衍后代的物质实在性工具才铸就了多罗这个独特的角色。为了打造一个以他为模板的全新人类分支，多罗必须得到所需的原材料。身体的外在物理身份标识（种族、性别和年龄）无关紧要，重要的是必须有足够的身体才能完成他的基因传续计划，身体就是他的基因计划的原材料。作为身体所有者的人类，其情感、个性或者原生的特质对于多罗而言，都不重要。梅尔泽尔认为：

> 按照福柯的话语权力理论，被认为理应由在繁衍后代和欲望构建方面的差异性决定的性别角色和功能并非源自“生物事实”，而是由话语产生的。决定性别主体之间关系的并不是身体本身（以及伴随着身体的“天然”性别而自然产生的欲望），而是对身体进行解读的话语。同福柯对关于性别的类型划分“去自然化”的强调相类似，巴特勒对西方传统的二元对立思想体系提出疑问，该体系认为是性别差异导致了社会价值的不同，而且这种差异是不可改变的。（83—84）

多罗找寻非同寻常身体的不可抑制的“冲动”将他引向了小说的主人公——安延舞。多罗看到的是一个老态龙钟、看上去对人畜无害的老妇人在花园里干活，但是他不相信自己眼睛所见是事实真相。多罗立刻就表明了自己的观点（也就是进入了一个语篇）：“你根本就不是一个老太太。”（6）也就是说，多罗很清楚，安延舞本身是远比她当时所寄居的那具身体要复杂得多的存在。

事实上，安延舞也确实不是那个慈眉善目的老妇人——她是一个已经 300 多岁的变形者，生活在 1690 年的位于贝宁王国旁边的尼日利亚。

安延舞是一个拥有超能力的黑人女性，只要她能通过基因或直觉的方式读懂对方，她就能变成包括人和动物在内的任何活体的模样。读懂的途径有很多，可以是视觉评判，可以是吃掉某个活体的部分肉体，也可以是简单地复制某活体的基因结构和外在形体。在向多罗解释自己的超能力时，安延舞如是说：

> 我能看清楚豹的模样，但是非得等到我自己杀死一只豹，吃了一点它的肉，我才能成为一只真正的豹。所以，之前我只是一个装成豹子模样的女人——就跟用陶土捏的豹子没什么两样。但是现在我变成了一只真的豹子。（80）

在吃了某个活体的肉之后，安延舞得以在外形和内部构造方面都对之进行复制。拥有了该活体内外形态的安延舞和多罗的本质是极为相似的，即某种个体的本体暂时以某个身体作为寄居壳。通过摄入其他身体的组成部分继而由内到外变成这个身体的模样，据此判断，根本就不存在所谓的“身体的完整性”，那么身体究竟是否依赖于本质或本我的存在呢？谢里尔 · 温特在《明日的身体》里说道：

> 盖尔·韦斯（Gail Weiss）关于身体意象的作品给我们提供了一个分析寄居于不同身体之中这一过程的不同视角。韦斯认为，主体能够拥有若干不同的身体形象从而可以根据其所处的不同环境进行相应变化应当被看作正常乃至健康的状态。这些不同的身体意象能够帮助我们在根据所处文化环境的变化而相应改变的过程中保持一种连贯的对自我的认知。（76）

安延舞自己成为一只猎豹（而不是仅仅具有豹子的外形）表明她的本我不受其所吸纳的物质形态的限制。能用来辨识、标记安延舞的元素并非要与特定的肌肉骨骼结构相关联，但其必定包含某种物质实在性。换言之，安延舞的本我既是真实的，同时也是理想化的，甚或是纯意识形态化的。安延舞或多罗本我的具体形态和肤色已经无关紧要了，因为除非其本我寄居于某个具体的物质外形体，其在现实世界中是无法与外界产生任何关联的。

虽然身体的物质性实在不是其性别身份的决定因素，但是作为一个传统意义上被标记的女性主体，种族、肤色和具身性认知仍是巴特勒规控安延舞主体身份的重要指征。种族主义和性别歧视总是同被社会层级以及诸如丈夫与妻子之间被指称为“个体”的类别关系合理化的权力架构相关联，并且两者总是在特定的历史群体中被建构。故而，巴特勒对于性别身份的探讨总是基于种族身份的建构，对种族身份的探究也常常是以性别为基准而展开。为了将种族主义本身的弊端和困境呈现出来，巴特勒对真实存在的以及她在作品中所建构出的种族差异的属类作了细致的对比分析，揭露出这些差异所固有的荒谬性及无序性。她试图证明，尽管种族主义是一种意识形态，但它对人们的行为理念有着实质性的影响。巴特勒赋予安延舞一个本初为黑人女性的身体，因此不管安延舞的外形如何变化，她的核心身份（core identity）都是一名黑人女性，延承了女性主义认为种族、肤色之类的身体标记对于女性具身性认知及身份建构十分重要的书写传统。与之相反，多罗本初形体的缺失使得身体同主体自我意识之间被去关联化，作为主体身份构成重要标记之一的种族也不是其核心身份的标定，在影射男性主义崇尚离身性本质论的同时，嘲讽了种族主义叫嚣的身份标识不过是历史语境建构的结果这一论调。在同其后代玛丽的一段对话中，多罗说出了他来自非洲的身家背景，并明确表示这一背景同其存在毫无关系：

> “上帝啊！你一直都是一副白人的模样，我从没想过你出生时是个黑人。”
>
> “这没什么关系。”
>
> “你说没关系是什么意思？对我而言关系重大。”
>
> “说没关系是因为在过去的四千年时间里，我没有任何肤色。你也可以说我是任何一种肤色。但不管怎样，我同黑人之间的相同点——不管是努比亚人还是别的什么——绝不比同白人或亚洲人之间的相同点多。”

“你是说你不想承认你跟我们之间的共同点。但如果你出生的时候是个黑人，那么你就是个黑人。不管你的身体呈现出怎样的肤色，你都是黑人。”

“我既不是黑人，也不是白人或黄种人，因为我根本不是人类。”（87）

巴特勒非但没有忽视话语建制的权力，还抵拒对种族差异属类的归化行为。她认同福柯关于生物学不是身体本身的代称，而是建构了身体以及我们对之理解的话语权的说法，提出对于社会秩序而言，重要的并不是种族差异的“事实”，而是在社会层级之中这些差异被标划的位置。多罗及其子孙把没有心灵感应超能力的普通人统称为“哑巴”，要他们受“天赋”人群的管束。多罗竭力向其后代标榜的自己理想化遗产的核心就是差异的越界，认为由于其非人类的、无实在形体的存在方式，他跨越了诸如种族之类的外在标记。然而事实并非如此，他的育殖计划造就的“超级种族”不过是用另一套层级标定和权力管控机制来替代了本质上与之无异的现存的种族主义。

安延舞的主体适应性很强，她改变自己的身体，学习、观察“他者”，并最终成为这个“他者”主体。安延舞将自己置于她所成为的主体的社会定位之上，其主体身份也必然包含许多通过社会层级定位的身体的经验感知。随着时间的推移，安延舞的本初身份吸收了若干“他者”的成分。多罗却从未真正成为被他杀掉并寄居于其体内的那个人，仅仅只是征用那个受害人的身体。故而，安延舞雌雄同体的间性本质明显比多罗更具浸入性，因其通过将自我按照新的表呈方式进行调整而承认身份的物质基础及其生理经验，而多罗则拒绝任何形式的基于其所占据身体的生理感知经历的身份。

萨蒂 · 普朗特（Sadie Plant）将多重身份视为女性的主要社会标识，提出人们忽略了女性早就是伪装、扮装方面的专家这个事实："模仿和乔装打扮，伪装和假扮：几千年来女性都在进行着不同的角色扮演，总是希望'能像个女人样'，'能有淑女的做派'，总是希望自己能变成怎样，但其形象却绝不会一成不变，最起码不能总是自己原来的样子。"（50）罗西 · 布拉伊多蒂（Rosi Braidotti）则认为身份的多重再塑是男性专属的理念，那些社会身份同其身体的物质化存在形式紧密相连的群体是根本不存在的。因而，虚拟现实就是男性化的表呈，虽然"身体"可以有无穷尽的变化形式，然而其主体意识只能源自男性（521）。从布拉伊多蒂的观点出发，多罗离身性的自我意识无疑是笛卡尔意识 / 身体分离说的上佳印证，也是赛博朋克小说有关抽象的意识能够与身体分离写作观的有力体现。他的非人类本质使其游离于话语的域界之外；该主体缺乏核心身份这一特性，使得他的身体成为一种其所不断标榜的、不受限制的差异性的表征。身为一个变形者，安延舞也能变成一个男人。但是，由于她拥有本初的属于自己的身体，因此其"本初"生理性别对所有外在形态改变的投射从未停止过。

斯坦斯·阿莱莫（Stacy Alaimo）对《野种》身体呈现的研究为读者提供了有关多罗对其自身的界定和独特认知方式的深入见解。

> 在其可以被视为析读奥克塔维亚·巴特勒作品导言的文章中，郑明河写道："自我是意识的一种身份归化。随着自我的发展，大脑会占据并掌控身体的其他部位……然而，思想不仅仅源自大脑，同样还来自眼睛、手指和脚。"（39）巴特勒的《野种》呈现出认知和存在的两种模式之间的抗衡：自我本位的、离身性的意识的强大掌控力和一个完全是具身性的女性的变化能力。（126）

阿莱莫这段话的重点就在于，多罗和安延舞的身份既是彼此相似的，同时也是彼此相异的。多罗起初意欲掌控所有他占据的身体的意识 / 自我，安延舞则想要掌控自我的大脑 / 物质实体。最终，能够用来区分多罗和安延舞身体的只有人类的道德意识。阿莱莫还表示：

> 笛卡尔的理论认为非人类的本质就是不具有思想或意识，因此人类可以把自身定义成唯一拥有理性的物种，非但如此，人类还可以为理性的无限制使用、改变甚至是对非人类本质的毁坏找各种理由。多罗将笛卡尔的无主领域延伸至人类的身体，

> 他可以通过自己离身化的意识奴役、繁殖并控制很多的人类身体。对于多罗这个笛卡尔主义者和资本主义者而言，身体不过是外壳和投资。（127）

阿莱莫认为多罗能够清空或清除其所奴役掌控的身体这一行为本质，既符合笛卡尔的理论，也是一个资本家的表现。然而，多罗的这种做法源自其想要生存的欲望，从这个角度而言，这一行为也体现出其人性的一面。虽然多罗的本体是一种非人类的存在形态，但他在绝大多数情况下都非常想占据人类的身体，并对由其创造的族群的身体有着较强的依赖性。可以说多罗对家庭群体的依赖就是他人性化的呈现。

由于具有能够分解并随心掌控其外在和内在结构的超能力，安延舞还能够拯救自己和其他人。巴特勒在小说里用几个生动无比的例子来描画安延舞是怎样实现她身体的变化的。比如，其中一个是有关安延舞在其前往北美的航行之中是如何不让自己晕船的。

> 她把注意力都集中在内耳，试图回想那里处于完好状态的模样，回忆身体各处器官的压力和体液都处于平衡的状态。她对自己身体的任何一丝变化都要事先予以解读并勾勒出其模样状态。如果她生病或受伤，单纯地希望自己能痊愈是不管用的。如果她自己无法迅速解读问题并对自己的身体进行修复，她就会像其他普通人那样死去。（54）

上述提及的这些自我分析、自我修复的超能力很好地表明，安延舞的非物质实在性自我是真实存在的，而且这部分自我要不间断地同她具有物质实在性的身体打交道。无论从哪个角度而言，安延舞都有着不死之身（不是一定会死去的人），是多罗背井离乡、不远万里要找寻的猎物。当多罗第一次亲眼见证了安延舞的变形能力之后，他就明白如果两人能够结合，那么他们两人培育出来的后代必将是可以打破物理常规和身体边界的全新人类。

因此，在安延舞向多罗展示其变形体之后，多罗就告诉她要把她带到一片新的土地上去。安延舞拒绝了多罗的提议，因为她不想离开她自己的后代到一个陌生的地方去。就在此时，多罗提出了最终让安延舞顺从的有条件的允诺。

> 如果你跟我走，我相信有一天，我会让你不用经历漫长的孕期就能有孩子。而且，做妈妈的再也不用看着自己的孩子变老并走向死亡。只要你活着，你的孩子就能活着。让我给你永生的孩子们吧！（22）

就是这个契约式的协议把多罗和安延舞捆绑在一起，延续整个"模式主义者"系列。与此同时，这也是两人冲突的源泉，因为作为安延舞孩子的父亲，多罗总是直接或间接地导致孩子们的死亡。

《野种》的第一部《契约》就介绍了安延舞和多罗如何成为父

母以及前往北美的原因。这部小说中的中间通道主题是最能引起共鸣的情节，该主题反复出现在巴特勒的其他作品之中，包括《模式之王》和“异种移植”三部曲，《撒种的寓言》一书更是完全讲述发生在前往北美西海岸途中的事情。就如同《家族》一书，身体的超时空传输是巴特勒塑造主要人物角色、搭建叙事架构的最重要途径。读者可以从小说的第二章得知，在多罗看来，身体可以生育繁殖的功能远比身体具有生命力更有价值。在一次平息手下族群的暴乱过程中，多罗向安延舞展示了他是如何夺取人的性命而保留其身体的。

多罗夺去了一个生活在族群里的儿童的性命和身体，以此来警告族群中那些不愿意俯首听命于自己的人。这件事让安延舞感到震惊和害怕。在平复心绪、离开村庄之后，安延舞清醒地意识到，任何胆敢挑战多罗权威的人都将面临巨大的危险，而且如果当初她不同意跟多罗走，那么她的家人后代也将面临灭顶之灾。就是从这个时候开始，安延舞开始惧怕多罗，担心多罗会在“牺牲、恼怒或者后悔”这样心血来潮的情形之下窃取她的身体。

在到达了西海岸之后，安延舞和多罗同一个名叫贝纳德 · 达利的奴隶贩子会面。达利是多罗的仆从，负责传递有关运送方面的重要信息。达利这个人物出现的意义就在于他开启了有关“种族”的叙述。在多罗和安延舞来到达利的奴隶集中营之前，小说里从未有过关于“种族差异”的论述，以至于读者都会误认为，这是因为小说是以非洲大陆为背景进行写作的，故而所有涉及的人物主体都有着相似的身体表征。这也说明，虽然种族是一个重要的身体标记，但如果不是刻意强调差异，那么这个标记就是无足轻重的。

由于达利是个白人，安延舞称其为“白色的动物”（42），达利则称安延舞和她的家人为但凡有机会就会连人肉都吃的“异教徒”（43）。由于在种族身份上的差异，达利和安延舞用如此低俗的方式来贬低对方身体的做法几乎让多罗的行为看起来更有人情味儿了。多罗似乎对身体的种族差异划分不感兴趣，这一点可以从整部小说里他在进行奴隶交易时不介意肤色并侵占了不同肤色身体的做法得到印证。

在多罗开往新世界的船上，安延舞偶遇多罗的一个儿子——拉雷。拉雷起初试图侵占安延舞的意识，但是安延舞变成豹子的模样把拉雷咬死了。多罗不想让安延舞吃掉拉雷的尸体，在阻止安延舞的过程中差点被逼要了她的命。

> 他站在离她很近的地方，头往后仰着，似乎是刻意把自己的喉咙露出来给她咬。事实上他的用意就是如此。“来啊，”他故意刺激着她，“把我也咬死吧。我当女人的时间太久了。”（74）

从这段叙述中读者可以很清楚地看到，多罗并不关注种族身份差异，性别对于他的侵占身体计划也不构成影响。就好比安延舞在小说的开头既以老妇人的模样出现，也以“肌肉型男”的形象示人，多罗在用不同性别的身体呈现自己的时候也没有任何的犹豫不决。因此可以说，在存活这个终极目标面前，多罗是一个绝对的机会主义者。安延舞也是如此，只要能活下去，她可以不择手段。对于某个身体的种族和性别身份标记会决定这个特定主体的权力层级及可掌控权力的大小这一说法，两人并不在意。至少是在小说的开头部分，对于多罗和安延舞来说，权力完全是来自对不同身体的掌控能力。

就多罗和安延舞来说，重要的不是他们如何行使、施展权力，而是他们拥有远远超越各自侵占的身体所具有和发挥的能力，从这个角度衡量，他们都非常强大。多罗和安延舞都对各自拥有的身体有着超常的客观态度，他们能够变化形体的特异功能使得他们可以突破常人的种种局限。可以说正因为他们不受他们所侵占的身体（物质实在性身体及其相应的意识）的限制，他们自然而然地超越了所有不具备这种能力的普通人。由此，同《野种》相比，无论是多罗、安延舞，还是读者，都能更好、更深入地理解究竟是什么构建了身体和自我。

在第一部的结尾，多罗和安延舞都对彼此的能力和弱点有了十分全面深入的了解。更重要的是，多罗意识到，安延舞和他所有的后代子民都不同的是，她拥有他无法完全掌控的能力和意志，而且安延舞的力量要远远大于他对所有猎物的允许范围。他无法像对自己的后代那样用死亡的威胁来恐吓安延舞。如果多罗实在无计可施只能杀掉安延舞，那么他也只能在极为有限的时间里借用她的身体，却不能将她身体繁殖后代的能力据为己有。多罗是在比较特殊的情形下才意识到自己对她无可奈何的，那就是只要安延舞不是内外结构均为人类的时候，多罗的“警醒意识”就发挥不了作用，就处于失灵的状态。在吃了海豚肉以后，安延舞把自己变成了一只雌性海豚，离开他们乘坐的船只去探究海豚这个物种。在被多罗最有能力的成年后代艾萨克用心灵感应能力叫回船上以后，多罗发现自己感受不到安延舞以动物形态的存在。

在《成为他者：动物、亲缘和巴特勒的〈克雷方舟〉》（“Becoming Other: Animals, Kinship, and Butler's *Clay's Ark*”）中，谢里尔·温特写道：

> 阿甘本、德里达和哈拉维都提出，应该将人类同其动物他者的主体关系当作道德和政治的某种转变来进行思考。他们的研究还表明，动物的分类对于人类的哲学继承至关重要，因为这反映出人类用自身的不同层级划分来标明他者，以此将一部分人排除在道德圈外。（281—282）

安延舞能够变成动物模样的能力是对《野种》一书中有关“人类”层级的划分体系有力的挑战和质疑。作为一种政治工具，对于安延舞这个“本体”是一个黑人女性的存在而言这种变化能力是多余的。然而，从科幻小说的角度考虑，以动物存在的形态使其能够有效规避多罗宣示主权或者强占并奴役她的意识和身体的能力。

在意识雷达失效的情况下，多罗无法获取安延舞所处位置的信息，安延舞的身体也就具有了更多多罗不愿意见到的可移动性。作为一个身体的狩猎者，多罗的本质同奴隶所有者一样，其行使自己意愿的能力是衡量其权力的一个重要方面，然而意愿的行使必然要以身体定位的容易程度和精准程度作为前提。尽管多罗可以轻而易举地定位并识别有着特殊能力的身体，无论其种族和性别标记如何，但是动物界的身份标记于他而言还是非常陌生的，因此他也就无法操控以动物形态存在的安延舞。小说正是通过这种方式让人们重新审视种族和性别身份的建构及其同权力的关系。能够催生、获取权力和主体能动性的或许并不是身体的外形或肤色，真正向往主体能动性或权力的是藏于身体的肌肉和骨骼之下的内生自我。在发现自己无法辨识安延舞的动物身份标记之后，多罗很快就明白这意味着什么，并感到非常恐惧。多罗很清楚，他威胁安延舞要侵占她和她后代身体的做法不能成为长期掌控安延舞行为的工具，尽管安延舞对多罗的恐惧一无所知。多罗此前坚信的“如果不能让他们（多罗的后代）不计条件地顺从自己，那就通过威胁恐吓的方式”（87）这一做法在他的新婚妻子安延舞这里是行不通的。

在第一部第六章的结尾处，多罗为了能够控制安延舞和她尚未出世的后代，打算终止与安延舞的契约。

> 如果她的丈夫没法控制她，那就让她的孩子牵制住她。她可以变成动物，可以混迹在白人或印第安人堆里不被发现，但是可以用孩子拴住她的脚步。她不可能不管孩子。她不是那种会不管自己孩子的母亲。(92)

从这段话可以看出，多罗已经弄明白了安延舞的弱点在哪里，那就是一个母亲对孩子天生的责任和疼爱。多罗很清楚，可以利用安延舞的这个软肋来有效限制其移动范围和速度，如果有必要的话，还可以用孩子来对其进行威胁，因为除此以外，安延舞不惧怕任何外来压力。因此，尽管安延舞有着惊人的特异功能和超越人类的力量，但是她作为母亲的天性还是让她难逃受人控制的可能性，甚至还会让她被迫屈从。

这也使得多罗具有了某种男性气质的因素。虽然多罗自己也是在不断地变化身体的外形，但是整部小说都是用“他”来对之进行指代，在对之进行呈现时也一直都是刻意强调他的男性气质，因为这个角色从最初的设定到具体行为的实施，都是男性化的。虽然如此，但是多罗关于安延舞对孩子的依恋这个软肋的认知过程也表明，界定多罗的男性化和男性气质时不应该匆忙下结论。在整部小说中，多罗都可以随心随性地变化自己的身体形状，故而从男性气质的表呈方面来看，其男性化完全是处在充满歧义和状态不明的变动之中。

当多罗把希望安延舞嫁给艾萨克的打算告诉安延舞时，遭到了她的拒绝，但后来安延舞还是被看上去颇具同情心的艾萨克给骗了。在多罗的船到达中间通道的尽头惠特利，也就是他的后代在新世界的聚集地时，安延舞已然踏上了“养育会无限延长她被控制受压迫状态的孩子”的路径（131）。这句话的意思是，随着生养的有着特异功能的孩子越来越多，安延舞作为多罗的一个奴隶和稀有物品的产出者的价值也与日俱增。从生育、繁殖后代角度和从权力所有角度界定的女性身体的重重矛盾由此显现出来。让安延舞的身体对多罗而言是有价值的、有能力的、具有危险性的那些特质恰恰也是她脆弱的、很有可能被多罗掌管控制的根源所在。读者们可以对《野种》的后半部分内容中有关母性的复杂——如果不是矛盾的特质呈现进行思考，这部分内容讲述的是安延舞在惠特利生活了51年之后发生的事情。这个时候安延舞已然是母亲，是看护者，她已经适应了多罗后代聚集地的生活方式，使自己成为当地人的一分子，安分守己地去履行帮助新的家人繁衍后代、保证多罗的后代能健康完好地存活下来的职责。对于所有聚集地的后代而言，多罗是施恩之人，是整个大家族的父亲。多罗对他们的所有权来自他掌控着所有住在聚集地人的身体，包括这些身体的生死、繁殖和所有的规则。

安延舞能够治疗别人的特异功能，这使得她被当成了巫医之类的人。多罗一到惠特利就向艾萨克打听安延舞的下落，艾萨克的回答是“在给斯隆家的孩子看病”（137）。虽然安延舞一心想融入当地人的生活，但是对于像斯隆这样初来乍到的新成员来说，他们的内心还有着种族主义的想法和各种猜忌。“他们对她黑人的肤色和她的超能力感到惧怕。他们觉得她就像一个巫婆，她研磨的药粉（其实是治疗肺炎的盘尼西林）就是毒药。”（137）不过随着时间的推移，他们最终还是接受了有着特异功能的黑人女性，还很爱戴她。生活在惠特利的51年时间里，安延舞和艾萨克扮演着监管者和护卫者的角色，多罗则往来于世界各地搜寻猎物打造他的新人类。住在惠特利的都是拥有特异功能的人，但是他们并没有施展的机会，只是作为多罗的猎物和繁殖工具而存在。居住在惠特利的很多父母和多罗的后代子民都没能给自己的孩子很好的看护。就像斯隆家的情况一样，很多被多罗安排在一起繁殖后代的夫妻都因为自身激素水平的不均衡无法和自己的孩子正常地沟通交往，在过渡期尤其如此。由于在其后代之间存在过度交配和乱伦等行为，多罗的后代子民当中很多都是不健康的，也根本没有继承其父辈的特异动能。从这个角度而言，多罗后代的聚集地同奴隶制时期美国南部的若干黑人奴隶村的情况极为相似，那些村子都位于美国东海岸沿线各州，比如宾夕法尼亚、马里兰、佐治亚，以及西班牙的佛罗里达。虽然境况堪忧，但多罗还是把这里当作自己的后院，因为这里有他最喜爱的儿子艾萨克和安延舞，安延舞最小的女儿钮基也住在这里。

多罗此次返回惠特利的一个重要原因就是要去探望处于过渡期的钮基。在《野种》里，多罗的孩子都要经历某种类似于青春期的过渡时期，只不过这段时间比青春期难熬得多，因为这段时期决定了他们能否完全继承并发挥父辈的特异功能。对于每一个孩子和孩子周围的人来说，过渡期都是十分危险的，常常会导致孩子或周围人的死亡。多罗感知到钮基身上有某种新物质，她和他的其他后代不一样。“即便是远在纽约，多罗也感知到了另一个安延舞诞生的可能性——崭新的，与众不同的，强烈地吸引着他，把他拉回惠特利。他还从未有过这种强烈的感觉。”（145）基于上述原因，钮基的过渡期成了串联小说第二部分“后代”的核心内容。也就是从这时候开始，多罗不再残害安延舞那些没有成功度过过渡期的孩子，也不再把女孩子当作喂养男孩子的牺牲品——甚至还自己亲自培育女孩子们（143）。安延舞也慢慢学会了怎么对付多罗的超强能力。而多罗这边，虽然他自认随时都可以要了安延舞的性命，但他还是逐渐接受了安延舞的反抗，而且安延舞比多罗族群里任何一个生过孩子的女性活得都要久。尽管两人都有所退让和妥协，两人之间的仇恨也还是在与日俱增。正是这种仇恨最终促使安延舞逃离惠特利。

钮基的过渡期十分不顺利，可以说是彻底失败了。在自己的身体被艾萨克摔到墙板上之前，钮基毁坏了安延舞的几个内脏器官。临死之前，她还重伤了艾萨克。多罗虽然没有受伤，但已无力挽回钮基的生命。“钮基是多罗所有的希望所在，是多罗的全部指望。”（189）她本有可能成为一个拯救者，拥有多罗闻所未闻、见所未见的能量。可惜的是，钮基没能顺利熬过过渡期，丧失了自己的所有能力。

从这个事件可以看出，多罗绝不仅仅是一个家长式的奴隶贩子，事实上他的首要身份是一个基因操控者，以培育有着特异功能的身体为自己的终极目标。钮基的死亡对于多罗而言，不过是一个被寄予了厚望的实验的失败。虽然这件事让多罗无论是心理上还是身体上都受到了不小的打击，但是钮基和艾萨克一样，只是“优秀样本”（195）之一。

在钮基的葬礼这天，安延舞变成了一只鸟，躲过了多罗的意识感应并逃离了惠特利。最终安延舞决定和海豚一起生活。“她原来就是一只海豚。如果多罗当初没有给她找到一个势均力敌的配偶，她就会是多罗实力最强的对手。他没有再次奴役她的机会了。她也不可能再次成为他的猎物。”（198）在她和多罗的契约没有解除的情况下，安延舞只能靠变换身体的外形和身份才能获得短暂的自由。

小说的第三部，也就是《野种》的结局部分——“迦南”（1840），逃脱了多罗的掌控100年以后的安延舞定居在路易斯安那州。多罗的后代聚集区已经遍布全世界了，他的后代的能力也比安延舞当年在惠特利的时候有了很大的提升。好似轮回一般，多罗又在为自己的后代族群寻找野种的行程中感应到了安延舞的存在。在来到安延舞的庄园以后，本打算杀死安延舞的多罗被自己的所见所闻惊呆了。“安延舞可以说做到了他想做的一切——而且是在原始资料远不如自己丰富的情况下做到的。”（206）在得知安延舞的儿子斯蒂芬拥有读心术、自动愈创和能够治愈庄园里其他人的超常能力之后，多罗决定留下安延舞并私下同她合作。

多罗通过自己最擅长也是惯用的方式，把安延舞的后代变成了自己的野种，从而接管了安延舞所居住的庄园，将之变成了又一个惠特利。他安排自己的后代中基因构成最差的那部分试验品同安延舞的后代交配，破坏了安延舞在自己的庄园建立起来的秩序和安宁。在全书即将告终的这个关键时刻，小说男女主人公之间才最终达成了相互的谅解。多罗允许安延舞亲自看一下，在他表面的血肉之躯下面到底是什么。多罗真正的身体被形容为充满愤怒和孤独的刺眼光亮（257）。这也让安延舞明白了多罗为何穷尽所有也要创造出以他为模板的新型人种。多罗是在建造一个家庭，一个能够填补他在自己的过渡期之后的缺失和空白的家庭。这个家庭必须是永生的，最终要能够在现实和虚幻世界之间的某个地方永远地存在。在终于了解到多罗性格的这一面之后，安延舞也是第一次把自己看作一个母亲，一个陪伴者，愿意坚守自己和多罗在两百多年前订立的契约，帮助多罗实现他的目标。从某种层面而言，安延舞的这种让步和妥协是令人感到失望和遗憾的，因为她在一定程度上让自己成为只有参与到男性价值实现的事情中才能获得自我价值的主体。她不再是一个价值自定的自主性母亲，而自愿成了父权体系的一部分（Barbara Walker，693）。

## 身体的书写

巴特勒在《野种》中对身体的书写包含了很多来自《圣经》、非裔美国民间传说、美国历史、非洲历史、殖民历史以及科幻小说特质书写方面的内容。对《圣经》的引用构成了全书的整体框架，也就是前文所述的“立约”（1690）、“后代”（1741）以及“迦南”（1840）三个章节。非洲和非裔美国民间传说的相关内容体现在多罗同尼日利亚神话《艾利各巴》（*Elegba*）、加纳的民间传说《蜘蛛阿南西》（*A.K.A Anansi*）以及流行在南美洲的黑人民间故事《贝尔兔》（*A.K.A Brer Rabbit*）之间的相似、相近之处。虽然像安延舞这样拥有特异功能的人物角色在非洲和南美洲的民间传说里都不常见，但也不乏巫师、巫医之类的人物。

在上述写作素材的基础之上巴特勒才能够创作出拥有复杂身体的辨识度很强的角色。多罗和安延舞就是通过自身的缺陷以及两人之间的争斗才使得自己的身份得到凸显。也就是说，虽然巴特勒设定两人为超越寻常人类的存在，但是两人都不完美，而且整部小说里两人都是在拼尽全力活命并实现自己的目标。巴特勒书写这些既不寻常又很普通的角色的目的就是要让读者能够接受这些角色不停地在以人们认为的不可思议的方式进行改变的现实。把安延舞和多罗同时放置在人们熟悉的《圣经》里的场景之中，虽然这种做法也有些不合逻辑，但的确能拉近角色同读者的距离，让角色变得更真实可信。

《野种》的第二部分里“神的儿子们”这个章节是跟《圣经》里的城市索多玛、俄摩拉有关的。根据詹姆斯国王的钦定版《圣经》中《创世记》的第 19 章第 1 到第 38 小节，在从天堂来的天使的要求下，罗德和他的妻子还有两个女儿打算离开罪恶之城索多玛和俄摩拉。临行之际，罗德的妻子忘记了天使不让回头的嘱托（第 19 章第 17 节），回头看那硫黄与火（被毁坏的城市）的时候，变成了一根盐柱。罗德和两个女儿成功逃离之后，住在一个废弃的山洞里。由于罗德是唯一的男性，而且是整个家族血脉的最后一个传承人，他的两个女儿就商议着要跟自己的父亲交配为他留下子嗣。两个女儿把罗德灌醉，这样罗德就可以在意识不清的情况下跟两个女儿同寝。就这样，一夜接着一夜，两个女儿成功地怀上了自己父亲的孩子，她们生的儿子分别是摩押人和亚扪人的始祖，延续了罗德的血脉。

人们经常会探讨罗德女儿的这种做法是否有悖道德、有悖常理，但是在生存和香火延续这个根本问题面前，人们的质询终究销声匿迹。这就好比当初的夏娃和亚当，一旦人们将其行为同创建人类相关联，那么他们触犯禁忌的罪责就极大地减轻了。罗德的故事既是为人父者所肩负责任的比喻，也是以色列人祖先们相互通婚历史的见证和流传。罗德故事的结束有着浓重的神学色彩，彰显出上帝对家族中为父之人的引导，上帝对罪恶的审判、对人类弱点的接纳以及上帝的好生之德。多罗族群中的父亲以及他们的女儿们重蹈了罗德的覆辙，他们将之视为为了延续血脉的必要之举，是可以被接受的行为。多罗同《圣经》中人物罗德的种种相似反而增加了他在读者眼中的可信度，否则读者们必将怀疑多罗所有行为的最终目的究竟是什么，会质疑这个角色在小说中的位置甚至存在的必要性。

巴特勒在《野种》中采用了与《圣经》故事相类似的写作手法，通过对乱伦等禁忌行为和禁绝种族间通婚的描写来激起读者对生育和繁殖后代的所谓恰当方式的重新反思及审视。更确切地说，巴特勒在小说中对于一些身体的描写对任何一个存在于社会环境中的身体所牵涉的道德问题进行了挑战和质疑。书中安延舞对多罗拒绝遵循她的文化禁忌而深感厌恶就是很有力的证明。

对安延舞这个角色的辨识和认同，就是对极端保守的、传统的基督教有关道德伦理观念的认同，虽然安延舞的来历和出身似乎根本就和基督教扯不上关系。在小说里，安延舞族人的社会道德理念同《野种》所面向的西方社会可能的受众群是很相像的。“神的儿子们”是整部小说里很关键的一个章节，这里不仅有对多罗权力和繁殖后代的详细交代，还有对安延舞是如何抗争并调整适应差异的描写。有很多次，安延舞为了活命而被迫冲破其内心认为的禁忌的限制。“神的儿子们”这一章开始便写道：“多罗回到惠特利，想看看他女儿们的情况如何。”（135）要知道，早在很久之前，安延舞已经被多罗“下放”给了他实力最强的儿子艾萨克。也就是说，安延舞被迫跟自己的女婿交配，被迫忍受这种在多罗掌控的惠特利里司空见惯的乱伦关系。对于外人而言，多罗的想法和打算可能是荒诞不经的，但是他的后代却奉若神明般照单全收。更有甚者，多罗的族人还把多罗的行为视为凌驾于一切之上的准则，是唯一的例行标准。

通过家族内部近亲通婚的方式来保证某些基因特质的传递和延续，是被多罗散布在全世界各地的聚集地所接受并盛行的观念。多罗自己对优生学理念毫无顾忌，因此在他这里，只要能繁衍后代，父女之间的乱伦关系也完全可以接受。事实上，多罗自己和他的女性后代早在几个世纪之前就开始这么做了。“在惠特利，年轻姑娘们的身体随时都要供自己的丈夫或多罗使用。”（151）从这里可以清楚地看到，多罗并不是一个传统意义上保全自己女儿贞洁以便让女儿找到一个好归宿的父亲，他的女性后代也不这么看他。如果说《圣经》里罗德的故事隐晦地提到了繁衍后代是身为人父者肩负的道德义务，那么多罗的行为就是赤裸裸地为了保证基因的纯正而无所顾忌。

安延舞必须跨越自己在尼日利亚时养成的道德禁忌才能理解这种行为。虽然最终她理解并尝试适应多罗的一些做法，但是根据自己三百多年的经历她始终无法将之视为正常的行为。安延舞外在的调整适应和内心的矛盾冲突，值得我们对道德与否的标准进行反思。她的不接受甚至抗拒把自己完全奉献给多罗的事业、完全按照多罗的要求去做，最终促使她离开惠特利，离开多罗。

安延舞的情形同罗德的妻子有些许相似之处，当然也有很多不一样的地方。首要的差异就是，惠特利并没有即将毁灭在上帝之手中。其次，没有象征着无罪之身的天使住在惠特利，事实上惠特利里面到处都是“恶贯满盈的父母”（137）。多罗的后代里有好人，也有坏蛋。安延舞不但没有被变成盐柱，还从她怒火中烧的主人手中逃离，这回，她发挥了自己的主体能动性，没有变成海豚，变成了一只鸟。

作为神的化身，多罗实在没有可圈可点之处；他不评判是否有罪，他在意的只有是否违背他的意愿；他利用自己后代的弱点来操纵他们，却从来不给予他们帮助。除了同《圣经》中的人物罗德相似，多罗还和伊斯兰小说中的人物有相像之处。在《马尔科姆·利特尔自传》（*Autobiography of Malcolm X*）[①]一书中，伊利贾·穆罕默德[②]给自己的跟随者讲了一个故事：有个狂人医生，因

① 马尔科姆·利特尔（Malcolm Little，1925—1965），美国著名黑人民权领袖。年幼的马尔科姆渴望成为一名律师，却不得不面对“律师职业对黑鬼来说只是一个梦想”的现实。1946年，失去信心的他因为“入室行窃”罪被逮捕，在监狱里度过了7年时光。就在这段时间里，身为“伊斯兰国”成员的哥哥雷金纳德引导马尔科姆加入了这一组织。1952年，当马尔科姆出狱时，他已经是这一组织的忠实信徒，并用新姓氏“X”取代了他的本姓“Little”。他认为，Little显然是奴隶的名字。之后不久，马尔科姆·X被任命为“伊斯兰国”组织的部长和发言人。他利用报纸、广播和电视在全美广泛散布“伊斯兰国”组织的消息。由于他的超凡魅力，为数众多的新成员聚拢到“伊斯兰国”组织里。1952年到1963年的11年间，“伊斯兰国”组织成员从500人猛增到3万人，马尔科姆·X厥功至伟。他的名望逐渐凌驾于他的灵魂导师、“伊斯兰国”组织领导人伊利贾·穆罕默德之上。1964年，马尔科姆·X与“伊斯兰国”决裂，开始按新的信念建立组织。此时，他已被确定为暗杀对象。1965年2月14日，他在纽约的家被纵火焚烧，所幸一家人都逃过了劫难。然而，一周后，马尔科姆·X没能再躲过如雨的枪弹，他倒在了演讲台上。1965年2月21日，3个持枪者冲上了马尔科姆·X的演讲台，近距离向他连开15枪。39岁的马尔科姆·X在被送往医院的途中不治身亡。

② 伊利贾·穆罕默德（Elijah Muhammad，1897—1975），美国黑人穆斯林领袖，“伊斯兰民族”组织的创建者。其父母是佃农，曾为奴隶。1923年全家迁居底特律。伊利贾深受美国黑人伊斯兰运动领袖法尔德宗教思想的影响，加入了法尔德创建的黑人伊斯兰传教组织。

为嫉妒真主安拉，就创造出白人这个“邪恶人种”（Haley，165），去报复安拉。“亚库布的历史”就是被看作尝试解释黑人和白人这两个人种由来的妖魔论。身为“原始黑人种族”的成员，亚库布先生就是二十四位智力超群的科学家之一。一向以“自以为是”而著称的亚库布和多罗一样，潜心研究如何才能科学地生育繁殖，并发现黑人身上包含黑色和棕色两种细胞胚胎。在被从圣城麦加驱逐以后，亚库布在一个叫帕特莫斯的小岛上开始了违背自然规律的所谓优生学实验——这个小岛在《圣经 · 新约》里就是约翰收到《启示录》提到的信息的地方（Haley，165）。在他 59999 个黑人信众的帮助下，亚库布创建了一个法治森严的殖民地，在那里黑人这个种族会越来越纯正并最终成为正义的代言人，而弱小的白人则逐渐成为邪恶的化身。遗憾的是，和多罗一样，亚库布在其有生之年并没能见证或品尝到自己创建工程完成后的成果和喜悦，而活下来的那些当初的追随者已然活在邪恶种族的压迫之下。在“模式主义者”系列作品中，巴特勒建构了一个超人类种族（由小神组成）来操控和惩罚人类，就好像他们对《旧约》中的诸神感到不满，要以此作为报复。

巴特勒在小说的最后一个部分“迦南”（1840）里也添加了《圣经》的相关内容。迦南是安延舞逃离多罗的掌控之后暂时栖身的地方。她在新奥尔良创建了一个小农庄（一个种族和文化混生杂合的基地）来收纳她的“特殊后代”和其他的野种。和《圣经》中迦南之地的社会结构相类似，在这里主要有三种人：自由人、代理人和奴隶。在安延舞这个“被诅咒的村落”里充当奴隶的人都是无法控制自己的能力或没有任何超能力的人。自由人就是指安延舞和她的健康的后代以及其他健康的族人。多罗的到来才让代理人的数量逐渐增多：他来到这里想完成他的未竟事业，杀掉安延舞，搜集每一个新人类的后代（203）。从多罗来到农庄的那一刻起，这里就变成了商人聚集地：商品就是野种以及把野种培育成能帮助多罗完成其事业的有力工具的能力。巴特勒对惠特利的呈现突破了传统奴隶叙事对奴隶制时期庄园的书写规限，赋予了身为奴隶的人们主体能动性和希望。

虽然安延舞要受制于多罗，但她还是充分利用自己的能动性和影响力主动与多罗抗衡。虽然安延舞的所作所为非常有限，但其反抗行为的重要性不可忽视，她是在为全新的人类书写历史。安延舞既有跟多罗十分相像的地方，也有与之截然相异的方面。安延舞的农庄就是她实施自己基因工程的场所，也是她能够养育后代的母性能力的象征，这种能力就是多罗千方百计要予以压制的。

可以从“模式主义者”系列的第二部《我意识中的意识》这本书的结尾部分得知，安延舞和多罗订立的契约最终得以实现。多罗和安延舞终于创造出了全新的人种，但是第一个真正的模式主义者的诞生就是以其父母的死亡为代价的。多罗成了自己创造的牺牲品，而且他的死亡还连带上了他的妻子安延舞（在小说里名字已经改成了艾玛）。亚当（多罗）和夏娃（艾玛）的后代通过致命的手段夺去了伊甸园。

在很多方面，《野种》都可以被视为《创世记》的改写。像亚当和夏娃一样，安延舞和多罗从一开始就被赋予了要创造新世界的使命。作为一个身体捕猎者，多罗（大蛇）扮演着诱惑者的角色，让安延舞（夏娃）离开了那条笔直但是狭窄的小道，一步步走向罪恶的深渊。巴特勒在“契约”这一章节中，多次使用这个比喻：“把食物给我，安延舞，这样我就有力气把你从这个地方带走。”（17）《创世记》中写到大蛇是怎么引诱夏娃不听上帝的话的。在巴特勒的小说里，“这个地方”指的就是安延舞的家乡——非洲，她的家在这里，这里是她的伊甸园。

巴特勒究竟是把身体当作主体还是客体，要依据读者如何从生物构成和社会构建的角度来解读身体而判定。虽然身体的操控毫无疑问是《野种》的主题之一，然而人们惯常认为身体所具有的社会价值也影响到对小说和这些比喻的解读。《野种》表明，任何一个身体都同时是若干身份的载体，身体的种族、生理性别、年龄和社会性别都不会是身体的长久标记。身体不能代表主体，身体具有的或被镌刻于其上的身份更不是某一主体特性的必然组成成分。自我从来不依赖于某一个具有物质实在性的身体。

多罗和安延舞最终都是西方经典哲学的映像：精神是独立于肉体的存在，当然他们不止于此，因为他们无论以何种形态存在，都给现实世界带来了实实在在的影响。更重要的是，安延舞和多罗都不认为自己的身体是囚笼，是禁锢了他们精神的牢狱。多罗可以在不同的身体之间变换穿梭，安延舞能够不断变化自己的外在形态，故而两人都是《野种》这本书里最缺乏稳固身份的角色。如果我们能接受身体远不止是骨骼和肌肉这个理念，甚至“一种建构过程所处的条件，只同作为其主体的身体有着外在的关联”（Judith Butler，601），那么多罗这个角色对于剖析我们是如何在认知意识层面进行身体的建构以及我们又是如何把身份附着在身体之上就有更为显著的作用。

# 第三章 《模式之王》: 性别主体身份的层级架构

## 主体身份的多元性

作为一名黑人女性，巴特勒作品关注的重点，一是因牵涉到种族、性别等因素而被复杂化的主体的社会性别建构，二是性别主体想获得能够反映自身经历的身份表呈，而不是因自身的性别或种族标记而习惯性地被拥有“主导性身份”的主体归列为“他者”。她的作品坚持在特定历史时期的多元主体定位，主张身份是差异而非同质性的体现，这一观点与女性主义理论体系是相吻合的。依照女性主义理论的框架体系，巴特勒将多元主体性构建成一种源自分散、迁移和缺失的元素，该多元主体性在其本身充满矛盾而又痛苦的构造过程中孕育出极具反叛潜力的分离空间。

符号边界是巴特勒作品里不可或缺的重要组成部分，它们象征着自我界定以及在承认差异的基础之上进行自我身份修正的努力尝试。巴特勒作品中的这些边界及其标记总是不断地转变，故而根本不可能将主体定位建立在某个稳固的身份之上。因此，越界（transgression）是巴特勒差异表呈的最主要特点，是其非稳固主体性的最主要“成分”。越界突出强调的是传统类别划分的去自然化——拒绝权力掌控者设定的规限的同时，还要突破主体自身既有经历的局限。巴特勒作品中完全可以被调整、改变的边界既有外部的，也有内部的，表现在不同的层面之上：从《模式之王》《野种》《我意识中的意识》，以及“异种移植”系列中由不同种族之间的外形差异而折射的彼此相异的社会结构，到“模式主义者”系列中的精神体系和《撒种的寓言》中的感觉融合，再到《家族》中时间维度的渗透等。

巴特勒在作品中塑造了形形色色的越界主体，比如有着特殊主体身份的外星生物，因为他们本身就是越界的典型代表。若用象征的手法来形容，那么外星生物就是差异。巴特勒在作品中通过对外星生物以及人与人之间、人类与外星生物之间关系模式的描写，对诸如种族、性别和性欲等传统标记主体身份特性的属类进行质疑。同外星生物一样，巴特勒笔下的女性人物也是越界性主体，她们的越界行为通常发生在把她们从传统的社会构成形态中赶出去的“突发紧急情况”下，在这种紧急情况下，只有突破固有边界才能让自己和其他人不被毁灭。巴特勒在塑造女性人物主体时十分强调她们面临的种种矛盾冲突——这些主体的交往行为中不存在简单的解决方案或一成不变的主体位置。对所有单一维度理论方式的拒斥是巴特勒对女性主义理论体系架构最重要的贡献之一，她的“外星生物建构”，即源自她反他者化主体定位的外星生物、杂合型主体及其他去自然归化的主体，都是越界最好的表现方式。

巴特勒对于主体身份差异的主要表呈方式就是对西方社会建构的自我与他者间二元对立的破解。在传统的认知体系中，这一二元对立建立在同质（正常）和异质（不正常）两种属类的对比之上，由此形成的权力关系通常被认为是自然而然的，不应该被改变。巴特勒破解该二元对立的途径，一是假设存在足以动摇该两分法的多元并且相互排斥的自我概念，二是创建出一种对待差异的全新角度——差异是自我的固有组成部分，而不是用来划定同他者边界的参照物。两种途径的共同作用催生了能够接纳差异的体系框架：既不支持，也不否定，就是将差异作为主体身份的固有组成部分。

科幻文学作品中差异的主要表现方式之一就是“非人类”主体。“科幻文学作品中的非人类主要包括以下两种：一种是建构性主体，比如仿生人、机器人或魔像（傀儡）之类的人工制造。二是超自然进化的产物，比如外星生物”（Robert Scholes and Eric S. Rabkin，179）。上述非人类主体的表呈形式多种多样：用有机或无机材料合成的赛博格；人工智能体；通常表现为仿生人的具有自主思考能力的计算机；二重身，一种在物理学上解释得通的非物质幽灵。从传统的角度而言，外星生物以及其他的非人类主体都构成与人类的两分架构。在科幻文学作品和影视作品中，外星生物是应用最广泛的隐喻之一：“外星生物使得差异能够通过强调主导与服从的两分对立方式得以建构。”（Jenny Wolmark，2）在叙事架构方面，传统的科幻小说则通常拘泥于两种形态：敌对方，奋起反抗书中主人公对他们所在星球或宇宙某一部分的殖民、领土分割；友好方，通常默不作声，充满同情心的他们会在跟主角离别时羞涩地摇晃对方的衣袖。

巴特勒的作品吸收了许多光怪陆离而又神秘的因素，将人们业已熟悉的科幻小说写作范本应用于全新的概念界定以及写作方法中。她笔下的非人类主体从根本上动摇了传统的主体身份定位，比如，人机混合体是建构在强调将人类的经历融入主体身体之中的生物学层面。正因为如此，她的作品才得以超越此前绝大多数同类科幻作品将人机混合体所牵涉的道德及伦理争论作为关注点的固有局限。而且，她的作品中不单是人造或外星生物，还有外星生物同人类的混生体、变种人，以及拥有诸如心灵感应和意念移物之类超能力的人类。

上述主体的存在，向标定人类身份最为核心的要素——人性提出了怀疑。巴特勒并不认可有关人性的种种假设，提出：何为人类，这个属类划分又是如何构成的。在其越界书写中，她首先跨越了人类与非人类生物在身体方面的界限，由此抹除了人类的特权位置。“异种移植”系列中所建构的主体，人类同外星种族欧安卡利族的后代乌劳，以及由外星病毒突变而形成的变种人克雷方舟，都是此种跨界的代表性主体。巴特勒还通过主体内在的，通常是精神上的跨界来挑战有关人性的概念界定，使得人类所具有的可视标记之外的本质特性也成为争论的对象。有着异于人类的神经系统的模式主义者，以及《野种》中的主角安延舞，都是内在"非人类化"主体的上佳例证。巴特勒作品中的外星种族也会有因种族或性别差异而引发的像强奸、种族杀戮之类的暴力行为，外星种族和人类在对待种族及性别差异问题时相似的态度和方式，使得詹妮 · 沃尔马克（Jenny Wolmark）用来形容"人性演变成自身的他者的过程"（40）的生物学隐喻的内涵变得更加复杂。对于巴特勒塑造的那些非人类混生主体，现有的用来界定生命形式的属类显然无法应对，去限制的主体身份机制理应取而代之。"模式主义者"系列中多罗的变化莫测就是主体内在和外在越界特性凸显的最好例子："一个变种人、一种寄生物、一个神、一个恶魔。你一定会感到惊讶，人们看待我的方式竟然如此多样。"（《我意识中的意识》，88）巴特勒拒绝接受属类化差异的规限，因此她的作品同那些旨在维系固有权力关系架构之完整性的，"仅在表面上追求多样性和复杂性"（Christina Crosby，131）的自由主义书写截然不同。

巴特勒书中的外星物种和变种人都有着多样的外形：类人机器人科恩族人的皮毛能根据他们情绪的变化而改变颜色，而基本色决定了他们在科恩族社会架构中的地位；克雷方舟的样子像一只凤凰；身形庞大的“血孩子”特里克人看上去就是虫子；像触角一样的感知器官布满欧安卡利族人的躯干。克雷方舟是基因突变的人类，该物种最典型的特征就是他们的驱动器和像动物一样的感知器官——使之同“文明”人类形成强烈反差。模式主义者虽然是人类，却拥有“非人类”的感知能力，依靠这些超能力他们能奴役他人，把其他人变成机器人。

欧安卡利族是典型的外星生物：高级智能物种，除了四肢和独立行走这些类人元素之外，其余都是非人类物种的特性，比如触角。这个种族最特殊的地方就是要与人类基因结合，以此来实现他们种族的延续。《幸存者》中的科恩族人，允许人类进入他们自己的社群，并让科恩族人同人类的“混种”后代成为他们的族人。特里克斯本是科幻小说中最常见的“怪兽”，然而他们的后代却是由人类孕育生产的。在上述情况中，边缘化他者同主导型主体的差异成了主体“自我”的一部分——“他们”融入了“我们”，使得主体自我本身也变成了差异的载体。边界的模糊，自我与他者之间越来越无法清晰划分的界线，是巴特勒所建构的外星物种让人感到最为恐惧，同时也是最令人着迷的关键所在。

在对待差异问题时，巴特勒的态度也不是惯常的“开明、理智”的相互接纳，而是自由式的奇思妙想。她故事的开篇既不是甜蜜又浪漫的初次邂逅，也不是高级外星物种的无情掠夺和征服。在“异种移植”系列小说的一开始，她就坦承邀请他者“进入”的可怕后果。《黎明》（*Dawn*）中的主人公莉莉斯在被不知名的绑架者囚禁了很长时间之后，见到了曾一度被她视为人类的罪魁祸首。书中对她第一次同外星生物接触的描写很好地表现出因恐惧和对外星物种的陌生感而造成的精神错乱：她逐渐意识到自己眼前的不是人类，再加上知道对方不是人类后的种种负面情绪，使得莉莉斯同欧安卡利的接触成为“同他者的终极对抗”。莉莉斯看到外星物种之后的反应不由得使人联想到茱莉亚·克里斯蒂娃[①]的“贱斥”一说：对于人类自我认知而言属于最异化的物种会唤起我们最原始的精神恐惧，这种恐惧会破坏我们对于一个完整自我的幻想，是对他者（母亲）恐惧的主要来源。

> “哦，天哪！”她自言自语地小声说道。这时，他的头发——不管是什么东西——开始移动。有一部分似乎被风刮到她这边——虽然房间里根本没有空气的流动。她皱了皱眉头，努力想要看清楚，弄明白是怎么回事。过了一会儿，她突然明白了。她蜷缩着往床边离他最远的墙角退去。再也无法后退的时候，她倚墙而立，盯着他。他简直就是美杜莎。他的每根“头发”都缠绕着，就像一堆朝着不同方向游动的蛇。这些触角伸缩自如。每当她叫喊的时候，一部分触角就朝她伸过来。她的脑中

---

① 茱莉亚·克里斯蒂娃（Julia Kristeva，1941— ），法国思想家、精神分析学家、哲学家、文学批评家、心理分析学家、女性主义者。1969 年，克里斯蒂娃出版其第一本书 *Semeiotikè*（《符号学》）之后，在当今的国际批评分析、文化理论和女性主义领域开始产生影响。她著述广泛，覆盖语言学、文学理论及批评、精神分析、传记及自传、政治和文学分析、艺术及艺术史。她的著作在后结构主义思想中也有重要地位。

> 浮现出雨后蜷缩在路边的濒死夜魔佚，身体庞大，缓慢地移动着自己的触角。她还想到了满是触角的小海蛤蝓——或者小海兔——永远不可能拥有人类的外形和轮廓，但很奇怪的是，这些生物听起来比好多人更像人类。(《黎明》，11—12)

通过凸显由差异对抗而导致的恐惧，巴特勒很严肃地表明了自己对于在主导意识形态中包含“多样化”的“‘差异化’哲学”的观点。人类对于外星生物的他者性的不同反应包括恐惧、轻蔑、贬斥以及无视。因此，人类对于人性构成因素的界定就成了标准的衡量尺度。人类对于差异的反应同外星生物截然不同，其原因就是人类对于他者心理上的恐惧，不被社会接受的经历所认可从而被边缘化的恐惧。因此拉内在《克雷方舟》里面是这么解释她为何拒绝克雷方舟这个种族的：“我受不了他们，他们不是人类。他们的孩子看起来和人根本不一样……”(145)

同许多女性主义科幻小说和后现代主义科幻小说一样，巴特勒的作品在外星生物的表呈方面跨越了自我/他者的两分架构，并通过外星生物的种种隐喻来“探索诸如种族、性别和阶级之类充满争议与分歧的两分法如何融入压制性的身份结构框架及相应的主导与从属关系之中去”(Wolmark，27)。其作品不会通过殖民或向其他种族宣战的划界及驱逐等方式来核定彼此身份：“我们”和“他们”之间没有明确的界限；她笔下的他者本身就是或者必将成为“我们”的一分子。巴特勒故事中的主角常常没有丝毫退路，无奈陷于被动的境地他们不得不屈从于用激光枪指着他们脑袋的那些强势者。在叙述过程中，巴特勒特别擅长不断转变叙述角度，以此来纠正那些将差异作为固有的身份划分依据并进而区别对待的做法。

本章的主要内容是探讨巴特勒“模式主义者”系列作品中身体同其所关联的层级之间的关系。“模式主义者”系列共包含三部作品，以《模式之王》（1976）开篇，以《幸存者》（1978）为终篇。该系列集中探讨了如何看待种族是身体最本质标记的观点。有些学者认为，种族是一种非主观自觉性的层级结构，人们接受并使之延存的目的就是要根据给定的社会背景和环境来对不同的身体进行身份认定和归位。然而，在“模式主义者”系列中，由于巴特勒的写作手法并不是遵照传统的科幻小说的书写框架，故而种族并非一成不变的僵化概念。该系列小说并不认同一个黑色或棕色身体是无法与白色身体共存且两者必定是相互抗衡的，而是试图证明，身体肤色的差别只不过是受显性遗传和色素基因等影响的“正常”的地理及生物差异的表现。在巴特勒的作品中，种族从来都是一个内涵及外延都不明确的概念，因其一直被当作根据其所需要被利用的社会和时代环境不断变化的历史过程。由于巴特勒的作品本身在历史的时间框架和社会组织架构方面彼此相异、互不相同，故而种族的内涵就变得更加丰富——成为巴特勒笔下的模式主义者这个族类的社会及文化发展的记录，也就是一种身份的科技。

巴特勒的"模式主义者"系列作品由若干拥有相似的集体身份但是在基因上却迥然相异的族群成员的故事组成。其中，种族不再只是生物学方面的差别，而常常被当作某一群体身份和个体生物差异的可变换的标记。之所以能用身份科技这个称谓，是因为随着时间的推移，科技在不断变化、发展，越来越精妙复杂。从基因决定的种族身份角度而言，巴特勒在"模式主义者"系列中描画的身体是有着与众不同的特质的，因之不断地在黑人、白人、拉丁裔、亚洲人和他者之间变换。随着小说中一个新的"他者"的出现，一种新的身份科技也应运而生。"模式主义者"系列通过对安延舞和多罗后代的物种差异、文化习俗以及社会行为的描画构建了一个新的种族。

谈到种族，霍尔坦森·斯皮尔斯（Hortence Spillers）的文章《妈妈的孩子，或许也是爸爸的》（"Mama's Baby, Papa's Maybe"）中提及的观点是值得借鉴的。在这篇文章中，斯皮尔斯对非裔美国家庭的现状进行质疑；在女性和男性都受到来自社会的种种压力的情况下，非裔美国人家庭能否以母亲为中心发挥正常的作用？斯皮尔斯的结论是，考虑到所处环境的复杂性，家庭结构以母亲为中心还是以父亲为中心，都不会影响其解构性功能的发挥。事实上，以母亲为中心的结构能更好地给家庭提供对于传统的白人父系家庭非必需的东西，也就是一个完全有能力培养出具有"内生女性意识"（480）的更为理性、更为成熟的男性主体的黑人女性主体。

正如斯皮尔斯所说，“种族”这个说法被用来指代人类和文化习俗的绝对客体化。故而，这是一个静止的概念，只在其可被用作能够催生脆弱客体的标准的时候才派上用场。斯皮尔斯对这个说法的探究最值得我们去关注的就在于，她将其置于一个可以用比喻的方式来对种族进行呈现，并直接揭示在某一特定的历史环境中所谓种族是完全依靠身体的历史定位 / 移动来实现的历史大背景中进行探讨的。也就是说，种族可以用来指代一个集体身体包括社会性别、生理性别及其他不属于“正常”范畴特质的不断变化的做法和行为。毫无疑问，巴特勒构建的“模式主义者”这个族类，即便是在科幻小说领域里也当属异类。但是，无论是符合科幻小说的类型特质，还是超越其规限范畴，巴特勒小说的相当内容都是对现实的仿拟式呈现。

伊丽莎白 · 克里梅尔（Elisabeth Krimmer）在对斯皮尔斯的文章以及巴特勒的作品进行分析研究时表示，性别角色的界定是由时代的政治和社会变革决定的（257）。换言之，父亲和母亲的角色都是会随着时代的发展而改变的社会建构，都要受到某一特定环境和具体条件的影响。这种观念对于解读《模式之王》中，本来是母系社会产物的第一代模式主义者到了第二代以后演变成父系族群，具有十分重要的意义。巴特勒就是通过这部小说来试图剖析身体是如何被预设基于社会性别差异的社会及道德行为基准的。

通过对社会性别化的身体进行重新界定就衍生出身体同社

> 会性别的新型关联。在对从古希腊到弗洛伊德时期有关社会性别建构的研究进行梳理的基础之上，托马斯·拉克尔提出了存在两种不同的社会性别身份模型的假设，分别是早期的单性模型以及后来的两性模型。在单性模型中，男性和女性之间的差异只有程度的不同，没有种类的差别。(259)

托马斯·拉克尔（Thomas Laqueur）的单性模型在巴特勒作品对社会性别关系的呈现中随处可见。在“模式主义者”系列小说中，男人和女人有着很多相似的冲动和欲望。标定他们之间性别差异的就是冲动和欲望的猛烈程度以及受其驱使付诸实践的能力大小。拉克尔两性模型的构建基础恰是巴特勒要通过作品的核心人物玛丽和安博予以批判和反驳的，它是一种非理性的性别层级划分和陈旧过时的厌女主义。

> 女性的身体成了她们受压迫、被奴役的罪魁祸首。生物学催生了新的性别秩序，女人被约束在居家庭院里，而新创建的公共区域则成了男人的领地。(260)

克里梅尔在对19世纪的欧洲父权的重要性及其被赋予的种种权力进行研究之后发现，父亲的角色和身份常常是模糊不清的。这或许可以部分解释“对真正女性的崇拜”中的男权建构及其标定真正女性的四大美德——纯洁、虔诚、顺从和以家庭为中心。拉克尔的两性模型没能解释清楚的是，公共领域是如何无视家庭的重要性及其在社会发展的过程中发挥的作用的。克里梅尔的研究表明，将父亲同母亲和家庭分隔的做法使得父权问题的重要性得到凸显。尽管缺乏明确性的父权并不是“模式主义者”系列作品的主题，但是父亲在建立社会秩序过程中发挥的作用对于整个系列而言都是不可回避的重要话题之一。

辨识不同身体之间的差异是“模式主义者”系列小说的一个重要内容。不管是把模式主义者们当作一个新的人种，还是把他们看作人类的一个分支种族，他们的独特性依旧是差异发挥作用的结果，这些差异在整个系列中不断地处于变换状态之中。对巴特勒的作品进行分析，对身体差异的意识和对身体的认知是两个不可分割的元素，两者的共存才形成了对权力的争斗和层级的划分。种族 / 族群划分的结果就是用来建构并维系差异层级的标记。巴特勒在自己的作品中更加清楚地呈现了身体对于实现上述层级划分的价值。

在“模式主义者”系列中，巴特勒在一个特定的时间段里建构了很多的身体，并给予这些身体一个独特的群体身份和遗传谱系。这样一来，种族就成了场景和背景环境中衍生出来的历史记录的过程。除了作为一个移动的现象和身体的某种标记，种族在巴特勒的作品中还是社会性别发挥的功能和不同身体的产物。模式主义者族群完全就是某一特定时间里的历史进化和发展，因此同斯皮尔斯所谓的族群十分类似。

“模式主义者”系列对层级都作出了细致明确的论述，其中尤以《模式之王》为甚。在第一部中，权力和权威都是同时建立在身体的身份和身体的能动性基础之上的。也就是说，巴特勒小说中的人物角色都是被精妙地放置在某种模式或网状结构中的，这一结构会依据社会性别、基因可能性以及存续或毁坏其他身体的能力来界定人物角色的价值。系列小说承接《野种》的叙事开篇，即多罗和安延舞作为被称为多罗的野种的经由基因改造而形成的族群的父亲和母亲而出场。根据后来的叙述，读者会了解到多罗的野种就是他用来建造一个以他为模本的，能够给他给养并由他掌控的族群的那群实验小白鼠的代称。在承接《野种》的《我意识中的意识》一书中，多罗实现了自己的目标。小说的女主人公玛丽是几百年来杂交和对任何一个拥有多罗所需的基因物质的人残忍物化的产物。玛丽在不经意间创建了首个模式，并在被逼无奈的情形下将多罗毁灭。

随着玛丽的模式不断发展壮大，其中的模式主义者成了一个组织严明的群体。这时，一个名叫“克雷方舟”的实验飞船返回地球，其驾驶员已经感染了某种外星病毒，该病毒可以自主进行基因改造。这种病毒和人类的DNA结合之后，生成了一个新的物种“克雷方舟”。他们的主要目标就是尽可能多地为这种病毒找到适合的宿主。

在《模式之王》一书中，玛丽的后代，也就是模式主义者，发展壮大为一个有着良好组织的强大群体。为了能当上模式之王，柯蓝西和特雷两兄弟之间不但明争暗斗，还杀了许多他们的死对头克雷方舟人。就在包括模式主义者在内的所有人类都将被病毒感染的危难之际，满载着基督教传教士的飞船被派到地球之外的地方，为人类寻找新的家园。在其后的《幸存者》一书中，女主人公艾兰娜发现，在人类的这个新家园里依旧充斥着她和她的传教士父母本认为已经永远地留在地球之上的权力之争，而且这种争斗似乎愈演愈烈，永无休止。

《我意识中的意识》一书对多罗为何想创造一个新的人类种族给出了明确的解释。弄清楚身为多罗众多女儿之一的玛丽在其整个人类再造计划中的地位和发挥的作用有助于理解种族身份归化的根源和必要性，身份归化同族群性行为是有很多相似之处的。玛丽的孩子是第一代模式主义者，这一布局和安排能够反映出牢牢掌控并保障一个种族人群的纯粹性意味着什么。当玛丽在培育和普通人类有着明显差异的模式主义者的时候，她本能地感应到这个族群或者说其他任何一个族群的本质属性和特点是什么。玛丽被赋予了能从物质层面和精神层面解读身体的能力，远远超越了对主体身份的本能感应和认知。

通过了解克雷方舟人的起源，就可以发现模式主义者的内部层级和普通人类之间有着极大的相似性。《克雷方舟》一书解释了不同身体的混合是如何创造出一个全新物种以及身体属类的。小说还解释了模式主义者同克雷方舟人之间是如何结下仇怨的，其他小说对这部分内容的交代是相对欠缺的。小说中的主人公——模式主义者艾利为了保住在他身上仅存的那部分人类特质而拼尽全力同克雷方舟人抗争，他的行为也是对人性是否必须依附于人类身体而存在这个问题进行质疑。

在《模式之王》里，种族/族群的层级划分是最清晰明确的。身体（包括肉体形态和其他形态）是这部小说最为关注的问题，通过对身体问题的分析，小说集中探讨了种族是如何在某一社会结构中发挥作用、社会性别如何通过种族发挥作用以及种族和社会性别如何共同打造一个独特的族群等相关问题。尽管小说的主人公安博是一个模式主义者，但是她的社会性别仍旧是影响她在整个模式主义者族群内部层级结构中地位的因素。

巴特勒在《幸存者》这部小说里的言辞是最具有说教性的。巴特勒通过艾兰娜这个人物清楚地表达了对人性的判断和种族层级的存在。小说还在传递一个重要信息，那就是人类通过建构一个结构层级明确又稳固不变的身体价值评价体系，最终将导致人性的灭亡。巴特勒的"模式主义者"系列通过对种族/族群的描写，给人们提供了探究为什么需要对人类的身体进行标定、归类等问题的基础。人类身体的种族差异和对之进行标定的层级结构的内在逻辑值得我们进一步探讨。更为重要的是，巴特勒的作品还在激发读者对现实社会继续上述差异划分和层级标定的优劣进行比对。巴特勒极为擅长运用暗喻和转向的写作手法，在她的小说里，对身体和其所承载身份永恒变化的本质的辨识和适应是人类能够保证生存的核心所在。

## 种族与族群：完整性与差异

《模式之王》这部小说是承接《野种》、《我意识中的意识》（1977）、《克雷方舟》（1984）三部小说的作品。作为“模式主义者”系列的前传，《野种》中的两个主要人物多罗和安延舞一起创造出了一个在基因上要优于人类的族群，也就是一个新的人种。整部小说里，多罗和安延舞一直在为道德、性和权力争斗不休，最后却发现彼此的目标和追求竟然是一致的：他们都希望能够无条件地被爱，都想创造一个跟他们一样的族群。

《野种》之后的《我意识中的意识》是对多罗和安延舞意识或者梦境的呈现。书中，多罗有了一个符合他要求的孩子，还创造出了超过多罗本人预期的一种模式，此模式还不受安延舞以母亲的身份对其后代施加的家庭纽带关系的影响。如果说《模式之王》主要是关于早期的、较为高级的模式主义者的模式，那么《我意识中的意识》就是关于随着多罗一个名叫玛丽的女儿的成长，模式逐渐成为现实的故事。玛丽是多罗心灵感应的试验品，多罗想让玛丽成为所有拥有心灵感应人的召集人。

> 我打算让她嫁给一个同样具有心灵感应能力的人，我不会伤及他们的性命。我希望，她能和我意识中的那个男人长久地待在一起，谁也不要伤害谁。（9）

在多罗的心目中，玛丽就是能将他在此前几百年的时间里发展培育出来的若干“敌对部落”整合成一个团结统一的大家庭的机会的象征。按照多罗的计划，玛丽应该是一个能够推进他的种族构建梦想的可控工具。之所以说是可控，是因为多罗就是希望有一个年轻女孩来扮演这个角色，因此才有玛丽的出现。在《我意识中的意识》的序言中，多罗告诉艾玛（安延舞）“我想要个女孩，我希望她是她那一代行动者（能够控制自己能力的心灵感应者）中最年轻的。她应该符合所有这些条件，这样她就不会违背我给她设定的计划”（12）。这段话既表明了玛丽在后续故事情节发展过程中的重要性，也预示了拉克尔的两性模型提出的围绕性别和权力而必然产生的冲突。

多罗之所以把玛丽当作一个试验品，是因为他并不十分清楚玛丽的出现会给他掌控的那个四分五裂的家族带来什么，但是他依然笃信，玛丽身上有着能够把他的后代聚集起来的能力。正是基于这样一种想法，多罗才认为，只要控制住玛丽，就等于控制住了玛丽聚集起来的那部分族群。几千年来，多罗的这种想法都没有变过，而且事实证明，这种通过控制核心人物来控制群体的方式屡试不爽，包括他遇到过的最强大的对手安延舞，这种方法都是奏效的。随着《我意识中的意识》故事情节的展开，我们会发现多罗认为性别和年龄都是很容易操控的假设被证明是错误的。多罗意识到自己对身体的认识和无论什么身体都可以被他的非凡能力所掌控的判断已经不能够再维系他对自己历经四千多年一手打造的族群的管控了。模式主义者就是这样应运而生的。一旦一个种族被建构出来，那么就会很自然地产生相应的种族行为，这些群体行为必然导致族群的形成，对这一点，多罗完全没有意识到。多罗对其后代族群的霸权使得这些人成为多罗消费和暴恐行为的对象及目标，然而由于他们身体的特质属性，他们又不是完全没有抵抗能力的。事实上，正是由于本身缺乏一个物质实在性的身体，多罗充其量只是玛丽能够成为的模式主义者。

然而，上述观点同霍尔坦斯·斯皮尔斯对《莫伊尼汉报告》（*Moynihan Report*）中使用的“族群”一词的解读是背道而驰的。按照斯皮尔斯的观点，《莫伊尼汉报告》提到的“族群”是某种边界清晰的身份，不会随着时间的推移而改变，不会因为人们的观点相异而转换。在巴特勒的“模式主义者”系列中，族群却是一个流动性的过程，会随着语境的变化而变化。随着模式主义者行为模式的不断演进，他们的群体身份也在不断进化。《我意识中的意识》一书里玛丽对多罗行为方式的摈弃就是族群这个概念过程性变化和自由本质的上佳体现。就好比可以把玛丽的行为同安延舞作对比一样，在整个系列中安博作为一个模式主义者，要冲脱、打破或者是变革同多罗（也就是父权）相关的准则、规制的想法和行为是得到了十分明确的呈现的。

由于身份的流动性，多罗的存在形态曾一度被描画成一个优势特质，但是相比于玛丽及其新的模式主义者族群，多罗的形态反而成了凸显其不完整性的劣势和短板。由于多罗的“一半性”

特质，他无法再像之前那样横行无忌，也不能像玛丽和其他的模式主义者那样通过心灵感应力同时在物质世界和非物质世界穿梭。玛丽就是第一代模式主义者的孕育者，是模式主义者之母，也就是说，玛丽扮演着一个新人类族群领导者的角色。这个模式毫无疑问是玛丽的后代，但是多罗是否能够称得上模式主义者的父亲，值得商榷。玛丽创建的这个模式的群体行为会一直处于变化之中。

对于多罗和他的后代族群来说，现实世界同他们的想象是相去甚远的，因为长久以来族群和种族差异都使其主体处于一个客体化位置，是弱势的存在。

> 把“族群”理解成一个神秘的概念可以让作家的想象力得到充分发挥。面对族群的霸权，人类的身体成为强奸和崇拜的目标，无论是物质实在性的，还是抽象的，都是比喻的源泉。（Spillers，456）

多罗和他的后代本身就承载着许多有关种族的暗喻。最明显的是关于非裔美国人以及美国土著的身份，来自南欧和亚洲移民的经历也包含在其中。在玛丽出现以前，多罗的野种们都一直是他发泄和利用的对象，因此巴特勒通过科幻小说的类型特质来构建这样一个人物角色的目的就是要在对一段历史进行呈现的基础之上再对之进行变革。因由巴特勒的这个初衷产生的就是同“普通人”截然不同的，在精神和肉体上都具有特殊能力并拥有属于他们以及他们的同类的独特生活方式的一个群体——模式主义者。用“种族”这个词来形容模式主义者这个族群并不十分恰当，反而是“族群”这个词更为合适。

## 克雷方舟人的创世记

多罗的最后一次优生学实验大获成功，但是出乎他的意料的是，这次实验却创造出了一个敌对的物种，一个有着自己族群或民族（ethnicity）的种族（race）。克雷方舟人的出现将所谓差异的边界再次扩延，同时也在考验着读者的想象力。在“模式主义者”系列三部曲中都有克雷方舟人的存在，但是直到 1984 年的《克雷方舟》巴特勒才对克雷方舟人的起源进行了描写和交代。《克雷方舟》这部小说对于解析模式主义者同克雷方舟人之间的关系至关重要，因为小说不但提供了有关克雷方舟人起源的重要信息，还解释了克雷方舟人同模式主义者无法和平共处的原因。与此同时，克雷方舟人还有助于我们更好地了解在巴特勒的作品中种族和族群是如何建构的，身体的意象又是如何同人性相关联的。最终，种族不再是一个在不同的人类身体之间表征彼此差异的概念，它也可以用来指代某个外星种群。克雷方舟这个种族和模式主义者这个族群都是优生学实验的结果。克雷方舟人就是来自半人马座星系的第二大星球比邻星上的共生微生物，并且成功地侵入了一个名叫艾萨·艾利亚斯·多伊勒的人类的身体（《克雷方舟》，42）。和模式主义者不同的是，克雷方舟人和“正常”人类之间的区别是非常明显的，因此不能被简单地视为人类的一个族群。克雷方舟是一个新的物种，虽然有着部分人类的特性，但充其量就是人类和外星生物的混生体。然而不可否认的是，克雷方舟人的确有着部分人类的基因，也的确发展出了类似人类的群体性文化及社会行为，也像模式主义者那般不断地进化。

人类的基因同克雷方舟混合的最初结果就是生活在 2021 年的亚利桑那州一个农场上有限的几个人，他们就好比“比邻 2 上生物的包囊——能够贮存并释放那个星球上的生命形态核心的容器”（《克雷方舟》，192）。最初被克雷方舟侵入的那些后来成为这个新物种祖先的人的外形变成了令人感到恐惧的狮身人面模样——长着人脸的猫。《克雷方舟》里的主要人物艾利所扮演的角色跟多罗在《野种》中的家长角色一般无异：他们都携带并传播着创造一个新的生物形态所必需的种子或共生微生物。而且，两人都要求助于他们称为永远的伴侣的，事实上并非自愿如此的女性角色，也就是安延舞和梅达。多罗和艾利都以较为中立、客观的方式促成了某种巨大变革的产生。两人都有十分复杂的性格特征，因此没有办法用简单的“好”与“坏”来对其行为进行评判。上述情况同样适用于玛丽以及她对待由自己一手创建的模式主义者的态度和方式。在巴特勒的作品中，创建新的身体、辨识不同身体之间差异的动机似乎完全是由环境因素决定的，有很大的随机性。

这也就意味着，无论如何计划、怎样进行优生学实验，某个种族的产生都是环境的必然改变之后的偶发事件。《克雷方舟》就揭示出种族的形成缘何通常是一个随机现象，而且还能够被用来让许多身体屈从于权力的指使。等到种族及其关联的种种差异转化成被划归到这个类别中的人都接受的行为之后，种族就变成了族群，一个强有力的群体性身份。正如我们能从《我意识中的意识》里玛丽的经历中得知，族群对不同群体成员的聚合力要远比基于种族身份的某种模糊观念的连接稳固、持久。

《克雷方舟》由“过去”和“现在”两部分构成，随着情节的展开，两部分内容相互穿插。“现在”中介绍了布雷克·马思林博士和他的两个 16 岁女儿凯拉和莱恩被绑架的过程。“过去”中介绍了艾萨·艾利亚斯·多伊勒乘坐名为“克雷方舟”的宇宙飞船从比邻 2 返回地球之后的经历。宇宙飞船上所有的机组成员都被只有病毒大小的共生微生物感染 / 侵入了，除了艾萨之外，都在返回地球路上的一次撞击事件中丧生。“现在”中的布雷克一家三口外出拜访亲友，但是被一场突如其来的沙尘暴封堵在高速公路上。在等待沙尘暴消退的过程中，被以艾利为首的三人所劫持。在被绑架后，凯拉死于白血病并发症的突发。艾利和他的助手英格拉汉姆知道凯拉有病在身之后非常失望，因为他们此次行动的主要目标就是截获“一辆载有两到三个年富力强的健康人的名牌车”（《克雷方舟》，13）。在短暂的犹豫之后，艾利还是把莱恩放到另外一辆由他的女助手梅达驾驶的车上，然后把三人带回了位于沙漠中的一个农场，艾利的族人都在那里等着他。

艾利自己感染的那种共生微生物要求他不断地传给其他人类。这种来自外太空的微生物能够赋予其所寄居的人类超常的力量、速度和自愈能力，这些都有助于此种微生物的不断、大面积传播。艾利在绑架布雷克一家三口的时候，已经是生活在那个沙漠农场里的人们的族长了，这些人都直接或间接感染了艾利身上的外星微生物。来到艾利的农场以后，布雷克和他的两个女儿发现这种类似于病毒的微生物可以通过血液、汗水和体液的接触传播。“消瘦、发抖、肤色改变、出汗——却有惊人的力量、速度和协同合作的愿望及能力”（《克雷方舟》，27）都是被克雷方舟感染之后的症状。在从梅达那里获得了更多这个微生物传播的特征之后，布雷克开始将之同他所知道的地球上的病症进行比较。

> 从梅达口中得知的感染这种病毒之后的症状让他想起了另一种疾病——他在多年前曾经读到过的。他记不住具体的名字了，只记得是由动物传染给人类的。动物的四处流窜导致了这种疾病大规模传播。突然，他想起了这个病的名称——狂犬病。（27）

布雷克对克雷方舟病毒最初的判断是颇具讽刺意味的，因为按照他的判断，这个病毒或者疾病并不是人类自有的。布雷克很清楚，自己和两个女儿很有可能会感染这种有别于他作为一个医生之前所知所学的病毒，而且这种病毒并非源自人类，甚至不是这个星球上的，这让布雷克十分焦虑甚至感到恐惧。此处可以表明，在《克雷方舟》这本书里对差异的恐惧完全超出了肤色和表型这种随处可见的传统差别，而且这些差别在小说里是被相当程度弱化的元素。对人物角色传统的种族身份归化在小说里也是极少见的。

在对布雷克和他的两个女儿实施绑架的过程中，艾利被形容成"一个又高又瘦的男人，他皮肤的颜色比沙漠的尘土还要灰暗"（9）。这段叙述直到小说的第二章才出现。同样在第二章的大部分叙述里，艾利的助手英格拉汉姆被称作"绿皮人"，直到绑架的发生读者才弄清楚他原来是个白种人。"绿皮人"比艾利要矮一些，骨架也小一圈。"他有着金色的头发，布满灰尘的外表下是褐色的皮肤，但是他皮肤的褐色是乌灰的。一副重病在身的模样"（9）。读者是直到艾利询问布雷克和莱恩、凯拉姐妹的关系时才知道布雷克是个白种人的。"这到底是怎么回事？"艾利问道，先是瞥了一眼凯拉，然后又盯着莱恩看，"你不会对这么年轻的姑娘也下得去手吧，医生？"（9）艾利之所以会有这样的疑问，是因为莱恩和凯拉都是黑人姑娘，而声称自己是她俩父亲的布雷克却是一个彻头彻尾的白人。原来，布雷克的妻子乔拉是个黑人，每当父女三人在一起的时候，他们之间的关系总会是人们好奇的话题。

小说的第一章里写到，在躲藏了三天两夜之后，艾利只有三个需求。艾利和他身上的病毒最迫切需要的是食物、水和人类的陪伴。艾利所急需的来自人类的陪伴自然不受种族差异的限制，故而在《克雷方舟》里，种族更多的是用来分辨不同的物种，而不是用来标识地球上生活的人类之间的身体差异。《克雷方舟》里被构建的新种族就是感染了克雷方舟微生物的孩子们。艾利和梅达的儿子雅各布·博伊德·多伊勒是第一个新生克雷方舟人。

> 他是一个漂亮的、珍贵的孩子，但他是一个四足动物。他的感官要比他的父母灵敏很多，而对于只有常人力气的他的父母而言，他的力气大得惊人。他还是一个外星微生物携带者。虽然艾利和梅达从一开始就怀疑，但是也是到了后来才明确的。最重要的是，这个孩子不是人类。(175)

雅各布的存在对于人类这个物种及其在地球上的生存是一个极大的威胁，因为感染了造就他的那种病毒一般的微生物的人类，七个只能活下三个，而且感染了这个微生物的所有犬齿动物、啮齿动物和爬行动物都无一幸免，没有幸存者。作为一个携带者，雅各布和所有像他一样的人都有可能把这种微生物传到尚未感染的人类身上。除了肩负传播的使命之外，雅各布还要繁殖更多的像他一样的后代。因此，很有可能最终的结果就是克雷方舟人将人类灭绝。

布雷克和他的两个女儿都先后感染了这种微生物。不幸的是，只有凯拉活了下来。这种微生物不仅治愈了凯拉的白血病，还让凯拉变得比染上病毒之前更健康。而布雷克和莱恩却在感染了很多其他人之后试图逃离一个凶残的汽车族时被杀害。很耐人寻味的一个情节就是，布雷克成功地将微生物传给了那个试图抢劫他的搬运工，而不是艾利本人。艾利竭尽自己所能想要遏制传播的这种疾病由此被传给了一个“会走遍全国，走遍整个美洲大陆……同全世界人交往”（208）的人。

虽然有着心灵感应或灵能等特殊能力，模式主义者的身体还是人类的身体，而克雷方舟人则是这个模式的结构以及模式主义者能力的威胁和挑战。由于雅各布的孩子在物质实在性方面并非人类，因此模式主义者无法运用自己的超能力来控制克雷方舟人的大脑思维。克雷方舟人需要把病毒传播给所有尚未被感染的人类的本能需求对于模式主义者的人力资源（用来交配的人类）和他们自身的存在都是威胁。克雷方舟这个物种必将进化成为一个他们自有的族群。艾利扮演着克雷方舟人的父亲/母亲/宿主以及所有集多罗和安延舞的能力于一身的角色，是模式主义者创源的翻版。

除了在起源上的相似性以及克雷方舟人飞船的建造使用的是模式主义者的技术之外，《克雷方舟》一书同“模式主义者”系列没有过多的关联，但可以被看成其后“异种移植”系列的序曲，这个系列的第一部小说是1987年出版的《黎明》。巴特勒只在《克雷方舟》和《模式之王》两本书中讲述了被赋予外星人身份的克雷方舟人的发展与进化，在“异种移植”系列里才颇为详细地介绍了与之类似的名叫欧安卡利人这个族群的起源和发展。这个外星族群穿梭于整个太空之中，其目的就是要同任何与之相异的种族进行基因交易，以此保证他们自身的存续。该系列小说最明确传递的信息就是，混生和接受差异是在恶劣环境中生存的最佳路径，对人类性别的归类划分是被赋予人类身体表象差异的最没有意义的所谓重要性。

## 《模式之王》的结构

《模式之王》这部小说深入探讨了因层级的不同而形成的边界如何能够被去除。小说通过三个主要角色特蕾、克兰西和安博提出了很多有关身体构成的疑问，三个人物还是模式主义者这个种族所依存模式的结构和功能的体现。但是，安博的身体打破了上述结构的内在规制，这个结构也远比一个单纯地由男性掌控的美国内战时期的南部庄园复杂得多。安博对自己和书中其他人物角色身体的掌控让自己的价值和身份不再受到约束和限制。从族群的角度来看，安博在小说里的某些时段对族群行为的拒斥也在一定程度上印证了巴特勒所勾勒的族群这个概念并不是一成不变的，是会根据具体情形进行相应调整的。

尽管在小说的开始部分，安博似乎并不是叙事架构的核心，但是这个人物从一出现就构成了对传统的身份和权力体系的最大挑战。身为一个治疗者，一个双性人，同时还是一个母亲，安博无疑是整部小说里角色构成最为复杂的一个人物。与此同时，安博还是对身体和层级划分结构的质疑。《模式之王》讲述了一段王位之争的故事：两兄弟都想成为他们父亲王位的继承者，而此时他们更为聪慧也更加强大的妹妹也以女性权利和自由自主之名参与了王位的争夺。这一有悖传统的情节设置将身体进行了解构，身体之上所附着的身份也由此超越了由男性主导的层级架构的边界限制，变得更加复杂。安博这个人物角色有力地表明了种族主义、双性恋和父权制等等，究竟能以何种方式被抵拒、被跨越。

《模式之王》的序言部分对拉雅尔和他强势的妻子詹茜进行了介绍。拉雅尔是在位的模式之王，詹茜是他的妹妹兼妻子，他俩都是当时多罗和安延舞最厉害的两个后人。这段序言的主要作用，除了通过拉雅尔和詹茜之间一段预言式的对话介绍部分情节之外，就是介绍有关模式主义者们所依存的模式。两人在卧室闲谈的时候，说起了两人远在480公里之外念书的两个儿子。尽管詹茜通过“模式”与两个儿子心心相连，而且如果他们有任何安全隐患，詹茜都会在第一时间感知到，不放心的詹茜还是打算派人去看看两人的情况。最好是派一个哑巴去完成这趟差事，因为詹茜也可以轻而易举地读懂他的心里所想，这就好比她自己亲见两个儿子一样。在詹茜看来，她对人大脑和内心的这种侵入是不存在任何意识上的障碍的，也不会遇到反抗，因为哑巴都是没有任何意识层面特异功能的普通人类。拉雅尔表示，如果詹茜真的要派人过去，最好是找一个局外人，这个人能够更好地抵御克雷方舟人的袭击。但是话一出口，拉雅尔就感受到了詹茜的不悦，因为詹茜要去读取任何一个携带她儿子意象的人的记忆，而任何比哑巴能力强的人都有可能影响詹茜的这个记忆阅读程序，使其受阻。

在读取别人内心所想的同时不让自己的想法被别人读取对任何人来说都是一个十分重要的技能，这是身体的非物质化能力，能够保证权力在协商过程中不被两极分化。在模式主义者的世界里，身体的权力不受物质实在性的局限，读心术就是一个很好的例证，它表明不同的身份也可以建立在非物质实在性的差异之上。拉雅尔赔着笑，提出了另一个建议，这更让詹茜怒不可遏。“你应该再要几个孩子，这样你的心思就不会只围着他俩转了。”（2）詹茜马上回答，如果拉雅尔还想再多要几个孩子，他可以跟任何一个局外人生。对此，拉雅尔不冷不热地答道：“等她们成了工匠，至少是学徒的时候再说吧。”（2）

夫妻两人之间的这次争执也部分显露出模式主义者依存的模式中的层级。普通的人类在模式主义者眼里就是没有任何能力的哑巴，他们在模式结构里充当着奴隶或者生育工具的角色，是人类所剩无几的残存。“局外人”是指拥有特殊能力，但还达不到正规模式结构中学徒或工匠水平的那部分模式主义者。正是由于考虑到权力层级，拉雅尔才不打算让詹茜再生孩子。他告诉詹茜：“你太强大了，即便是你跟一个很弱的人生的孩子都有可能跟我们的两个儿子竞争。”（3）拉雅尔的这段话就是在提醒詹茜，模式主义者与生俱来的使命就是要把握模式的掌控权，即使要牺牲亲人的性命也在所不惜。他提醒詹茜，当初为了当上模式之王，他亲手杀了自己的两个兄弟和一个妹妹，“要不是那个实力最强的妹妹很识时务地站到我这边，成了我的妻子”（3），他也会对这个妹妹痛下杀手的。正如当初拉雅尔和他的兄弟姐妹为了争夺模式的掌控权而厮杀一样，拉雅尔和詹茜的两个儿子也打算这么做。拉雅尔的这段话还在提醒读者，在内战时期的美国，父权体系牢牢掌控着女性的身体并将她们的活动范围限制在家庭里或者是农场里，其最终目的就是要维系这种层级架构。母亲的情形通常也决定了她的孩子的情形。

> 如果不对女性施以压迫，那么种植园主阶层就无法得到绝对的权力。在两个人种的奴隶社会里，“种族的纯洁”是权力阶层最重要的决定因素，对女性生育繁殖能力的绝对掌控对于处于上层结构的精英男士而言意义重大。父权体系是奴隶社会得以建立的根基，与此同时奴隶制也放大了父权体系建立的对女性的压迫模式。（Carby，24）

斯皮尔斯名为《妈妈的孩子，或许也是爸爸的》的文章就是巴特勒在小说里描画的历史背景的真实写照。拉雅尔不能允许自己的后代沾染上除了他的尊贵并且纯粹的血缘之外的任何东西。在说服了詹茜她无力再应对自己孩子间的厮杀之后，拉雅尔表明了自己在这件事情上无所谓的态度。当詹茜向拉雅尔询问他跟他的其他老婆生的孩子的情况时，拉雅尔回答道：“我不像你那么敏感。

那些不会想方设法算计我王位的孩子都能活着为模式主义者们作贡献。”（《模式之王》，4）这段预言式的言论给本可以是标准的、传统的兄弟争夺父亲王位的故事增添了很多不确定的复杂可能性。

继承了拉雅尔血脉和超能力的孩子，只要不觊觎他的王位，都可以在模式族群中发挥远比男女主人公更有趣的作用。这样的人物对于这个看起来暴力凶残的种族和所有被迫屈服于强权的人而言，都是某种希望的象征。也正是这些甚至连名字都没有的人物角色使得《模式之王》这部小说不同于传统的关于两兄弟的凯恩和亚伯式的呈现：两兄弟一个是正义的代言人，一个是邪恶的化身，两人为了争夺权力而厮杀。塞尔玛·施恩（Thelma J. Shinn）在其论文《聪明的巫婆：奥克塔维亚·巴特勒作品中的黑人女性导师》（“The Wise Witches: Black Women Mentors in the Fiction of Octavia E. Butler”）中分析了在之前长达三个世纪之久的时间里出现的文学作品对女性主体最为典型的形象建构模式，无一例外都将对女性的认知封印在父权社会的闭合框架之内。施恩还总结了一些叙事模型，这些模型被用来将男性的文学呈现套用于对女性的主体呈现。施恩指出，女性主义作品可被看作互相辉映的、相互影响的反映自史前时期到现在的典型女性形象的文本集合，其中包含着三个最为重要的模板体系——德墨忒尔 / 科瑞和伊什塔 / 塔木兹神话的再现、亚瑟王圣杯叙事以及智者之术或者巫术叙事（Shinn，204）。《模式之王》正是兼容了上述三种叙事架构的部分形式及其变体，才如此丰富复杂。

小说的序言因拉雅尔的城堡遭到克雷方舟人军队的侵袭戛然而止。由于克雷方舟人并非真正意义上的人类，故而模式主义者无法像解读哑巴那样读懂他们的所思所想。于是，“虽然拉雅尔的哨兵发现了他们，但是长久的和平让他们放松了警惕，再加上没有留心到克雷方舟人的武器，最终他们决定无视这群克雷方舟人”（《模式之王》，6）。克雷方舟人于是获得了足够的时间卸载并安装武器，最终朝着拉雅尔夫妻俩的一处私人公寓发起了攻击。火箭炮炸死了詹茜，重伤了拉雅尔。在明确拉雅尔的哨兵毫无反击之力之后，克雷方舟人又朝着已经乱成一团的模式主义者的城堡发射了第二枚火箭炮。最后，克雷方舟人丢弃了火箭炮，冲进城堡后开始屠城，并把克雷方舟病毒传给了拉雅尔。

在序言部分结束的时候，拉雅尔处境非常艰难。但是在小说的第一章读者能够得知，拉雅尔最终挺过了这段长达 20 年的苦难煎熬的日子。模式依旧存在，拉雅尔的小儿子特雷也即将从专门培养模式主义者的红山学校里毕业。之后的内容就是围绕拉雅尔和克兰西的小儿子特雷的被俘和逃跑而展开的。特雷在小说中主人公的身份受到来自安博这个作为母亲的治愈者的挑战。特雷和安博对于整部小说的情节展开而言都至关重要，故而无法界定谁处于主导地位，谁又处于从属地位。这两个角色最重要的方面在于，他们的身体以及连带的对身体的理解是小说情节的基点所在。通过特雷对模式内部层级的理解以及安博既能挽救身体也能将之摧毁的能力，读者们能够读懂，模式主义者们并不仅仅是通过身体来辨识、界定自己身份的群体。

## 颠覆性的母权

在《模式之王》的结尾部分，读者们不禁会因安博为何不站出来接管模式体系而感到非常困惑。在复活了在与克兰西的战斗中死去的特雷之后，安博告诉特雷："幸亏你是特雷，换作其他任何人，早就跟克兰西一道踏入万劫不复的深渊了。"（194）安博对特雷说的这番话可以被看作对读者们疑惑的解答。虽然安博聪慧无比，她的能力也是仍旧缺乏经验的特雷所不能企及的，但是安博对他的爱以及对他们孩子的顾虑担忧远远超越了她对身为模式之王所能享有的权力的渴望。安博这个角色所具有的仁爱之心、母性光辉打破了模式体系的层级禁忌。虽然安博早就通过自己的实力证明了有着卓然的智慧和超凡的能力的她才是拉雅尔继承人的最佳人选，然而她最终还是决定把这个掌控至高权力的位置让给能力不如自己的人，那便是她孩子的父亲。此举表明，在一个由父权掌控的异性恋社会里，安博是一个非常有智慧的权力协商者，懂得进退。

安博的做法让特雷对她产生了亏欠感，特雷开始关心他们未出世的孩子，安博以此保证了自己孩子的安全。换言之，通过让特雷坐到模式之王的位置上，安博保证了自己和孩子的安全，免受那些因觊觎权力而心怀不轨之人的伤害。而身为模式之王，特雷就必须倾尽全力去保护自己身边的人。安博是否就是出于这种考虑才愿意受孕怀胎，小说并没有给出明确的解释，但有一点是毋庸置疑的，那就是凡是牵扯安博自己身体的决定都是由她自己自主作出的。事实上，安博在知道自己怀孕之后很久才告诉特雷：

> 我决定跟你生一个孩子。我不知道咱俩能在一起多久，所以我不想浪费时间。(161)

安博的这段话清楚地表明，对安博的身体有掌控权的是她自己，而且只有她自己，她完全可以自主决定自己要做什么。未经特雷同意而受孕的安博把传统意义上受到压制和迫害的母亲形象转变成了一个拥有自由和自主权力的女性身体的象征。

母性是巴特勒作品中一个反复出现的主题，而安博同权力掌控者之间颠覆性的博弈和较量才是真正的女性权力掌控者的发展和见证。如果单从性别角度考虑，安博的女性自主权可以被理解成女性主义的一种形式。但是如果考虑性别差异和安博起死回生的能力，安博所表现出来的自主权或者权力就只能被理解成特例或者个案。在模式主义者这个族群里，安博的行为和能力让她的性别角色变得十分复杂。她绝对不是克兰西庄园里那个在“大房子”里大门不出二门不迈的南方美女，巴特勒的作品就不是为这样的人物角色而设的。巴特勒的作品里总会有一个通过自己的行为而使得性别角色的归化复杂化的女性人物，《模式之王》也不例外。安博感兴趣的不是“成为被预设的根据不同身份而划定的某个女性群体的一员，而是要作为一个反叛性的女性主体获得相应的社会地位”（Spillers，480）。经由模式主义者系列演化发展而来的模式主义者族群 / 种族 / 文化必然会促进安延舞、玛丽和安博这样的人物角色的形成和发展，以此来摈弃有关身体和身份的危险而又狭隘的界定。

特雷一直处于安博的保护和帮助下，直到两人在福赛斯的边界被克兰西和他手下的模式主义者抓获。为了尽可能地拖延最后的冲突到来的时间，特雷同意以克兰西外围者的身份和他们一起前往福赛斯，接受拉雅尔的审查。克兰西也同意，如果拉雅尔认为特雷不是模式主义者的理想人选，他就放了特雷。但是安博就没有这么幸运了，克兰西决定无论拉雅尔审查的结果是什么，他都要带安博回红山。由于特雷对安博感到亏欠并深爱着安博，因此克兰西的决定让他难以接受。此时，安博告诉特雷，她肚子里已经怀了特雷的孩子，而且不论拉雅尔对特雷的评价是什么，克兰西都会杀了他，这让特雷的处境更加艰难。不过好在从对特雷的观察中，安博发现了他和克兰西不一样的地方，特雷是一个潜在的治愈者。安博的这个观察让她看到了希望，虽然特雷对此一无所知，但对于特雷和安博而言，这可是足以决定生死的差别。

在特雷同克兰西的最后一次对战中，安博事先觉察到的特雷潜在的治愈者的潜能帮助他战胜了克兰西。在这次战斗中，特雷用到了之前从安博那里学到的盯住克雷方舟人身体的方式来杀死他们。特雷也以此法对付克兰西，最终让克兰西的身体在猛烈的抽搐之后暴毙。

> 他都不知道克兰西的身体是什么时候开始抽搐的。他不知道是在什么时候克兰西的肌肉剧烈收缩，导致一条腿的断裂。他不知道是在什么时候克兰西咬掉了自己的一块舌头。直到特雷完全失去意识（是关于模式体系之外的物质世界的意识）那个瞬间，他才弄清楚到底发生了什么。也就是到了那个时候，特雷意识到，自己打赢了。克兰西死了。（191）

虽然赢了这场战斗，特雷还是失去了全部意识，是安博用自己的超能力救活了他。安博的这个举动依旧是在扮演着保护自己孩子的母亲的角色，而不是单纯的一个女性伴侣。可以说此处安博的角色是最为不确定的。安博告诉特雷："你不省人事的时候，他们（克兰西手下的十个模式主义者）问我，我们俩谁将会领导他们——你还是我。"（194）特雷面对这个问题的沉默明晰无误地表明了他在整本书里处于陪衬的角色和地位，更加衬托出安博的能力和主导地位。在两人前往福赛斯的整个过程中，特雷都要仰仗安博的知识和能力，这就从根源上否决了一个男性主人公单枪匹马、凭借自己力量继承自己奄奄一息的父亲王位的可能性。特雷恢复知觉以后，同克兰西的十个模式主义者建立了联系，血洗了之前被克雷方舟人侵占的地盘。

> 他之前跟安博一起杀过几十个克雷方舟人。现在，这个数字已经过百了，甚至有可能已经过千了。只要在他活动的范围区域内还有一个克雷方舟人，他都要赶尽杀绝。就连地下的隧道和下水系统他都仔细地搜查。他这样做，就是要保证在他的势力范围之内不会存留任何一个有可能危及他或者他的族群的克雷方舟人。（198）

这种大规模的杀戮可以被看作特雷在离开了他和约阿希姆一起念书的红山学校之后独立行事的首次尝试。在对拉雅尔之前领地的暴力清洗之后，拉雅尔通过意念开始同特雷交流，他告诉特雷之前他前往福赛斯的行程就是拉雅尔对其能力和价值的一个测试。这段父子之间的对话让读者知道，拉雅尔一直都是在利用特雷来保护他们的模式体系不受克兰西的侵袭。而且，尽管特雷战胜了克兰西，他也不会成为模式之王，除非拉雅尔放弃自己的生命。

> 拉雅尔传输的信息里说到，我不会再将模式体系的能量聚集到我的意识里了，这些能量会把我摧毁的。如果再有需要，年轻人，模式体系就交给你了。这样我还是会被摧毁，但好在只有我一个人会死——而不需要赔上成百上千的人的性命。（201）

一旦特雷接受了他父亲的禅让或者约定，就很难再将他视为小说的主人公了，因为他并不是真正意义上实现了自己内心想要当上模式之王的愿望。而且，特雷是不断地按照他父亲的意愿在行事的。“快点到我这里来。你不知道我有多么疲惫。”（202）就像一个天真的孩童不止一次被成年人哄骗那般，特雷像个听话的孩子一样不假思索地赶往福赛斯，他的行为同一个理智的成年人相去甚远，因为他丝毫不去想，自己的行程很可能是被事先设计好的。

在创造出模式主义者和克雷方舟人之后，巴特勒还在不断地质疑社会身份的相关问题。无论是在同一个物种内部来标定表象的差异还是在不同的物种之间来表征区别，种族都是最常用来辨识身体的方式。假设没有种族或没有可以分辨的差异，身体也就不存在了。故而，身体的存在是以差异和个体辨识差异的能力为基础的。通过对巴特勒作品中多罗、安延舞、玛丽、艾利和安博等主要人物角色的分析研读可以发现，种族是被随机建构的，这种建构的目的就是要对身体和权力加以区分。辨识一个身体最肤浅的方式就是用种族来对之进行标定，与之相较，族群这个说法在指代类似于文化习惯和某一特定社会体系架构的运转等有实质内涵的差别的时候更为妥帖。

《野种》这部小说从一开始就认为对人性的探讨就是对种族问题的探究。多罗是没有物质实在性的身体的，他称自己是永恒的；

他和他的子民都感到疑惑的是，多罗究竟能不能算人类。安延舞就是因为多罗的惨无人道才要通过逃跑去寻求自己的独立和自由。同样的原因也最终促使玛丽在《我意识中的意识》一书的结尾结束了多罗的性命。《克雷方舟》里，在艾利被外星微生物感染以后，他经常提到自己的人性正逐渐被蚕食被破坏。安博和特雷很少对他们的敌人克雷方舟人的本性问题发表评论，这是因为无论是克雷方舟人还是模式主义者，从他们的身体和他们的行为来判断，他们都处在划分人类与非人类的边缘地带。即便身体不被看作只属于人类这个物种，身体也不能同人性这个概念完全断开关联。人类的种族同多罗的存在状态一样，充满了歧义和不确定性。

# 第四章　二元架构：对立及其解构

## 主体身份的模糊性与流动性

奥克塔维亚·巴特勒的科幻作品认为，模糊性是人类得以存活和延续的动力，同时也是其必要条件。种族纯正和文化共性被看作能够伤及人类历史和未来的最古老的元素。在巴特勒的“异种移植”三部曲《黎明》(*Dawn*，1987)、《成人礼》(*Adulthood Rites*，1988)、《意象》(*Imago*，1989）中，有关生理性别、种族、社会性别、阶层和人类身份等方面的模糊性对于每个人物主体的求生过程都有着不可估量的重要性。在上述三部曲中，能够在两个或多个不同身份中间建立关联的个体都标识着某种全新的多维指向的身份的可能性。从这个角度而言，“黑白混血儿”这个说法的内涵和外延都变得更加复杂了，因其在传统的种族起源和社会层级的差异之外，还包含了更多、更广泛的差别。在美国的电影和文学领域，对种族混杂的表呈一直以来都难逃那个众所周知的黑白混血儿悲惨经历的老套模式。虽说这个模式可以让作家们和不同领域的社会评论家们来凸显目前我们这个种族分化体系中存在的矛盾和冲突，但是其缺陷也是非常明显的，那就是这一模式把悲剧定格在种族混血的人的身体之上，而没有将这些混血儿主体的悲惨命运归罪于会惩罚一切有着种族不确定性主体的社会体系结构。不仅如此，将混血划定为悲剧的直接来源，这种做法排除了在混血的前提之下对一个潜在的非现实社会本质的其他可能性的探索。若将混血重置在外星物种和不确定的将来的语境中，用“物种间”关系替代“种族间”关联，那么“混血就是一个不确定的属类，供人质疑，并被专门用来表征变化”（Hutnyk，80）。巴特勒在对种族混血进行文学呈现的时候，避开了那些有可能的危险和障碍，其目的就是要表明“他者”的视角对于“他者”身体的理解是至关重要的。

凭借科幻文学这个属类特质以及读者们的想象力，巴特勒的“异种移植”系列意在表明，如要跨越那些用来构建具有毁灭性的层级结构和霸权统治的表面的、烦冗的边界，对“他者”观点和视角的理解是最为关键的。具有适应性的可塑性被塑造成为最理想的生存状态，尽管可能并不是最完美的。巴特勒的作品还对认为不确定性是混乱和毁灭的必经之路的观点提出驳斥。在一次名为“无线电想象力：巴特勒的具身化叙事诗学”的采访中，马瑞林·米哈非（Marilyn Mehaffy）和安娜路易斯·基廷（AnaLouise

Keating）两位采访人与巴特勒就后者作品中对具有不确定性的身体的描写展开了许多颇有见地的探讨。

> 从主题层面来剖析，奥克塔维亚·巴特勒的作品非常关注基因被改变、被异化的身体的潜质和潜能——多物种混血主体和来自多族群的混血主体——她就是要以此来修正当下的民族主义者、种族主义者、性别歧视者和厌女者的偏激态度。（45）

米哈非和基廷所谓的“多物种”（multi-species）和“多族群”（multi-ethnic）直接反映出混血主体的身体特征。哈拉维提出，身体的繁殖以及用来界定和繁殖这些身体的语言对于解析巴特勒的作品有着非常重要的作用。事实上，不通过直接或间接方式参与到那些具有不确定性的身体的生殖过程中的身体在巴特勒的作品中是没有价值可言的。

巴特勒的作品中不乏身体不明确者，他们介于生理性别和性别身份之间，同时还有着难以界定的种族、文化甚至物种来源。梅尔泽尔也表达了相似的观点：“巴特勒用构建能够从根本上驳斥二元性的多元化、矛盾性的自我以及创建一个看待差异的新视角来批判二元对立架构，边界的划定不再是上述自我的核心要义。”（67）巴特勒在作品中所呈现的所有问题都无法用传统的二元架构予以解读和分析，所有的主体和冲突都有着不唯一的可能性。她笔下人物的行为，其影响力远不止针对个体，而是通常会影响到其所在族群的生活，甚至会改写历史。更为确切地说，巴特勒笔下个体的行为都不是独立的或单向的，故而无论是作品的叙事架构还是读者，都被同时置于至少两个空间里。“她的作品就是奥德丽·罗德[①]（Audre Lorde）所提倡的‘跨越差异关联的新模式’［罗德《年龄、种族、阶层和性别》（‘Age, Race, Class, and Sex’），123］的体现。”（68）很多评论家都忽视了巴特勒作品中这个有着重要价值的方面。查尔斯·约翰逊（Charles Johnson）认为巴特勒的作品“有如天马行空般不切实际，完全背离了现实生活”（115—116）。这一指责可以说是完全没有看到像《家族》这样的长篇小说以及包括《近亲》（*Near of Kin*）、《言语之声》（*Speech Sounds*）、《转型》在内的短篇小说中所呈现的现实性以及客观的历史探究。艾瑞克·怀特（Eric White）的文章《情色的生成：〈异种移植〉和〈怪形〉》（“The Erotics of Becoming: *Xenogenesis* and *The Thing*”）对“异种移植”系列的评论还是较为中肯的，但依然将之归为无种族差异的作品类别，其显然没有对三部曲丰富的内涵作出全面的解读。如果忽视了巴特勒作品对现实主义的呈现和对种族问题的探讨，会极大地限制对其内涵极为丰富的作品价值的挖掘，也会影响对巴特勒作品独特性的认识，因为长久以来科幻小说都被冠以逃离主义和不切实际的特性标签。

确切地说，巴特勒的作品介于传统的非裔美国文学和传统的科

① 奥德丽·罗德（Audre Lorde，1934—1992），美国诗人、黑人女同性恋女权主义活动家。

幻小说之间。由于历史原因，两个文学属类都包含诸多在主流白人文学作品中不常见的关于空间 / 场景的社会批判和暗讽因素。然而，正如米哈非和基廷所说，“一直以来，都不能用经典或科幻文学的传统规范来简单地归化巴特勒的作品”（46）。之所以说上述那些空间 / 场景是不常见的，是因为它们关注的都是一直以来被边缘化的人群和向来都不被主流社会认可的那些暗讽，黑人的艺术呈现也没有对这些人群作出全面的理论呈现。巴特勒的作品之所以如此成功，在很大程度上是因为她的作品比较贴合非裔美国人的经历，而且反映了被普遍边缘化的身体的视角。若想对这一主体进行理论化呈现，需要的是某种能够允许在涉及种族、社会性别和生理性别等方面二元性和多元性的，能够提供既能让人接受又富有逻辑的不确定的空间。当代“西方”文学和思想体系对模糊性理念是没有分歧的。现代主义十分看重对不明确性和差异性的探讨，吉尔·德勒兹①（Gilles Louis Réné Deleuze）和皮埃尔–菲利克斯·瓜塔里②（Pierre-Félix Guattari）就是其中的典型代表。但是，巴特勒的后现代主义小说推崇的是一个能够将模糊性和差异性当作正常性的视角。

---

① 吉尔 · 德勒兹（Gilles Louis Réné Deleuze，1925—1995），法国后现代主义哲学家。他的哲学思想的一个主要特色是对欲望的研究，并由此出发到对一切中心化和总体化攻击。德勒兹的主要学术著作包括《差异与重复》《反俄狄浦斯》《千高原》等。

② 皮埃尔–菲利克斯 · 瓜塔里（Pierre-Félix Guattari, 1930—1992），著名法国精神病学家，哲学家，20 世纪 60、70 年代反精神病运动的领导者，该运动向心理分析、哲学和社会学领域中的传统思想进行挑战和质疑。

威廉·爱德华·伯格哈特·杜波依斯[①]（William Edward Burghardt Du Bois）和沃莱·索因卡[②]（Wole Soyinka）的身份理论对复杂身份的探究同巴特勒小说对主体复杂身份的呈现十分相似。两人都撰写过可以被称为科幻小说或与之类似的作品，两人的作品所包含的身份美学与巴特勒的作品有异曲同工之妙。巴特勒的作品中包含很多具有多重、多维身份的主体，杜波依斯和索因卡在作品中对黑人主体的双重意识和“不断变化的关于死亡、成为和灵性现实的矩阵雏形”（Soyinka，28）进行了描画和呈现。巴特勒、杜波依斯和索因卡通过各自的作品，给出了三种用来探究被边缘化主体身份及自我所必需的硬核理论模型。

杜波依斯的伪天启末日短篇小说是有关彗星撞击而让曼哈顿笼罩在灭亡的威胁之中的故事。在撞击事件之后，只有两个幸存者：穷困潦倒、艰难度日的黑人吉姆·戴维斯和终日无所事事只知享乐

---

① 威廉·爱德华·伯格哈特·杜波依斯（William Edward Burghardt Du Bois，1868—1963），20世纪上半叶最有影响的黑人知识分子。杜波依斯毕业于菲斯克大学，获哈佛大学哲学博士学位，他也是第一个获得哈佛大学博士学位的非裔美国人。1903年诞生了其最著名的作品《黑人的灵魂》（*The Souls of Black Folk*），在该书中杜波依斯准确地预言道：“20世纪的问题是种族歧视下的肤色界限问题。”1909年美国全国有色人种协会创建，他是创建者之一，后来由于发现社会科学不足以反抗歧视黑人的法律，为了影响公众舆论而转向政治活动。杜波依斯从1910年至1934年一直担任美国全国有色人种协会会刊《危机》的主编。他以毕生精力研究美国和非洲的历史和社会，著有《约翰·布朗》（1909）、《黑人的重建》（1935）、《黑人的过去和现在》（1939）、《世界与非洲》（1947）等书。这些著作以确凿的材料和精辟的论述证明黑人曾以他们的才智对美国历史和人类文明作出了贡献。杜波依斯还创作诗歌、小说和散文。

② 沃莱·索因卡（Wole Soyinka，1934— ），尼日利亚剧作家、诗人、小说家、评论家。他一生写了30多部作品，绝大多数讽刺非洲的社会文化风气和社会弊端。1986年获诺贝尔文学奖，成为第一位获此殊荣的非洲作家。

的白人女性茱莉娅。这两个社会身份相差甚远的人被告知，人类的未来取决于他俩繁衍的后代。然而，在小说的结尾，读者们了解到被彗星撞击毁坏的只有曼哈顿，其他地方都完好无损，种族主义依旧在人们的头脑中根深蒂固，这从旁观者的言论中就可以看出："天哪，你能相信吗？整个纽约，就一个白人女孩和一个黑鬼！"（17）虽然杜波依斯并没有用天启末日的方式结束整部小说，但是他认为种族主义将长久留存下去的观点是显而易见的。

索因卡的作品《强种》（*The Strong Breed*，1963）远比杜波依斯的《彗星》（*The Comet*，1920）符合传统科幻文学作品以及民间文学作品的类型特质。《强种》是围绕一个族群的某种仪式展开的，每年这个族群里都要有一个成员被当作祭品而献身，以此来洗脱整个族群的罪恶。故事的主人公伊曼在得知村子里一个名叫伊法达的少年因智障被选为祭品的时候，决定去替换这个并不情愿的年轻人。整个作品就是由被称为"约鲁巴"[①] 节的新年以及向神明奉

① 约鲁巴，西非尼日利亚民族，约 2185 万人（1995 年），为尼日利亚国内第二大民族。主要分布在尼日利亚西部和西南部，另有少数分布在贝宁、多哥和加纳。属尼格罗人种苏丹类型。从历史上看，约鲁巴民族拥有共同语言和共同文化，但可能从未有过一个单一的政治单位。他们似乎是一千多年以前自非洲东部迁移到他们现在居住的尼日河下游以西的这片地方。在前殖民地时期，他们终于成为最为都市化的非洲人。他们建立过很多大大小小的王国，各以其首都或首邑为中心，由一名世袭的国王或奥巴 (oba) 进行统治。约鲁巴民族中社会与政治组织颇为多样，但他们也拥有许多共同的基本特征。继承与继位按照父系代代相传；父系宗族成员在一名首领领导下共居一处，共有某些名字和禁忌，供奉本族的神祇，有权参与宗族土地的管理和使用等。许多约鲁巴人现在已成为基督教徒或穆斯林，传统宗教信仰仍保留。传统约鲁巴人宗教有一组复杂的神祇体系，上有造物主，下有约 400 个等级不同的小神和精灵，而大多数小神和精灵与其本身的宗派及祭司密切相关。约鲁巴语有大量文学作品，包括诗歌、短篇小说、神话和谚语。

上承载着全族在过去一年中各种罪恶的“携带者”的祭祀仪式展开的。整个族群和那个被选为祭品的人要达成某种共识，这样祭祀仪式才能洗清所有成员的罪恶。雪莱·杰克逊（Shirley Jackson）发表于1948年的短篇小说《摸彩》（*The Lottery*）就是描画这种为了维系理想化社会假象的宗教仪式的西方版本。莉莉斯的新世界远不是一个理想化的社会，然而约鲁巴节里的罪恶“携带者”同其在“异种移植”系列中扮演的角色之间有着极大的相似性。两个作品中都有一位族群成员要被选出来，为集体利益、为成全更多人而献出自己的生命。

若以杜波依斯的双重意识和索因卡的灵性现实作为理论分析框架，则可以发现巴特勒的作品在探讨边缘身份遭遇的种种问题时所用的方法与上述方式有相似之处，而且巴特勒的方式更为可行、更加实际。之所以说巴特勒的表呈方式更加实际，是因为在巴特勒的作品里，理论不但可以被应用，还可以被付诸实践。虽说巴特勒的作品大都是警示性的，但同时也给当下社会面临的一些问题提供了颇有借鉴意义的解决方法。可以用索因卡在作品中对模糊性的描写来解读巴特勒在“异种移植”三部曲的《黎明》中对主要人物角色的描画。和索因卡一样，巴特勒在这部小说里用类似于约鲁巴祭祀的笔触跨越了西方传统认知体系和人物描写的边界与规限。亨利·路易斯·盖茨（Henry Louis Gates）的小说《表意的猴子》（*Signifying Monkey*，1988）以及罗伯特·法里斯·汤普生（Robert Farris Thompson）的小说《精神的闪现：非洲人及非裔美国人的艺术哲学》(*Flash of the Spirit: African and Afro-American Art and Philosophy*，1985）中都曾提出，上述内容在非裔美国文学作品中是非常常见的。杜波依斯的“双重意识”理论可以用来解读巴特勒“异种移植”三部曲中主要人物所面临的各种矛盾冲突。双重意识是巴特勒作品中主要人物的优势所在，能使其在主体身份和种族身份之间实现相互关联并实现跨越。通过对这三位作家及其作品的对比，我们能够发现对身份和生存边界的重构是巴特勒作品的主要出发点所在。

## 《黎明》中的矛盾、冲突与改变

索因卡的《第四阶段》(“The Fourth Stage”）既是批判诠释学的一个上佳例证，也是对约鲁巴美学的一个检视——对看起来相互矛盾的独特性同和谐一体性之间的关系以及约鲁巴宇宙学中物质和精神的合并进行探究。在探讨包括美学在内的相关问题时，索因卡把约鲁巴悲剧同经典的希腊悲剧进行并置比对。他用尼采在《悲剧的诞生》中对狄俄尼索斯和阿波罗两人之间兄弟情的呈现和描画来帮助分析揭示约鲁巴美学同西方美学之间的连续性和非连续性。

“异种移植”三部曲中的第一部完全可以被视为悲剧。《黎明》讲述了一个有关地球末日毁灭的悲剧故事：强大的外星生物侵袭地球并将之毁灭，接着又采用复活计划重建地球并让部分人类重生。巴特勒在书中采用并置的手法，用发生在过去的悲剧来映衬未来社会的为生存而战。在巴特勒看来，人类带有悲观色彩的本性是书中所揭示的连续性以及非连续性的根源。所谓的悲观色彩，或者印记，在一定程度上可以理解成“矛盾”或“模糊”的同义词。书中，欧安卡利人杰达亚这样对莉莉斯形容人性的缺陷：

> 你们是不平等的。这已经是人类流传已久、牢不可变的特点了，在与人类亲缘关系最近和最远的动物身上也都有这个特点。这可以说是地球生物的共性。人类用智慧臣服之而不是对之加以引导，人类的思想和大脑不愿意承认其问题性和危害性，反而以之为荣或视之不见……这就好比对癌症的忽视。（《黎明》，37）

在上述叙述中，人性的悲剧“印记”被描画成人类不愿承认、无力掌控自身与生俱来的矛盾和冲突。无法接受并将多维度的、不确定的当作正常状态来对待是小说对人类在未来世界不可避免的失败和灭亡给出的原因。在人类的历史中，人们不愿意接受实际上是居于人类生存核心位置的、基因层面的不确定性，这便是悲剧的源头。这就是缘何，最终要由那个未受西方思想侵蚀的、非人类的外星物种欧安卡利人来告诉人类的唯一幸存者要接受这个同约鲁巴美学十分相近的现实。在书中接下来的部分，巴特勒通过把混种主体的身体经常会遭受的悲剧转变成社会问题的方式来改写传统意义上的混杂身份主体所不可避免的不幸遭遇。这样一来，巴特勒就把一向是矛盾集中点的混种主体变成了某种正常的存在。杰达亚这样告诉莉莉斯：

> 你们人类会改变的。你们的下一代会更像我们，我们的下一代也会更接近人类。你们用层级来划分彼此的惯性做法会被修正，而且一旦我们掌握了肢体再生和身体再造技术，我们会跟你们分享。这是咱们交易的一部分。(40)

在《黎明》一书中，种族和物种之间的混杂已经不是个别现象了，而是一种生命的常态，对于想在重生的地球上繁衍后代的人类而言，这是他们赖以生存的基础。包括《黎明》在内的“异种移植”三部曲所描画的背景空间都是非常适合混种主体进行身体的重塑和自身价值的重新评判的。这个空间的形成并不完全是由于小说的科幻特质，而是由于未来的某次核战争会使所有幸存的人类失去生育能力的可能性。欧安卡利人就去除了人类的生育能力，其目的就是要促成并掌控人类同欧安卡利人之间的“基因交易”。

索因卡的解构主义方法从分析比对阿波罗同约鲁巴神话中的纯洁之神奥巴塔拉之间的相似性开始。索因卡指出，对奥巴塔拉的表呈并不是通过尼采的阿波罗“魔镜”实现的，而是一种对外部世界的甄别(27)。虽说在西方艺术体系框架中，愉悦向来是模仿的主要目的之一，但是在约鲁巴美学里，功能性依旧是其核心所在。这不应该仅仅被理解成一种通过物质实在性来对之仿效或通过声音和运动来表述的观点，更是一种在精神和物质世界都存在的并能对两者都产生影响的精神本质。欧安卡利人是用基因当原材料的艺术家，他们不单是能够模仿这些基因材料，更能进行精准的操控（《黎明》，39）。

象征着创造的原动力和本质的奥贡是类似于尼采笔下狄俄尼索斯的存在，而且奥贡这个人物形象更加复杂、更加强大。奥贡不仅仅是在某一特定区域内享有无上权力的虚构的神化主体，而且是一种有着明确种族色彩和政治内涵的艺术宣扬的实体表征。索因卡认为，意象（illusion）是希腊悲剧得以延续发展的基本原则所在。这就将希腊悲剧和艺术这一理念置于某种不可视或者非真实的一维空间。而约鲁巴悲剧则是多维的，或者处于某个灵异空间。这个灵异空间是"死亡和生长矩阵的不断变化但已经初见雏形的顶峰"（28），曾一度深陷其中的奥贡后来得以逃脱。"奥巴塔拉是灵异反思（或记忆）的无声孕育者，自身力量被压制的他静候着每一个能恢复原本状态的行为举动并为之欢呼庆贺。"（29）

索因卡所分析描画的奥贡这个主体同《黎明》一书中的被称为乌力的欧安卡利人以及"模式主义者"系列中的多罗都有不少的相似性。《黎明》中，杰达亚跟莉莉斯介绍了欧安卡利人的本质以及他们族群中被称为乌力的无性基因工程师：

> 我们需要新的生命——找到它，研究它，控制它，继而拣选并投诸使用。对新生命的渴望深藏在我们身体细胞的最小细胞核里——这个微小的细胞器存在于我们欧安卡利人身体的每一个细胞里……欧安卡利的含义之一就是基因交换者。另外一个含义就是那个微小细胞器——这是我们这个物种的本质所在，是我们这个物种的源头。借助于那个细胞器，乌力才能解析人类的 DNA 并对之进行精准操控。(39)

乌力是欧安卡利人中最富灵性的主体存在，他们是族群中的第三性别者：既非男性，也非女性，但是他们在所有的生育繁殖过程中都是必不可少的要素。作为优生学专家和神一般存在的乌力在“异种移植”系列中对人类主体的身份进行了重构。

巴特勒挑选莉莉斯作为欧安卡利人的代言者。同希伯来神话中的那个同名人物一样，莉莉斯所扮演的角色也通过选择在纯洁和同质性边界之外的区域生存来驳斥抗击父权制 / 人类准则。虽然竭尽全力要拯救并保证人类的存续，莉莉斯还是被置于同人类做交易的位置之上，这种经历同亚当的第一任妻子十分相似。从莉莉斯的角度而言，在向人类传递“基因交换能够促成旧世界的灭亡和崭新世界的到来”这个信息的过程中，她丝毫没有体会到那种崇高的终极愉悦感。小说中，莉莉斯被描画成坏消息的传递者。人类已然到了濒临灭亡的边缘，若想求生存，就必须对自身进行重新定义。莉莉斯作为一个母亲和传信人的角色让她成了一个内心充满负罪感和自我厌恶的社会贱民。故而，与众神的托付一起到来的巨大代价往往由最强大、最具可塑性的人来背负和承担。

衡量约鲁巴神话中众神的终极标准是永生，就好比人类的本质是生命的短暂和无常（Soyinka，29）。然而，索因卡还特别强调，约鲁巴神话中的永生之神并不像基督教和佛教中获得永生的诸神那般遥不可及、高高在上。约鲁巴不像欧洲人那般“专门从纯粹的理念角度来关注时间的流逝”（29）。过去、现实和将来，或者逝去的祖先、活在现今的人以及未出生的后代，都以某种形式统一于贯穿约鲁巴神话始终的一体性之中。每一个时间模块都在艺术、宗教、生命和约鲁巴世界隐喻秩序的语境中帮助构建下一个时间模块。“异种移植”三部曲的书写顺序就好比欧安卡利人的基因记忆代代相传一般。乌力能够读取镌刻在器官基因结构上的历史。一个名叫尼康吉的乌力改变了莉莉斯的大脑皮层结构，让她能够记住所有她学过的东西和经历过的事情：“她记住了所有别人教她的东西，所有她自己学到的东西……她感到很惊讶，欣慰的同时也不免有些害怕……”（《黎明》，79）莉莉斯能够记住所有事情的新能力让她能够更好地回顾历史，这样她就能更有效地面对现在、应对将来。

索因卡在《第四阶段》中提出，约鲁巴美学和悲剧都是建立在某种坚定的、兼具集合性及功能性假设之上的理念体系，而且这一假设在西方艺术中并不常见。约鲁巴艺术这个说法也并不意味着其同约鲁巴音乐、宗教或宇宙论是不相容的。相比于尼采笔下的阿波罗和狄俄尼索斯，奥贡和奥巴塔拉这两个主体形象就显得更加复杂，两者相互关联，最重要的是，两者都表现出更多非西方文化固有的特质。

索因卡明确提出的西方非裔美学的根基同巴特勒的写作理念是具有可比性的。《黎明》中体现出来的欧安卡利美学在许多层面上都与索因卡论述的约鲁巴美学有着明显可辨的相似性。不仅如此，《黎明》中被描画成人类灭亡根源的就是西方行为方式 / 美学体系。就好比奥贡和奥巴塔拉一样，欧安卡利和乌力将会是为人类开创新的、与以往不同的生命形态的所有尝试的原动力。

“异种移植”系列中的欧安卡利人能够很好地表现统一性多样组成部分的分层概念。他们生存的目的就是通过“基因交换”这种同其他物种结合繁衍后代的方式来实现自己种族的转变。正如艾瑞克 · 怀特所言，欧安卡利人拥有“深入骨髓的成为他者的指令”——作为一个物种，他们对改变的矢志追求表明了对他者的接受和认可。对基因交换的需要并非源自获得掌控他人的权力的欲望，而是要不断地寻找多样性，不断地给自身的基因构成补充新能量以帮助实现下一次的基因交换。“欧安卡利人变成一个他者的目的就是再成为另一个他者。”（404）

欧安卡利人是通过基因交换而不是外在形态来定义自己，因此他们自身就是差异。对于欧安卡利人来说，外貌等生理特征与主体身份的构成无关，因此也就不存在对任何他者的排斥，“非我”没有任何的生理标记。这个外星物种不会用某种外在形态或神圣的样貌来定义自身，力求改变才是他们的本质特性。在这个种族的繁衍过程中，唯一延续不变的是一种特殊的细胞：可以改变主体基因构成的细胞器，随着每次基因交换而转移。在每一代欧安卡利人中，没有参与最近一次基因交换的那部分人虽然在外形上同参与基因交换的人看起来不一样，但这部分人仍被认为是欧安卡利人："和其他所有智能物种一样，欧安卡利人的细胞里包含着欧安卡利的专属基因——能够用来交换的细胞器。"（《成人礼》，209）这个外星物种的名字也能反映出该种族通过基因交换来实现主体身份的归化：欧安卡利的含义之一就是基因交换者。另一个含义是细胞器，即这个物种的根本所在，整个物种的起源。有了这个细胞器，欧安卡利人的基因链就可以分析其他主体的 DNA 并对之进行精确操作。欧安卡利人没有其他选择，只能不断地发展："对于我们而言，基因交换是再自然不过的事情。我们必须这么做，这样我们才能不断更新，才能作为一个不断进化的物种生存下去，而不是孤立自我到停滞的地步，甚至最终灭亡。"（《黎明》，39）

欧安卡利人得以生存下来的原因在三部曲的最后被揭晓：拥有人类和欧安卡利人基因的乌力儿童，也就是所谓的构造者，可以通过控制源自人类的快速生长的癌细胞而改变个体的外形。不仅如此，作为变形人的构造者们还能比照新的基因交换对象调整自身的生理结构，从一开始就杜绝了划分"我们"和"他们"之类情形的发生。对于构造者而言，对他者的接受是彻底的；构造者无须去等待以基因交换来繁衍后代的漫长过程，他们能够随时将遇到的他者表呈、体现在自己身上。

起先，“异种移植”三部曲的叙事角度是莉莉斯，而后变成她的孩子们。叙事主体的转变表明了主体的定位逐渐摆脱了强调差异的敌视对立面，以此，巴特勒探寻到了一条关联差异的新途径。乌力构造者约达斯是《意象》一书的叙述主体，巴特勒的这一叙事角度恰好反映出郑明河的观点：差异不是一种身份，对差异的包容就是要维系自我 / 他者的对立两分架构。“从根本上动摇统一性概念的正是差异”，故而，约达斯的声音并非来自我们愿意聆听的，是核心自我从那个习惯上被称为“别处”的地方发出的，而是源自“其总和形成‘我’这一主体的无数层级”（T. Minh-ha Trinh，96）。由于欧安卡利人向往差异，而这些差异让人类感受到巨大的威胁，因为人类总是妄想着一成不变的统一性，并偏执地认为“人类”，尤其是白人男性，是一种理所当然的稳固的存在状态，而不是一个变化发展的过程。

对差异的重新界定和思考当然是相当费心劳神的，还常常会使人困惑不堪，有时甚至会让人万念俱灰。沃尔马克把这个痛苦的过程称为“相同与差异之间不可调和的张力”（Wallmark，39），但这却恰恰是巴特勒在其作品中着重表现的内容。人类对差异的惧怕有时会达到难以想象的地步，会引发悲剧。巴特勒并不打算描画处处宣扬“接受差异”的，颇具包容性的多元主义景象，她所关注的是权力关系谈判的困难之处。在巴特勒的作品中，通过不同物种之间的交配而繁衍的后代，人类在外星物种族群中“被归化”，以及所有这些变化带给读者的感官愉悦，都是罗伯特·斯坦姆（Robert Stam）提出的“多中心多元文化主义”的象征。他认为，多中心多元文化主义并没有忽略“不公正和不平等的政治现实以及由此而来的痛苦、气愤和憎恨普遍存在的现状”，而是“号召一种欲望的迁移，一种累加，一种交融，以及不同社会能量的彼此相对化”（200）。

## 美国黑人的意识和欧安卡利人

在其1903年出版的小说《黑人的灵魂》（*The Souls of Black Folk*）中，杜波依斯用“双重意识”这个说法来指代宿居在单个非裔美国人身体里两个（意识形态实体）不同身份之间的某种内在冲突。

> 美国黑人的历史就是这一冲突的历史——这是一种对成为一个具有自我意识的成年男性的渴望，想要将他的双重自我融合成一个更好的、更真实的自我。在融合的过程中，他不希望丢掉自己原来双重自我中的任何一个。他无法将美国非洲化，因为美国值得非洲甚至全世界去学习的东西实在太多了。他也不愿在白人至上主义的美国化狂潮中漂白了自己黑人的灵魂，因为他知道黑人的血液向全世界传递着重要的信息。他只是怀

> 揣着这样一个朴素而又简单的想法，那就是一个人在作为黑人的同时也可以是一个美国人，他不用再被自己的同胞诅咒、唾弃，不会再承受机遇之门在他眼前被关闭的不公命运。（11）

从杜波依斯所使用的“拼尽全力”和“冲突”这些词就可以看出，多维的复杂性身份对于正统的（白人）男性美国人身份而言是异化主体，是不可能被接受的。《黑人的灵魂》是杜波依斯对身份及其复杂性的探究；这部小说的目的不是要宣扬整齐强大有如铁板一块的非裔美国人身份，因为在“正统”和“身份”之间没有客观理性关联的语境下前述身份是不存在的。鉴于目前对双重意识的析读已然过剩的局面，单纯的对双重性的重复探究也不足以用来分析巴特勒的作品内涵。

如前所述，巴特勒探究差异问题的主要着眼点就是体现差异的两个主要结构表征：性别和种族。在具体做法上，巴特勒采用暗指和具体指代相结合的方式——人类主体之间的关系，尤其是她笔下的黑人女性主人公同非黑人男性之间的关系。一明一暗两种修辞方式的交替使用使得巴特勒能够剖析源自差异的边界划分以及因边界划分而合理化的权力架构。这种做法正是奥德丽·罗德号召“跨越差异的全新关联模式”的体现：“我们现在必须认清作为我们的平等存在，既不从属于我们，也不优于我们的女性主体之间的差异，要找到可以利用她们之间的差异来拓宽我们的视野、拓宽我们并肩战斗的渠道。”（123）

自20世纪70年代以来的女性主义科幻小说竭力呈现女性科技以及意识形态的结果却是不断地强化了男性的意识。在这些文本中，普遍意义上的“人性”被包装成一个尊崇男性的父权体系概念，而且还有着浓重的白人至上主义色彩。而巴特勒的科幻作品在改变了生物基因构成的基础之上创造了新的物种属类，从根本上动摇了“人性”的内涵。她笔下那些像欧安卡利族之类奇怪的高级智能物种是变革性的主体，他们的存在向传统认知体系中人类主体的构成提出了挑战。这些主体仅仅是以与人类“不同”（并不是比人类“更优秀”）的方式予以呈现，欧安卡利和莉莉斯的一段对话足以证明：“你们是不是认为彻底清毁我们文化存留的东西才能使我们人类变得更好？”“不是更好，而是不同。”（《黎明》，32）《克雷方舟》中的突变，“异种移植”三部曲和《幸存者》中外星生物与人类基因的结合都在质疑“人类”这个物种属类的本质构成，巴特勒用这种方式让人们对有关自我身份的所有先入为主的概念和所有视为理所当然的认识产生怀疑。“所谓的真实身份，不过是一个表呈代码，不能也不应该同活生生的主体或行为体相吻合。”（T. Minh-ha Trinh，94）身份的表呈从而变成了再定义的工具。

通常情况下，种族主义和性别歧视都与权力关系有关，而社会层级以及像丈夫和妻子之间常常被称作“私人”的关系模式等给权力关系披上了合法的外衣。社会层级和个体之间的关系模式都是在特定的历史群体中形成和发展起来的。鉴于此，巴特勒在其作品中总是将性别和种族放在一起加以探讨。

科幻小说通常用外星物种来表现仇外心理和种族主义，但用这种象征性的表呈方式来取代对种族主义相关问题的直接评论，常常不能真正解决问题。巴特勒认为，长久以来外星人都是科幻小说的不变主题，谁也不清楚他们是否真正存在。然而，不幸的是，大多数当初引导人们去思考外星人存在可能性的科幻小说作家却没能让人们去关注身边以不同形式存在的人类。与此同时，必须承认的是，科幻小说中出现的大量暗指以类比的方式成为跨界的重要组成部分，巴特勒对暗指的运用则更为深刻。

巴特勒在其作品中运用多种表现形式来反映种族主义这个主题。那些奇异的未知生物从来都不是简单地作为人类因恐惧而形成的仇恨对象而存在，而是一种更为复杂的表呈种族主义的方式。通过将外星生物置于人类同非人类的关系中，巴特勒从已有的以及正在形成的差异种类划分的角度来揭露种族主义内在的荒谬性和无序性。无论是因为基因问题将患病者同其他健康人隔离开来，还是人类感染神秘病毒之后丧失说话和阅读能力，并因此引发了猜忌和恐慌，抑或是某种特殊成分能将人类变成变种人，可以说在巴特勒的作品中，人类总会出于他们无法控制的原因而彼此相异。于是，由差异形成的级类划分就变得惊人地相似：“模式主义者和克雷方舟满怀不安注视着同自身如此不同的对方，而后又都释然地告诉自己关于彼此的相同谎言……他们不是人类。”（《模式之王》，122）

巴特勒不但阐明了目前是通过何种方式对差异进行划分归类的，还清楚地指出，尽管种族只是一种意识形态，但对于人类而言却产生了实实在在的影响。巴特勒认为话语产生的力量不容轻视，并指出人们不应该在认识上将那些分类自然化。她援引了福柯认为生物学的主体不是身体本身，而是建构了身体的话语和我们对身体的认识。巴特勒呈献给读者的是全新的存在于话语中的"生物学"事实，在这种语境中，分裂机制改变的是内容，不变的是结果。由此，对于社会秩序而言，重要的不是种族差异的"事实"，而是这些差异在社会层级架构中所处的位置。

在《幸存者》中，女主人公艾兰娜在两个高度层级化的社会夹缝中求生存：一个是笃信自己在精神层面拥有无上优越性的人类，另一个是以身上皮毛的不同颜色来划分等级的外星种族科恩人。传教士在面对何为"人类"这个问题时非常苛刻排外，而科恩人所依循的社会秩序中皮肤的颜色决定个体的定位——比如领导者、法官、工匠等，使人很自然地联想到人类的种族主义。艾兰娜是唯一一个拒绝上述层级划分的人，在她的影响下，跟她关系亲密的人也逐渐改变了对待差异的方式。《血缘》《野种》《天才的寓言》等小说着重刻画了美国历史上种族主义的形成与发展。种族关系同权力架构之间的密切关系在"模式主义者"系列中得以清晰地展现。由差异的新标记形成新的等级划分体系，其结果就是同奴隶制一般无异的掌控机制。模式主义者社会的差异标记就是是否拥有心灵感应能力，没有心灵感应能力的人被称为哑巴，他们被拥有此种能力的人所控制，甚至沦为他们的奴隶。通过这种层级关系，巴特勒建构了美国传统的种族分化模式，使得诸如奴隶制之类的权力架构都被合法化。在美国历史上，“黑鬼”这个标签能决定一个人是不是奴隶，因此真正起作用的并不是肤色本身，而是社会标记。《我意识中的意识》一书中，在模式成形之际，艾玛 / 安延舞同多罗有着如下对话：

“哑巴！”

“这是一个简称，用来指那些没有心灵感应能力的人，也就是普通人。”

“我知道这个称呼的意思，多罗，说的就是黑人。如果你不认为他们看不起我们这些有心灵感应能力的人，我们黑人，包括除他们之外的所有人，那就是你根本没有走心。”(122)

按照书中差异种类的划分，那些未经驯化的模式主义者会被贴上“神经病”“疯狂”的标签，直至他们完成被模式的引导。看上去，似乎多罗的抱负会打破现存的差异种类划分。他的后代继承了他的理想——跨越差异，他本人就因为自身非人类的、无体的存在形态而跨越了诸如种族之类的外在标记。然而，多罗并没有将自己的跨越特质彻底发挥：他穷尽一生想要建造的“超级物种”，成为新型隔离和权力机制形成的温床。

在巴特勒的作品中，备受争议的“人类”这个物种属类通常都是用来彰显种族标记包含的巨大社会性力量的标识：要成为“人类”就必须种族“纯正”，也就是必须是白人。“异种移植”系列中人类和欧安卡利人繁衍后代的行为瓦解了界定一个种族的外部标记因素。在《幸存者》一书中，艾兰娜同外星人蒂乌特之间的亲密关系遭到了传教士们的反对和憎恶，就像种族通婚在过去和现在会遭到非议一样。一旦框定“纯种人类”的可视性外在因素不复存在，那么依赖于性别和种族差异标记的权力关系就将被质疑，并被重构。

“异种移植”系列的第二部小说《成人礼》就通过阿金这个角色来探讨有关种族二重性的相关问题，阿金是莉莉斯的儿子，也是第一个人类同欧安卡利人的男性后代。虽说阿金是可以被“认定”为人类的存在，但事实上他是许多身份相融的产物。阿金并没有能够将人类“欧安卡利化”，因为他身上所彰显的人性是外族物种欧安卡利人学习的对象。他也没有在所谓的人性大潮的侵袭中遮掩、否定自己身上的欧安卡利特质，因为他很清楚如果没有欧安卡利人的基因交换，人类必将再次走向自我毁灭的穷途末路。阿金被圈限在一个危险但同时孕育无限能量和可能性的二重状态之中。小说中，尼康吉如此描述阿金身上类人类特性的优劣之处：

> 对于人类中的有些人而言，他身上的这些类人类特性对他是很不利的：他们会因为他不是完整意义上的人类但却又比他们的后代子孙更富于人性特征而排斥他。他们妒忌他看起来

> 比实际年龄要年轻许多。他们还会因为自己被剥夺了生育后代的权利而憎恨他。在你们人类眼里，男孩一直都是无比珍贵的商品。(9)

尼康吉在上述言论中所说的“他们”是居住在一个村落里的一群名叫“罗”的人，他们同欧安卡利人建立起了共生互助的关系。从尼康吉的这段话中可以看出，即便是那些最能容忍阿金的多重复合身份的人类也无法接受生下来就会说话的婴儿。那些拒绝同欧安卡利人生活在一起并和他们生育后代的人类，那些“抗拒者”，才是阿金要面对的最大的威胁。

> 抗拒者就是那些完全拒绝跟欧安卡利人共同生活的人类——他们也因此不会有下一代。阿金还听说他们会去偷那些长相和人类最为相似的孩子（人类同欧安卡利人生育的）。他们这种做法其实愚蠢至极，因为他们根本不知道这些孩子在将来变形之后会是什么样子。欧安卡利人绝对不会让他们把孩子带走的。(19)

这些抗拒者居住的村落名叫“凤凰”，是阿金最终培养起来能够在人类和欧安卡利人之间交涉周旋、让两方共生共处的有着双重身份的地方。阿金利用镌刻在自己身上的模糊性和不确定性实现了人类和欧安卡利人之间差异的跨越。

在对后内战时期非裔美国人生存境况的评论中，《黑人的灵魂》重新界定了之前三百多年间黑人和白人的交往模式，对整个西方社会中非裔族群的文化及政治心理都产生了较大的影响。这是非裔美国人悠久文本传统的代表，该传统用自传和个人文章来就自由与自决等主题，为被边缘化人群构建起文化地位和身份。简言之，杜波依斯用“双重意识”这一理念探讨了一种非洲族群的思维模式和现在被称作非裔族群（黑人主义）同美国人（白人主义）之间的文化冲突，但事实上，无论是黑人还是白人，都是在现实社会里几乎不具有稳定性的社会建构。双重意识这个说法能够让杜波依斯构建另一种美学体系，这种美学体系能够赋予非裔美国人某种直觉意识本能，让他们能够分辨并交流白人无法分辨和识别的关于美国社会的一些现象和问题。获得这种能力的代价就是，非裔美国人往往只能通过白人男性他者的眼睛来辨识并界定他们自己。

巴特勒作品中的双重意识并不受到他者视域的规限。通过建构那些超越人类物种范围的杂合人物主体，巴特勒重新解读并定义了混血主体的概念。在弗雷德里克·詹姆森看来，上述重构之所以能取得成功，部分原因是得益于科幻小说的类型特质：“考虑到作品是以外星生物为主要描画对象这一前提性预设，小说对种族这一主题的呈现在相当程度上被中和，敏感度也大大降低——当然，书中的描画完全可以被视作对种族问题的隐喻——也可以将之置于外星族群背景中进行解读，象征着跨物种共存与竞争……”

（140）《成人礼》一书中的阿金和《意象》一书中的犹大都是从若干并存的视角来辨识、界定自身，他们对自己不同身份定位的协商方式有助于更深入、全面地析读悲剧性的混血主体或者杜波依斯笔下的美国黑人主体。

《成人礼》是“异种移植”三部曲的第二部，同第一部、第三部一样，这部小说讲述的也是人类如何求生存的故事。更确切地说，三部曲探究了人类文化及物种的存续经历。在《黎明》中，地球被人类的核爆炸以及工业污染毁坏殆尽。在欧安卡利人（基因贸易者）的帮助下，地球获得重生，欧安卡利人此举的目的是要获取基因信息以及确保地球和新的生命形式在这个新生环境中共生共存的必要条件。欧安卡利人就好比背井离乡的非裔族群，他们没有回家溯源的打算，而是发现并接受新环境的种种差异，将之作为生存的手段。哈拉维也发表过有关非裔美国人的相似看法：

> 和莱辛（Lessing）、皮尔斯（Piercy）、鲁斯（Russ）、勒瑰恩、阿特伍德、沃尔夫（Wolf）以及迪普特里（Tiptree）不同，巴特勒对科幻小说传统特质的运用是为了以明确而有力的妇女主义或女性主义笔调来试探性地构建过去和未来，这明显受到非裔美国族群观点的极大影响。（378）

除了认定巴特勒的作品致力于表现非裔美国族群的生平经历及抗争之外，哈拉维还提出，灾难、生存以及转型都是巴特勒小说恒久不变的主题。因此，就如同混血主体那般，不管其是不是悲剧性的，“追本溯源都是巴特勒笔下人物主体所无法企及的……故而，巴特勒的小说是关于混血主体的，绝不是同一性主体的繁衍再生”（378—379）。巴特勒的作品形象地展示出混血主体这个意象是如何跨越有关种族的最传统的理念认知的。她对混血主体的描画与呈现打破了将一个纯粹的种族身份镌刻在某一个身体之上的可能性，以欧安卡利人为例，他们的身体根本没有已知的单一来源地。更为重要的是，欧安卡利人以及人类同欧安卡利人的混杂后代根本没有要规限构建他们身体的身份叙事的维度。

《成人礼》中的核心人物就是阿金·伊亚坡，他是莉莉斯（拉丁裔非裔美国女性）、约瑟夫（中国男性）、迪尚·伊斯林（欧安卡利男性）、厄哈加斯·泰（欧安卡利女性）和尼康吉·乌安（乌力欧安卡利人）共同生育的后代。阿金算是首批由人类生育的男性构建体中的一位。他还可以被看成一个在青春期之前都处于性/别边缘地带的孩子。阿金在莉莉斯的肚子里时就已经达到了人类青少年的智力水平。他看上去就是一个“完美无缺”的人类男性婴儿（除了他的舌头），而且在全书中，阿金表现出来的理性和逻辑思维能力是他实际年龄所应具备能力的五倍之多。阿金还同时拥有多重身份和意识。

作为三百年前地球被战争毁灭之后第一个由人类女性生育的男孩子，阿金成长为成年人的经历是整部小说的叙事主线。从小说后面的内容得知，阿金是在欧安卡利人的计划和安排下出生的，目的就是让他充当人类和欧安卡利人之间的联系中介。在接下来的情节中，阿金被一伙入侵者绑架。绑匪们带着阿金来到抵抗者居住的村落（由于人类被剥夺了生育能力，整个村落里没有孩子），提出用阿金做交易换取商品和女人。一路上阿金从绑匪们口中了解到了许多有关他们和抵抗者抗争的事情，在到了那个名叫凤凰的村子以后，阿金见到了那里的管理者加布里埃尔和塔特（两人都是《黎明》中的主要人物）。最终，阿金的混杂本性特质不但让他能够理解人性的复杂和欧安卡利人的理性科学逻辑思维，还在两者之间筑起了互联互通的桥梁。由于他理解并认同人类想要从欧安卡利人那里获得独立自主权的愿望，于是他就成了人类抵抗者的代言人，他四处奔走、竭尽全力联合人类，共同在火星上重建一个完全属于他们自己的家园。

阿金之所以能够成为两个种族之间的联络人，是因为他自己的身体被定位在人类本性和欧安卡利人本性的核心位置。在巴特勒的“异种移植”三部曲中，阿金不仅是核心人物，还处于围绕着两个差别迥异的生物物种之间的交互繁殖而形成的抗争的焦点之上。从解剖学的角度来评判，阿金完全可以被称作“完美”的人类后代，但是在智力和文化方面，阿金的基因构成既称不上完美，也绝非纯粹。最明显的一点就是，阿金永远都是处在成年人和孩童之间的阶段。在小说里，阿金的外形在绝大部分时间里都只是一个婴儿，只有到了小说的结尾处才长成了一个成年人的模样。通过将阿金定位在若干中心交汇点的做法，巴特勒塑造了一个差异的协商者，一个多维角度的复语者，包括在肢体语言、文化血脉以及不同的意识状态等方面。由此，巴特勒创作出来的这个喻象主体要比杜波依斯笔下深受困扰的美国黑人更加丰富更具内涵。

阿金的流动性和适应性既源于他身体的存在形态，也源于他异于常人的心理意识状态和能够跨越单纯的人类或欧安卡利人的理念模式去理性思辨的能力。可以说巴特勒赋予了阿金在那些操持霸权强力者无法侵占的空间里谋求生存并为他人的生存协商交涉的必要工具及条件。杜波依斯极具天赋的构想在巴特勒书写的人类与欧安卡利的建构 / 混生主体中也得到了具象化的体现，他们都是能够填补差异的鸿沟、打消人们对变革忧虑恐惧心理的个体。阿金这个人物角色表明，混生主体拥有与生俱来的差异协商的能力，他们本身就表征着差异和变革并不一定会导致灭亡或混乱。阿金就是“根植于自然本源以及可再生源头美好臆想”（哈拉维，379）没有实际价值可言的佐证。

《意象》一书中的犹大这个人物代表着人类同欧安卡利人之间交合或混生的完结。犹大是一个人类乌力，一个第三性欧安卡利，一个被掉了包的孩子。犹大具有能随心所欲改变自己外在形态的能力：他可以是男人，也可以变成女人，但因为他是一个乌力，所以不能用人类的社会性别或种族划分来界定他。巴特勒通过犹大这个人物展示出由差异性向相似性转变的部分过程。犹大对一个从“罗”出来的人类说道：“我们能感觉到我们身上的人性特质。这种感知能力让我们既能读懂你们人类，也能读懂欧安卡利人。欧安卡利人本身是永远不会让你们拥有自己的火星领地的。”（14）此处，犹大把自己和他的同类说成在《意象》一书中被边缘化的人类的拯救者。

## 无解的悖论

巴特勒的作品表达出其关于兼具多重身份的混血主体的许多观点和看法：首先，混血主体可以具备很强的能力；其次，混血主体不应该是人们惧怕的对象，因为他们拥有身份安全的空间；最后，混血主体千变万化的外在形态会令人本能地感到着迷，因其表征着一种令人向往的集相似性和差异性于一身的矛盾体，混血主体终将成为比用黑人、白人、男性、女性、动物或人类等身份进行标定的“正常身体”更为强大、有力的存在。

除去其变化多样的外形之外，犹大这个人物主体还象征着个体完全可以感受和经历的全方位体验，就好比女性可以积极进取、强势高调，男性也完全可以温柔体贴、善解人意。犹大是某种空间的具象化表呈，在这里人类可以在不考虑优先重要性或传统规限的前提下对自己进行定位。用索因卡对奥巴塔拉的描述的援引可以深入探究犹大无法解释的雌雄同体的本质特征。犹大的外形既非男性也非女性，但是在托马斯和杰苏萨看来，他既是男人也是女人。从杰苏萨对犹大说的话中就可以清楚地看到这一点：“你看起来跟托马斯很像，你懂吗？他是什么样，你就是什么样。你能成为我们的兄弟——或者做我们的姐妹也可以。”犹大用“都做不了”（《意象》，109）的态度恰如其分地回应了杰苏萨。

在对伊苏–伊勒巴拉[①]以及“表意的猴子”的起源所作的探究中，盖茨[②]解释了约鲁巴文化中的神莱格巴的本质及其同性欲的关联。盖茨的描述同巴特勒《意象》一书中的犹大这个角色处于不断变化中的、不明确的性别身份有着很多的相似性。正如盖茨所说，“莱格巴的性欲是阈限的一种象征，但同时也是边界穿越、话

① 盖茨的理论构建源于里德《芒博琼博》中的主人公巴巴·拉巴斯这一形象的研究。盖茨发现，拉巴斯是个典型的恶作剧精灵形象，这个恶作剧精灵的神话原型便是非裔美国黑人传统中“表意的猴子”，而猴子的形象又可以追溯到它的非洲“远亲”伊苏–伊勒巴拉（Esu-Elegbara）。伊苏作为约鲁巴文化中的恶作剧精灵和众神的信使，见之于尼日利亚、贝宁、古巴和海地等国的神话传说中，在海地的伏都范神教和美国的伏都教中分别称 Papa Legba 和 Papa La-bas。根据约鲁巴神话，众神的意志是通过伊法（Ifa）神的预言体现的，而伊法神的预言总以文字和符号的形式呈现，人们对这些预言的感悟靠的是伊苏的阐释。因此，在约鲁巴神话中，伊苏是神圣的语言学家、罗格斯的监护者、岔路的守护者、生殖与丰收的菲勒斯神。他的瘸腿一边踩在天界，另一边立于人间。他是破解神的文本、解除人神之间神秘障碍的能手，能向原始初民阐释众神的旨意，向神呈递人间的祈求。盖茨认为，伊苏就像希腊神话中的赫尔墨斯（Hermes）。如果说西方阐释学（Hermeneutics）因赫尔墨斯而得名，那么对于黑人比较文学批评家来说，伊苏这一连接两个话语王国的神话形象就是阐释行为、批评家以及文学文本阐释的不确定性、开放性和多元性等的象征。

② 小亨利·路易斯·盖茨（Henry Louis Gates, Jr.，1950— ），美国文学评论家、教育家、学者、作家、编辑，哈佛大学阿尔芬斯·弗莱彻大学教授（Alphonse Fletcher University Professor），哈钦斯非洲和非裔美国人研究中心（the Hutchins Center for African and African American Research）主任（即之前的杜波依斯非洲和非裔美国人研究中心 W. E. B. Du Bois Institute for African and African American Research）。盖茨是首位获得安德鲁·梅龙基金会奖学金（Andrew W. Mellon Foundation Fellowship）的非裔美国人，还因在教育、研究以及黑人文学研究机构发展方面作出的卓越贡献而获得多个荣誉头衔及奖励。2002 年，盖茨被推选参加“杰弗逊演讲”，以表彰他在人类研究方面所取得的卓越成就。由他撰写并担任制作人的电视纪录片《非裔美国人：跨越千山万水》（2013）荣获艾美奖。

语宇宙之间交换的象征”（27）。犹大同伊苏–伊勒巴拉的相像绝非偶然，充分表明了巴特勒作品中约鲁巴意识形态的存在。

同其在《成人礼》中的兄长阿金一样，犹大能够成功搭建原先不存在甚至是不可能的沟通桥梁。犹大雌雄同体的身体使其可以在人类和欧安卡利两边游刃有余。其存在状态代表着若干世界最好的形态：犹大的身体不仅是欧安卡利人进行基因控制的智慧及能力的体现，更是人类求生本能的具象化表征。巴特勒作品中雌雄同体以及混血的主体意象都是富有创造性的交互过程，在这一过程中不同的自我不计后果地大胆超越了被文化规限设定的身份，以模糊自我和他者边界的方式实现彼此的关联。在盖茨看来，莱格巴和犹大都是“流动性、不确定性和交融性原则的呈现，甚至其被预设的命运都无法起到规限作用”（28）。在美国的传统历史文化中，小女孩理应穿粉色的衣服，小男孩则必须穿蓝色的衣服，否则他们连同他们的父母都会受到身体或语言上的惩罚。在21世纪的美国社会，任何形式的雌雄同体都被人们下意识地等同于非正常、无序甚至是混乱。这种思维方式的存在，很有可能是由于边界以及身份标记的缺失就意味着某种具有危险性的无法被管控的权力的存在。如果没有稳固的身份标记，就无法确定当这一身份成为主导力量时会给现有体制造成影响的具体时间。有关一个任何人都有可能获得的不受管控的权力的理念是不能被西方传统的认知体系所接受的。事实上，这种权力的存在势必打破霸权和层级的传统体系，因为身份不确定性可以建构出能够赋予一个“更具游戏性的领域”全新内涵的游戏领域。由一个基于不平等体系的任何公平理念催生的权力认知都是一种无法接受的悖论：我们需要的是一个任何人都可以成为任何人并可以存在于任何空间的社会。

杜波依斯、索因卡和巴特勒的作品就试图构建这样的社会。对他们作品和思想体系的探究会成为分析超越西方美学的认知体系的必要工具。身份理论并不是单纯地存在于某一本书、一种理念或想象之中。通过对上述三位作家的对比分析可以发现，对充满争议的边缘化身份的研究必须是多视角的。现实与作品、比喻与抽象之间的分界线就如同种族身份的边界一般，完全是通过想象构建的。模糊性是回答三位作者在各自作品中提出的若干问题的最合适角度。

# 第五章　科幻小说中的宗教书写：巴特勒笔下变化多端的神

## 幻想或信念：被边缘化身体的社会价值

罗伯特·海因莱因曾指出："科幻小说"是对未来有可能发生之事的现实主义预测和推断，其以对过去和现实世界的丰富知识连同对科学方法的本质及重要性的全面掌握为根基（21）。科幻小说是对人及其在宇宙中所处位置的本源性探究，这一探究植根于我们对科学知识的详尽而又不乏困扰的认知状态之中（Brian Aldiss，8）。科幻小说与人类息息相关，其重要性毋庸置疑，它反映的是人类对世界的认识。它赋予生命无限的含义，照亮人类的前行之路。其独特的价值是任何其他文学作品所不可比拟的（Isaac Asimov，xi）。

若要对科幻小说这个文学子类的概念及价值进行界定，那么可以从前文的论述中总结三个在科幻文学领域最有代表性的观念体系，它们都认同的一个观点就是，科幻小说是可以被用来探究世界的有力工具。虽然包含着想象、时间穿梭以及理想社会等成分，科幻小说依旧是直接反映那个催生了自身的源社会并对之进行表呈的文学作品。"德里达认为，所有的文学作品都会描写核状态，也就是完全效能的风险。"（Luckhurst，103）随着科幻小说的不断发展，逐步具备了用同宗教相类似的方式批判并标划现实世界边界这一能力的文学类别。海因莱因有关科幻小说是基于现在及过往现实的现实主义研判的观点很容易让人联想到《圣经》中的启示。阿尔迪斯所认为的科幻小说理应被看作人类的必然性需求的观点正好同人们普遍持有的对宗教的观点是相符的；而阿西莫夫提出的科幻小说同现实社会密切关联的说法听上去就好比主日聚会上牧师们的布道一般。诚然，科幻作品绝不是仅供青年人阅读的逃离现实文学。弗洛伊德提出，宗教就是要尝试通过人类最为古老的、最具强制性的意愿来控制人们的精神世界（Walker，850）。宗教是用来批判人类认知世界和想象世界中无边无界的现实社会的有力工具。在宗教里，对理想或完美社会的探究与对人类充斥着种种不完美的现实社会的批判是并存的。鉴于此，对科幻小说和宗教之间关联的探究就很有必要了，因为两者都为审视人类所处的不完美的现实世界提供了有力的支撑和帮助。

亚当·罗伯茨在《科幻文学史》（*The History of Science Fiction*）

中提出，把科幻小说称为“科技小说”（technology fiction）更为贴切，因为“科学”这个词通常会被理解成为一个分析、解读物质本体主义（并非精神层面或超自然层面）者眼中的宇宙的学科或者领域。罗伯茨还提出，科幻文学是“一种研发科学（或者用更能被普遍接受的方法说就是‘哲学’）的方式”，还是“一种写小说的方式”（6）。最后，在借用了德国哲学家马丁 · 海德格尔（Martin Heidegger）的相关概念术语之后，罗伯茨给科幻小说的定义是一种用来思考的过程：“这不单意味着对许多概念、可能性、具有内涵的正剧或类似表现形式的重复、研磨，还具有更深层的意义，即通过呈现现实世界另一种可能性的方式来用文本对世界进行重构。”（12）于是，通过将科幻小说同传统意义上被认为是对现实世界的探索和解释的哲学相关联，罗伯茨提出“科幻文学的复兴是同宗教改革密不可分的”（Preface ix）。这也就是为什么《科幻文学史》所着力表现的一个观念便是科幻文学同宗教之间的边界在很长一段时间里都是模糊不清、不可分辨的。罗伯茨认为若对科幻文学追本溯源，其最早的形态就是古希腊时期的神话小说，古代科幻文学在 17 世纪时已然得到了相当程度的发展，其时的代表作包括“约翰尼斯 · 开普勒[①]的《梦境》（*Sominum*，1634），弗朗

① 约翰尼斯 · 开普勒（Johannes Kepler，1571—1630），德国杰出的天文学家、物理学家、数学家。开普勒发现了行星运动的三大定律，即轨道定律、面积定律和周期定律。这三大定律可分别描述为：所有行星都是在大小不同的椭圆轨道上运行；在同样的时间里行星向径在轨道平面上所扫过的面积相等；行星公转周期的平方与它同太阳距离的立方成正比。这三大定律最终使他赢得了“天空立法者”的美名。同时他对光学、数学也作出了重要的贡献，他是现代实验光学的奠基人。

西斯·戈德温[①]的《月亮人》（*The Man in the Moon*，1638）和西哈诺·德·贝热拉克（Cyrano de Bergerac）的《月球旅行记》（*Voyage a la Lune*，1655）”等。更值得一提的是，罗伯茨还澄清了这样一个事实，那就是自勒内·笛卡尔开始，宗教和科学（技术文学）在彼此不相容的路上渐行渐远。

> 在16世纪晚期和17世纪初的这段时间里，科学探索的重心开始向新教国家偏斜，即在这些国家里，被一度认为是同《圣经》的启示录相悖的科学研究获得了一定程度上（尽管不是完全的）的开展自由。以笛卡尔为例，他于1629年到荷兰定居，其中一个很重要的原因就是他的科学研究在自己的祖国——当时受到天主教文化影响的法国——是极为受限的。笛卡尔对伽利略的学说被罗马天主教廷所批判、驳斥感触颇深，毕竟伽利略的日心说对于当时大多数的科学家而言都是一种颠覆性的学说。诚然，对于那些更富想象力的思想家（也就是科学小说作家）而言，日心说带动的是更为深刻、全面的变革与发展。（Introduction IX）

奥克塔维亚·巴特勒的作品就经常用聚焦宗教和意识层面相关问题的方式探讨身体在现实世界和精神世界里的价值该如何予以

---

① 弗朗西斯·戈德温（Francis Godwin，1562—1633），英国主教、历史学家。

界定的问题。对于巴特勒这样一个因其作品对社会道德体系进行认真反思而驰名的作家来说，宗教似乎是最适合用来解构传统社会价值体系的场域。在许多访谈中，巴特勒都曾说起，她本人对宗教的偏爱，很大一部分原因是她的祖父系浸信会的牧师，而她的母亲则从小就把自己当作一个浸信会教徒来培养，目的就是要在她小的时候就树立起道德意识规范（Zimmer，1）。毕竟，宗教是勾画社会价值及其对立面边界的终极机制。在其作品中，巴特勒综合运用后现代主义奴隶叙事形式和女性主义创新文学范式来探究被边缘化身体在政治和精神层面的价值所在。通过把以明确的精神路径来作为铲除和终结身份层级压制根基的具体可行性行为加以描述的做法，巴特勒将她的作品所涉及的文学类别的内涵及外延都无限扩充。巴特勒将宗教所指有机融入科幻小说的做法使得她得以用源于神话的，但同时又是可以实现的幻想以及信念重写历史。把科幻小说同宗教相融，巴特勒的作品鼓励读者去反思用来标记被边缘化身体的社会价值体系。这种鼓励，从巴特勒对父权制、资本主义以及任何形态的压制的拒斥，都能清晰地表现出来。

将宗教和相关主题融入自己作品中的做法使得巴特勒的小说的社会评论功用的发挥，以及作为那些日益被边缘化的读者群体，尤其是非裔美国人抨击社会现状的工具，既具有切实可行性，又有实在价值。黑人主体和宗教问题一直都是巴特勒作品中永恒不变的主题，这就是为何她的作品一直受到处于世俗世界和宗教边界的那些被边缘化的典型人群的喜爱和追捧。小说中那些宗教和文化所指对人性和普适性相关内容的呈现总是能让读者获得一种认同感，那些典型人物的描画既真实，又让读者感到非常熟悉。就好比“一直以来，黑人教会都通过其根据各自教区的需求而进行调整的能力彰显出其巨大的机制优势”（Toth，213），那么巴特勒的作品中构建的那些灵活可变、兼收并蓄的宗教或精神层面的机制体系广受那些同接受被边缘化人群的组织架构有着文化关联的读者的喜爱，就不足为奇了。《撒种的寓言》和《马尔沙之书》（*Book of Martha*）就充分体现出，宗教及精神层面的意识所指作为极富说服力的工具足以架构起宗教、科幻小说和现实世界之间神秘桥梁的价值及意义所在。可以说，正是因为融入了宗教的内容和元素，科幻小说和民间传说才成为某种杂糅体，这种融合能够孕育出对于某种神秘认知体系极为重要的推理探究作品，在民众看来，神话就是某种人类可以用来谋求生存的真理。

在巴特勒对宗教相关主题进行探究和呈现的若干方式中，她的两部近作，《撒种的寓言》和第二版的《血孩子及其他故事》（*Bloodchild and Other Stories*, 2005）中收录的《马尔沙之书》就是通过宗教相关主题的描画来直接探究社会价值体系的构建及管理。《撒种的寓言》一书中的劳伦·奥拉米娜就是一个生活在太平洋沿岸北部地区的族群的领袖，其主要职责就是撰写并讲授、传播当地人信奉的一种宗教教义，认定上帝愿意接受改变和差异是这一宗教的核心观念。在《马尔沙之书》中，上帝就允准马尔沙·班斯以强化个体梦中感受的方式来为人类构建出某种具有可实现性的理想社会。巴特勒一直坚持不懈地在自己的作品中构建那些由于理解了改变的进程及其同差异和宗教信仰关联而试图终结所有压制的女性主体。《模式之王》中的安博就竭力抗争模式体系中的封建父权统治，模仿亚瑟王的探索方式引导着特雷，并拒绝成为特雷众多妻子中的一个，尽管这样可以给安博带来安全和享有权力的地位。《近亲》（1979）中那个连名字都没有的女性同她叔叔 / 父亲之间的情感关系让读者们不得不重新审视乱伦这个被视为禁忌的问题。《黎明》中的莉莉斯被逼上梁山，成了象征着人类这个物种能够存续的唯一希望的教众们的精神领袖并作为女性家长掌管着这个大家庭。可以说，宗教及其价值理念体系都以直接或间接的方式交织在巴特勒的所有作品中，因为人们对宗教的认知影响着一个社会对身体的界定、接受与排斥以及繁殖方式等各个方面。

巴特勒对自己作品中女性主体的刻画符合那个人们普遍接受并认同的观点，即在人类历史发展的各个阶段，无论是从字面角度还是在象征意义上，女性都是与神和宗教关系更为密切的主体存在。“一直以来，女性比男性更具有宗教性的说法早已成为不争的事实，也正因为如此，所有关于宗教性的有价值的量化研究都将性别作为一个控制变量。”（Stark，495）劳伦和马尔沙各自的身体对于两部作品中诸神的存在都有着至关重要的含义。在劳伦看来，上帝虽无形却又无处不在，因为上帝就是改变的象征。对于马尔沙来说，她的身体就是上帝的存在形态，上帝用马尔沙和人类身体当作模型或关联点来呈现自己的形态。马尔沙的身体及其各种经历感受是她信奉的神的唯一存在方式。马尔沙与神的对话是需要她的身体和精神同时参与才能实现的。如果没有人类的身体，上帝就成了无法被人感知的存在——只不过是指引方向的声音。马尔沙拥有能供上帝具身的主体能动性和能力。“你现在所看到的都是命运为你准备好的……但是，你想看到什么，取决于你自己。你可以成为自己命运的主宰。”（《马尔沙之书》，191）上帝用以具身的身体有很多，是不断变化的，但是马尔沙的身体是最值得关注的，因为她不但是女性，她的名字还有着意义深远的《圣经》故事背景。巴特勒用马尔沙来给自己作品中的主人公命名绝非无心的巧合之举。身为玛丽和拉撒路的姐姐，马尔沙是帮助巴特勒笔下的神重建人类世界的最理想人选。《新约·路加福音》第 10 章第 38 至第 42 小节中描述的马尔沙性格坚毅，执着专注，日复一日在家里勤恳劳作，是维多利亚时期居家型贤妻良母形象的集中体现。而巴特勒作品中的马尔沙已然不同，她用独立、好学、勇敢以及对宗教信仰的献身精神替代了传统的用来标定女性典范的四大美德：纯洁、虔诚、顾家和顺从。

无论是在传统的还是非传统的宗教群体中，女性成员的数量都远远超过男性。神话传说和传统的宗教文学一向都把宗教视为“女性的事业”（Stark，496）。由于女性的生殖系统和每月的生理周期循环常常同月亮的周期和“自然母亲”的强大力量相关联，故而女性向来被认为比男性更接近于神（Walker，680）。此类女性形象不胜枚举，广为流传：霍桑《红字》（*The Scarlet Letter*）中的赫斯特就是一个敢于不顾男人们的反应而在林中嬉戏的女性；抹大拉的玛利亚据说同耶稣基督的亲近程度要高于他的诸多随从；希伯来人莉莉斯（亚当的第一任妻子）拥有直呼上帝名字的无上权力，对于男性们视为不可碰触的神圣法则她都不屑一顾。巴特勒对女性主体的构建从来不避讳对“身体”问题的探究。将女性的身体置于教堂和宗教的背景之下进行书写使得对身体的理解和认知变得更为复杂，同时也开启了从性别角度对上帝意象的探究。

> 随着传统的父权制的土崩瓦解以及父权的衍生影响在当今社会的演变发展，女性地位在社会上的改变在很多方面得到具体的体现，其中一个重要的方面就是对上帝的宗教意识形态化构建以及教堂里主事的牧师群体（基本都是男性）和教区教众（基本都是女性）之间社会分工的划分。传统的原教旨主义中老旧的象征父权的上帝形象逐渐演变成为一个像是朋友和私密之交那般比较“民主”的上帝形象。鉴于天主教的基本教义认同个体化的上帝，故而很难想象如何能够实现这种个体的性别化，进而帮助实现男性和女性之间的社会平等。（Turner，35）

巴特勒的作品就成功地实现了上帝的“去性别化”，而且在上述过程中还建构了一个或许并非社会平等性的表征，但毫无疑问没有性别差异意识的“民主”上帝的意象。劳伦和马尔沙都跟能够根据其信众（主要是女性）来具象自身、进行自我塑形的神打过交道。巴特勒在自己的作品中加入这些宗教元素，就是要引导人们对宗教信仰和科幻小说之间本来就模糊不清的边界进行更深入的探究。

英格·莫尔斯（Ingo Morth）在《科幻小说中的宗教元素涵义》（"Elements of Religious Meaning in Science Fiction"）中表示，宗教和科幻小说不单单是从严肃、正统的理想主义和超验主义层面具有相似性，还在知识、经历和行为等方面具有边界跨越的共性。莫尔斯提出，科幻小说创建了一个不受现实世界日常行为边界规限的奇幻空间，以未来或现实的另一种可能为基础，在作品中为读者建构了完全不同的意义框架体系（88—89）。从更加客观的角度来评判，巴特勒在作品中所构建的宗教同科幻小说之间的关联，的确是对现实世界主体的常规存在形态及方式的一种挑战，但并没有彻底超越宗教和科幻作品如何影响现实世界中身体价值判定的传统框架。莫尔斯颇有见地地指出，当下时代中，在应对闭合世界观的缺失时，大多数作家都会选择回退到早期的世界认知体系架构之中，在这一传统体系框架里，不存在有争议的观念，而且很容易就可以从现有的知识储备中获得概念支撑（91）。显然，莫尔斯的这一观点并不适于审读巴特勒的作品，因为巴特勒一直以来都在力求说服自己作品的非白人读者重新审视我们所处的社会通过性别、种族和阶级等标签来构建身体的方式。

非裔美国人向来有将宗教和膜拜场所作为指引前路和谋求生

存的有力途径的传统。在论证其有关宗教的观点时，巴特勒提出：

> 宗教使得我的一些同胞的生命得以存续，因为这是他们唯一拥有的。若不是他们有着对天堂、对耶稣基督的庇佑的向往和信念，他们堪比地狱般的生存状况可能早就逼迫他们结束自己的生命了。在教堂里，他们可以感受那种信仰的凝聚力和勃勃生机，这种群体归属感对于他们而言弥足珍贵。当他们经受磨难痛苦时，他们可以仰望上帝。我想这便是宗教给大多数人带来的裨益。（Zindell，3）

作为一个其预设读者并非科幻小说的传统意象读者群的警示性臆想小说作家，巴特勒在自己的作品中融入宗教元素的做法堪称开创先河之举。在像塞缪尔·德拉尼和巴特勒这样的非裔美国作家进入科幻小说领域之前，除了科幻小说这一子类之外的绝大多数文学作品的读者都认为宗教只是白人及硬核未来的专属。之所以说是专属，是因为大多数读者接受的是宗教和《圣经》里被认为是理所当然的用来探究现实社会的"合理有效"的工具，而且这些不应该出现在"非主流的"科幻小说故事中。然而事实上，无论是科幻小说文本，还是标定整个科幻文学门类的神秘源头，它们都有着一个相似的起点，那便是人类的想象力。

唐纳·斯帕尔丁·安德瑞奥勒（Donna Spalding Andreolle）指出，《撒种的寓言》是一本自我觉醒、自我成就的女性主义小说，小说用“将科幻小说同具体的宗教指代相结合来记述一个有着一半非裔美国人血统和一半墨西哥裔美国人血统的女性获得令人尊敬的神圣地位的经历”（Andreolle，119）来跨越科幻小说和宗教之间分隔而立的边界。《马尔沙之书》中《旧约》里的上帝的存在还象征着某种家族式的纽带关系：马尔沙在一个可以变换外形的神的指引下，通过参与能够培育出更优秀的人类基因的交易而阻止了一场足以毁灭世界的洪水的暴发。神话传说、科幻小说和灵性信仰向来被认为是相互渗透相互影响的，而且极有可能互为彼此的起源。而巴特勒的小说更是将三者无缝融合，探讨了三个问题：我们认为我们知道什么；我们不知道的是什么；我们不想知道的关于我们自身的是什么。在安德瑞奥勒看来，马尔沙被赋予了神一般的权力：

> 劳伦就是一个全新的耶稣基督，是毁灭了那个置整个国家最初的根本信仰于不顾的邪恶文明的世界末日之后，基督教撒播的新种子的象征。然而，《撒种的寓言》却远不止将耶稣转移到一个想象出来的、去理想化的近未来世界之中的比喻那么简单。（120）

安德瑞奥勒有关巴特勒的小说的论断表明，莫尔斯所谓的读者经由科幻小说而进入的那个臆想的奇妙世界离他们所生存的现实社会并不遥远。巴特勒的作品有力地表明，她一直都在密切关注着世界上发生的奇闻趣事，留心流行文化的走向，并将之分解后融入自己以天马行空的想象而著称的作品之中。现实社会对宗教信仰同神话传说、迷信以及被认定的科学现实之间种种关联的日常反应表明，西方的传统思想体系对于柏拉图的现实及理想、物质同精神领域关系的认知是十分不明确的。安德瑞奥勒在对《撒种的寓言》进行分析的基础之上提出，“巴特勒并不是要质疑基督教的世界观念体系，而是试图表明犹太基督教的价值观念理应是美国社会的思想架构中社会秩序的必要的意识形态根基”（116）。

在巴特勒的作品里，人物角色的精神信仰直接影响到其在整个叙事过程中能否从危及性命安全的险境中谋求生存的能力，因为宗教是框定身体边界的决定性因素。《撒种的寓言》中的主人公劳伦 · 奥拉米娜就是上佳的例证，她的信仰不仅仅决定着她自身能否得到救赎，还决定着所有愿意跟随她前往西海岸的人能否被拯救。劳伦沿海岸而行的朝圣之旅就是一种身体仪式，既可以作为她践行自己信仰的具体行为，也帮助她勾画出其所信奉的名为“土地种子”这一宗教的象征秩序。劳伦自己及其追随者们的身体对于他们所信奉宗教的形成发挥了至关重要的作用。若用乌合之众来形容劳伦的追随者不但不过分，从许多方面而言甚至还是恰如其分，因为他们在种族、阶层、性别以及性特征等方面有着迥然的差异：

> 绝大多数有关身体建构的女性主义研究都以诸如性别、种族和阶层之类的社会元素为主要着眼点，却极少有人关注身体是如何充当象征秩序的路线图的。（Torjensen, 946）

劳伦的追随者们的身体本身就是接受不确定性、模糊性的表征，而这就是“土地种子”教派的立教之本。劳伦及其追随者信奉的这个教派是从其非裔美国人父辈的信仰和教堂里衍生出来的，而且依然保有“黑人教堂”的初始性基本特征。自美国内战时期开始，黑人教堂就一直是美国的黑人族群极为珍视和宝贵的精神源泉。在很多方面，黑人教堂被看作黑人民族主义的象征，因为黑人教堂完全是由黑人自己建造、经营和管理的。故此，黑人教堂一直都是那些不被层级更高（白人）的社会机构准入的个体和族群的珍贵精神资源。

在巴特勒的作品中，教堂是用来帮助维系社会秩序的构成性组织。惧怕和担忧是此种社会秩序得以稳固的重要归因。克莱尔·柯蒂斯（Claire Curtis）如此论述巴特勒在作品中对惧怕的呈现：

> 巴特勒用诺亚和马尔沙的惧怕来引导读者深究顺从和所谓安全生活的真实含义。如果惧怕不是普适性的，那么就不可能实现和平。在霍布斯看来，惧怕确有其放之四海而皆准的触发机制：在面对死亡时，所有人毫无区别地无力和无助。从这个角度而言，我们都是生而平等的；我们都害怕；所有人都在相

同的基本需求的驱使下行事。巴特勒无疑是一个惧怕方面的理论专家。(416)

尽管有着对未知的恐惧和不断变化、发展的个体信仰，然而对自己父亲的教会对她所引领族群产生的影响，劳伦还是毫不避讳的。她承认，她背弃自己父亲的教会及其宗教信仰至少已经三年了，但是由于害怕被自己父亲的教会划定为异教徒，劳伦还是选择受洗并加入了一个自己内心并不接受的教会（《撒种的寓言》，6）。劳伦的父亲和他所在的教会充当着将他们日益弱化、瓦解的罗布莱多族群联系在一起的黏合剂，虽然这种黏合作用只是暂时的。劳伦的父亲，奥拉米娜牧师是整个族群的核心，是他的信仰和凝聚力才使得整个族群的组织架构和正常运转得以维系。而他的妻子向他提出的问题也预示了奥拉米娜牧师的命运："如果你有一天不在了，我们该怎么办？"（《撒种的寓言》，69）劳伦离开自己父亲教会的行为象征着她对这个教会信仰体系的质疑和批判：奥拉米娜牧师笃信的是《圣经·旧约》中的上帝，拒绝改变，而且完全是无法为人知的神秘存在。而在劳伦看来，《圣经·旧约》中的上帝不够成熟，却神秘有余。她把基督教的上帝同希腊神话中的宇宙之神宙斯作对比——"拥有着无上的权力，却像我最小的弟弟玩他的玩具战士那般操控着自己的玩偶"（《撒种的寓言》，14）。劳伦对自己父亲所信奉的上帝的实际功用的发挥和现实可行性都提出了疑问。

劳伦和她之前所在族群的那些幸存者需要的是一个信奉能接受改变和具有可塑性神的教会。同奥拉米娜牧师对宙斯的理解不同，劳伦秉持的神就是变革的表征的看法是有理有据的，也是有事实依据的。改变在日常的生死轮回中随处可见；改变可以被预知；改变是不能独立于主观性而存在的。一旦奥拉米娜牧师真的从族群中消失不见，而劳伦一直为之努力的改变最终到来之时，具有良好适应性和移动性的信奉“土地种子”的教堂必将取而代之，重燃人们对于生存的渴望。这种取代向巴特勒作品的读者们传递了很多十分重要的信息。劳伦所信奉的新教派具有无尽的变革可能性和包容性，只要珍视生命、竭力求生存，都会被接纳其中。“土地种子”就是一种社会价值体系，兼收并蓄了世界上许多宗教最优秀的部分，包括劳伦父亲在罗布莱多教区里信奉的宗教。事实上，在过程神学和小说中劳伦的宗教之间还是有着诸多可比性的。过程神学的一个核心概念就是改变和发展是宇宙的本质特征，而改变是源自拥有自由意志的能动性主体。自决不仅仅是人类的特性，也是宇宙间万物的特征。上帝并不能完全掌控事件的连续性发展过程，也不能完全掌控某个个体，但是上帝可以通过提供可能性的方式来影响宇宙间万物的自由意志。换言之，虽然上帝能够将自己的意志投射到万物之中，但是绝非万物的发生发展都会遵循上帝的旨意（Cobb，9）。基于上述论断，过程神学和“土地种子”在宗教的体系教义方面确实有相似之处，但是两者之间的差异更是不胜枚举。最为恰当的说法就是，过程神学是巴特勒

在创建劳伦 · 奥拉米娜所信奉的那个无所不包的“土地种子”时的主要参考之一。

“土地种子”强大的包容性可以从接受那些被传统的宗教教派和教堂拒之门外的人这个方面体现出来。劳伦的教派对于那些被边缘化的人群而言有着巨大的吸引力，因其接受差异，并会根据教众的需求来作出变革。而且，劳伦的教堂对其教众的要求肯定不会是严苛的税负：

> 每周“土地种子”的教众都会举行一到两次聚会，这是好事。在聚会上，人们的情感得以宣泄和表达，心境能够平和安宁。聚会能让人们集中注意力，不断地强化自己的目标，把大家团结在一起。（《撒种的寓言》，192）

换言之，除了参加集会这一集体活动、领会神灵的本质就是变革这一真谛，包括为神做准备、向神学习等其实也是对每个人自我的理解之外，作为“土地种子”的信徒是不需要在物质方面付出和奉献什么的。没有货币形式的税负，没有镌刻在石头上的契约条文需要严格遵守并贯彻执行，没有因性取向、种族、性别、年龄或阶层的差异而对某些个体的排斥。“土地种子”就像一种乌托邦式的宗教，有关这个宗教最重要的一个事实就是它之所以存在，就是因为承认并接受所谓的完美和永恒是不现实的，不存在的。克莱尔 · 柯蒂斯在其文章《修复乌托邦：女性主义科幻小说以及完美的探索与发现》中提出《撒种的寓言》是当代乌托邦小说的典型例证，因其“认识到了完美的危险性，因此就同此前那些力求推定存在最好的世界的理性主义作品相异”，在巴特勒的这部小说中“最好的世界”指的就是宗教。“这是理解当代乌托邦主义的关键点所在：它将所谓的‘完美主义’融入自身的框架结构之后，再着力表明这一完美主义根本就是不可实现的，故而从根本上来说是去乌托邦的。”（Curtis，148）劳伦的宗教就是想将其所思所想、所见所为系统化，使之成为其他人的行事依据和准则。劳伦通过自己的“圣经”《土地种子：生存要义》创建出一套切实可行的行为规范，而不是单纯抽象的信仰和理论。

巴特勒对宗教行为准则的批判可以在《马尔沙之书》中找到清晰的佐证，尤其是马尔沙被要求为上帝著书立说这部分。被边缘化的读者很有可能会十分认同并坚信《马尔沙之书》是真实可信的，因为马尔沙本人就是现实生活中有色人种的鲜活再现。同巴特勒笔下的许多人物主体一样，马尔沙本人的身份具有复杂的多元性、多样性，很难对之进行简单的标定。毫无疑问，马尔沙笃信上帝，但并非过着圣徒的生活。她是一位受过良好教育的作家，却未能因此成为上层社会的一员。她不是一个传统意义上的英雄，却背负起了拯救世界的赫拉克勒斯重任。从某种角度而言，马尔沙是被上帝和巴特勒选中来为其所代表的以及同她不一样的人们发声的。由于马尔沙被预设为一个女性诺亚，承袭着神的血脉，因此那些有着虔诚宗教信仰的读者大都会认同马尔沙这个人物主体。也就是说，围绕着原作对马尔沙的那些宗教所指让她的经历读起来并不完全像出自科幻小说的奇思狂想，而被赋予了更多、更深的社会指向。

巴特勒的作品向来以对神灵和神灵的信众的探究而闻名，更重要的是，这种探究是通过对权力掌控阶层与被统治阶层之间的斗争冲突的描写来实现的。从最初的“模式主义者”系列中可以改变自己身体外形的变形人安延舞和多罗，到后来“异种移植”系列中的外星物种欧安卡利人，再到《撒种的寓言》中以变化为其最主要特征的人物主体，巴特勒延续了自己这种特性十足的写作范式。上述每部作品都对个中神灵的具象化呈现同其信众的关联往来进行了详细的刻画，而信众也逐渐从对自己的反观中发现了他们所信奉神灵的瑕疵和不足。最终，那些毫无权力的被统治主体意识到，是他们自己创建并塑造了多罗、安延舞、欧安卡利和改变，他们也慢慢明晰，权力始终是相对的，权力终将被那些能够自主找寻的主体或群体所拥有。基于此，神灵的信众完全可以分享神灵的权力。

马尔沙同上帝的对话并没有背离其一贯的写作模式。马尔沙的神需要她的帮助来更好地服务于人类的福祉。“你能帮助人类从贪婪、杀戮以及荒废的青春时光中生存下来，帮助他们找到破坏性更小的、更平和的、可持续性更强的生活方式。”（《马尔沙之书》192）同之前的神灵一样，马尔沙的上帝也需要其创造的生物的帮助。就好比多罗，或欧安卡利，马尔沙故事中的神也对自己信徒的帮助有着与生俱来的依赖，虽然这些信徒对神并没有什么实在性的认知，对其权力更是一无所知。这一内容同《圣经·旧约》中的若干情节相类似绝非偶然。从很多方面来看，上帝就像一个既极富创造力又极具破坏力的青春期少年，其实说到底他就是自始至终都没搞懂自己应该用何种方式来创造什么样的后代的父母孕育而生的孩子。

> “我有很多事情需要你做，”他最后说道，“就像我告诉你的，我希望你能把这三个人牢牢记在心间：约拿、乔布和诺亚。记住他们。用他们的故事来作为你的引导。”（《马尔沙之书》，191）

马尔沙的神提到了三个时刻准备义无反顾地奉献自己的身体来侍奉他们心中万能的上帝的圣经人物。从某种程度上而言，需要自己创造的生物帮助的神更容易让人们去信仰和崇拜，这可能是因为被需要甚至是被造物主需要是生身为人的本性，这也表明了神灵同凡人之间的父子 / 母子深情。而巴特勒的作品就是在用纯熟的写作技巧来表达这种需求以及情感。同欧安卡利一样，马尔沙的神也赋予了她常人所不具备的能力。

> 你务必充分发挥你天赋异禀的能力，让人们能更好地彼此相待，同时理性善待周围的环境。你要给予人类更好的生存机

会，他们自己之前的做法是有问题的。我将赋予你至高无上的权力，你定当照我说的去做。（《马尔沙之书》，193）

马尔沙的神赋予了她无与伦比的能力，助其完成在她看来除了天神自己外常人绝对无法完成的使命和任务。摩西以上帝恩赐的惊人之能将红海断开，玛丽在多罗的帮助下创建了新的物种模式主义者，莉莉斯因欧安卡利人的超常体能和生命力而成为指引人类的女神，劳伦则是得到改变之神的青睐而拥有了远远超越其所在的罗布莱多所能规限的远见卓识和大智慧。詹姆斯国王和巴特勒都在作品中塑造了这类悲悯苍生、富有关爱之心的神，同那些被描画成全知全能、博闻广识却对大众苍生漠不关心的神形成了鲜明对比。在宗教、文学以及神学领域之所以能出现此类同普遍流传的神灵形象相悖的神，主要还是应该归结为神灵的主体形象是其信众随从的镜像反映这个事实。费尔巴哈（Ludwig Feuerbach）的著作《基督教之奥义》（*The Essence of Christianity*，1841）首次提出了上帝或者神灵是人类理想或未能实现之愿望的表征。在巴特勒的作品中，神灵就是社会层级、类别划分千差万别的信众们未能完全拥有或实现的特质及愿望的集中体现。马尔沙本人的经历可以佐证有关神灵都是人性的表征体的论断，无怪乎“她开始逐渐喜欢上了这个令人着迷的、孩子般长不大却又极度危险的生灵”（《马尔沙之书》，213）。

莫尔斯认为，对科幻文学同宗教神学之间关联的探究始自弗洛伊德 1919 年对“失常”和个体无意识的心理发展的分析。在弗洛伊德个体无意识分析的基础之上，卡尔·荣格[①]（Carl Jung）进一步推广至集体无意识及相关典型表现。在荣格看来，科幻文学作品能够进一步地表现并发展人类对于神秘未知世界的探索和认知（Morth，88）。换言之，宗教同科幻理应是同源的，都是人类社会集体无意识的表现形式。同为社会文化的建构体，宗教和科幻作品都通过激发现实世界中人类的想象力来试图解释、预测和观察真实存在并发生的事件。

荣格认为，作为宗教和神话传说主要组成部分的人类想象力和心理活动都属于集体无意识的范畴。荣格理论中的集体无意识就是某种所有人都生而具有的人类活动经历的存储器，这一共通共有的知识储存就是荣格认为能够影响人类一切经历和行为的东西。宗教、神话传说、幻象和文学都是集体性的知识经验被人类共享的明证。集体无意识的内容架构被称为原型，或者是用特定方式形成经历的非习得性趋势。巴特勒在自己作品中塑造的人物角色就是其读者们所熟悉、认可的原型或精神本能。耶稣、摩西、乔布、保罗以及诺亚等，都是象征着能够为黑人基督徒们所理解并能同

---

① 卡尔·荣格（Carl Gustav Jung，1875—1961），瑞士心理学家。1907 年开始与西格蒙德·弗洛伊德合作，发展及推广精神分析学说长达 6 年之久，之后与弗洛伊德理念不和，分道扬镳，创立了荣格人格分析心理学理论，提出“情结”的概念，把人格分为内倾和外倾两种，主张把人格分为意识、个人无意识和集体无意识三层。曾任国际心理分析学会会长、国际心理治疗协会主席等，创立了荣格心理学学院。1961 年 6 月 6 日逝世于瑞士。他的理论和思想至今仍对心理学研究有着深远的影响。

他们现实生活相关联的原型，他们因为熟悉这些人物而感到真实、亲切。

卡尔 · 荣格在其自传《回忆、梦、思考》（*Memories, Dreams, Reflections*）中通过讲述他自己的一段神秘经历来阐释其对宗教的心理活动及心理分析是如何产生的。在《回忆、梦和思考：后现代主义视角下的批评》一文中，杜安 · 彼得威尔（Duane Bidwell）提出荣格将曾在自己的梦境中出现过的 42 个意象同 13 个临床案例相结合，形成了他的集体无意识理论体系，论证了原型（能够影响一个人生活的含义模式）、自我以及超级原型的存在（Bidwell, 15）。这表明，在荣格看来，自我的建构、上帝和宗教本就有着不可分割的内在联系。

其他的学者也深入论析过神话同现实、宗教与真实世界之间的关系，并得出神秘学就是现实世界中神秘未知之事的反映。唐 · 胡福尔德（Don Hufford）名为《杜波依斯的宗教思想》的文章中援引了杜波依斯的话，并说道：

> 宗教是有关世界的终极组成的理论，尤其是在道德层面的组成……而教堂则是编写并在其后多次不断地变更重写那些广泛流传的信条以及教习如何开展颂扬、如何供奉神灵的具体方式的机构。（74）

《危机》（*The Crisis*, 1933）中的一段杜波依斯言论就是巴特勒《撒种的寓言》一书中的劳伦在其沿着西海岸北上加拿大的行程中所作所为的直接映现。而《土地种子：生命之书》则完全就是一本讲述这个看似封闭排外的，牢牢根植于对差异以及改变的势在必行的接受和认可基础之上的神学理论应如何加以具体实施和操作的指导手册。从单纯的字面含义来解读，劳伦就是一个四处游走不断传播着自己信奉的救赎信仰体系的传教士，其在该教派中的地位堪比基督教里的圣人保罗或耶稣。劳伦这个“半路出家”的传教士、布道者很容易获得非裔美国基督徒们的认可，因为他们都对将黑人奴隶贩运到美国的东海岸以及中西部的史实和相关文字记录非常熟悉。巴特勒对劳伦这段传教之旅的描写可以被看作对因宗教迫害而被边缘化人群迁移流放的历史叙事的戏仿。

> 凡是能被称为反映了“文化迷思”的文学作品都要具备三个特点：集聚了基于历史经验和史实的共有文化理念，突出某一群体里有历史性代表人物的核心位置，具备随着文化的发展不断演进的能力［Slotkin，《环境的重要性》（*The Fatal Environment*），435］。《海岸赠礼》（*A Gift Upon the Shore*）和《撒种的寓言》中所表呈的乌托邦式/去乌托邦式的生存及重构的叙事，恰恰是美国人文化迷思的演进以及美国清教徒们对未知自我的不断探索的有力证明。（Andreolle，115）

非裔美国人的过往经历遍布于巴特勒的所有作品之中，其对黑人过去、现在以及未来所处的身体及精神环境的分析描画能够很好地同非裔美国人对未知自我的探究相契合。非裔美国人的精神世界已经不像非裔美国科幻作家初登历史舞台时那般陷于危险情境之中了。巴特勒的作品就无须像科幻文学领域由白人作家把持时那样务必置被边缘化的主体于死地那般来写作。相反，《撒种的寓言》和《马尔沙之书》都是围绕历史上被边缘化主体谋求生存斗争历程的共有认知、观点的集中性叙事文本。劳伦和马尔沙都是各自生活的族群中普通女性的代表，而这些女性又是巴特勒作品广大读者群的缩影。巴特勒的作品完全跟得上美国当代文化发展演进的步伐，因其本身就是美国民众经历的产物。

同作为反映生存及重构的乌托邦式 / 去乌托邦式叙事，小说《撒种的寓言》和短篇小说《马尔沙之书》都是通过对普遍关注的问题的探讨而拥有了范围宽广的受众群体。当然，非裔美国人无疑是巴特勒作品的预设读者群体中最重要的组成部分，因为其在作品中勾勒的种种意象、情境以及所描画的各种文化经历都是源于非裔美国人群的相似经历，并为其他被边缘化群体所共享。巴特勒在作品中对宗教和精神原型的刻画与建构是彰显其作品效能真实性的有力方式，同时还能有助于将训诫性的故事文本转变成在适当的情况下能受到广泛关注的现实主义反思叙事。从这个角度而言，巴特勒将宗教元素融入其写作架构有益于此前对科幻文学了无兴趣的被边缘化群体来重新审视这个文学子类。

## 杂糅身体的迁移

迁移通常是经济适应的结果。无论是由于世界性战争的爆发，国内战争的结束，还是计划对西部进行大开发，当某一个人类族群打算，有时甚至是需要作出经济调整以求在特定边界领域内谋求生存的时候，就会形成迁移。富兰克林在其极富历史影响力的著作《从奴隶制到自由：非裔美国人的历史》（*From Slavery To Freedom：A History Of African Americans*，1980）中专门提到了非裔美国人群体，他的论断同样也适用于因种族、阶层和国家的区分和差异标定的边界。自发地进行身体的迁移以求置于一个更好的经济条件或环境中的理念最早可以追溯至人类的游牧文化时期。这一理念还能体现出在社会经济体系中是如何将自己的身体作为资本而进行标定的。毋庸置疑，身体就是资本的说法是同有历史记载的每一个被边缘化人群的历史及土地密切相关联的。任何有关美国奴隶制的探索分析都会涉及迁移同土地的种植经营以及被当作资本的身体之间的关系研究，但是巴特勒的两部作品《撒种的寓言》以及《我意识中的意识》却用相当全面综合的视角剖析了上述关系的各种复杂维度，并在此基础上提出，由于同杂糅性的关联，很有必要重新建构并审视"身体"、"边界"以及"资本"等概念的内在含义。

约翰·胡特尼克（John Hutnyk）曾对"杂糅"一词的使用、误读以及近义词进行过十分详细的梳理，他指出，杂糅这一概念已经成为全球化和迁移的政治及文化文本中极为关键的语词。"从逻辑架构的层面而言，杂糅嵌置在标注了移民身份和差异、相同或不同、主体及客体的坐标体系之中。”（80）若是将胡特尼克的论断同巴特勒的作品进行关联解读就不难发现，巴特勒的作品着力刻画的就是流散的经历进程。在迁移和亟须经由杂糅语境所牵涉的复杂性维度进一步解读分析的人群的身份之间似乎只有不十分明显的联系。胡特尼克梳理了之前许多研究流散的学者的观点，包括保罗·吉尔罗伊[①]（Paul Gilroy）、斯图尔特·霍尔[②]（Stuart Hall）、

① 保罗 · 吉尔罗伊（Paul Gilroy，1956— ），英国学者。作为当代文化研究中一位举足轻重的人物，吉尔罗伊著述颇丰，就其著作情况来看，其思想的发展大致可以分为三个阶段：第一个阶段是 20 世纪 80 年代，可以称之为吉尔罗伊思想的奠基阶段，这一时期吉尔罗伊开始介入种族研究。1982 年，他与霍尔等人联合主编了在伯明翰文化中心至关重要的一部关注种族问题的合集《帝国反击：70 年代英国的种族和种族主义》（*The Empire Strikes Back : Race and Racism in 70's Britain*），该书第一次较为系统地梳理分析了 20 世纪 70 年代英国社会存在的种族主义问题，剖析了这一时期日益强化的白人中心主义与英国资本主义社会危机的内在联系，被认为真正“标志着种族问题已经进入文化研究的课题之中”。第二个阶段是 20 世纪 90 年代，这一时期吉尔罗伊发表了他最重要和最具影响力的一部著作：《黑色大西洋：现代性和双重意识》（*The Black Atlantic : Modernity and Double Consciousness*）（1993），提出了一个重要的思考黑人历史、文化的观念——“黑色大西洋”观念，在书中吉尔罗伊追溯了黑人知识分子跨越大西洋的旅行，将种族问题引入了前现代的“奴隶”历史之中，强调其跨越性和流动性。第三个阶段是 2000 年至今，全球化的背景为种族问题的研究提供了新的视角，也为吉尔罗伊提供了新的思考方式，这一时期他发表了一系列的著作思考新时期种族问题的走向。吉尔罗伊认为全球化的背景为打碎种族意识带来了契机，种族作为一种虚假的观念在此时能够被拒绝，在此基础上，他提倡一种超越肤色界限的社会状态。然而需要指出的是，虽然全球化及多元文化主义的观念为解构种族主义提供了机会，但吉尔罗伊认为在它们的背后仍然是帝国主义和殖民主义的实质。

② 斯图尔特 · 霍尔（Stuart Hall，1932—2014），伯明翰学派文化研究之父。伯明翰学派指的是一系列迥异于传统文学批评的研究，这种研究更关注大众文化、青少年亚文化等，更多考虑性别、年龄、种族等文化政治因素，从而使文化研究与实际的社会政治运动结合起来。霍尔的思想发展大致可分为三个阶段：1956—1964 年为第一阶段，其间霍尔深受霍加特、雷蒙 · 威廉斯、E. P. 汤普森的影响；1965—1978 年为第二阶段，其间霍尔吸收了阿尔都塞的结构马克思主义、葛兰西的霸权思想，以及符号学理论；1979 年以后为第三阶段，霍尔活跃于多个理论前沿。有学者认为，霍尔“拿来”阿尔都塞的“意识形态国家机器”理论、葛兰西的“文化霸权”理论，使文化研究的范式有了两次重要转换。

伊安·钱伯斯（Iain Chambers）、霍米·巴巴[①]（Homi K. Bhabha）以及詹姆斯·克利福德（James Clifford）等，并提出他们普遍持有的观点是，“杂糅性所指代的是文化交流过程中所有同混杂及结合的事物”（80）。在科幻文学作品中，杂糅最常见的关联物就是身体的特质表征。在《殖民主义和科幻小说的兴起》（*Colonialism and the Emergence of Science Fiction*）中，约翰·瑞德尔（John Rieder）提出，被称为赛博格的混杂的或者人工合成的人类通常被当作用来区分文明和野蛮的标定。瑞德尔给出的例子就是“维克多·弗兰肯斯坦以及他创造出来的怪物，化身博士——蒙罗博士和他的野兽人”（111）。在巴特勒的作品中，“杂糅”一向都是用来指代那些在生理和文化层面很难进行边界标划的主体身份。巴特勒小说中身份的边界模糊或混杂一般都伴随着主体在地域上或者空间里的迁移。一旦被巴特勒在作品中标定为一个杂糅性主体，从种族的角度而言最典型的表现方式就是混血儿，那么在通常情况下这也就成了幸存者以及未来的表征的同义词。

正如艾拉莫和唐纳·哈拉维所言，对身体及其所处外部环境之间关系的理解同对身体具有的产生诸种变化的可能性是分不开的。“由于‘自然’、‘身体’和种族层级之间的话语联系有着深厚的历史根源，因此厘清这些文本是如何发挥功效的以及搞清楚改变不

① 霍米·巴巴（Homi K. Bhabha，1949— ），印度著名学者，现任哈佛大学英美文学与语言讲座教授。巴巴是当代著名的后殖民理论家，与萨义德（Edward Said）和斯皮瓦克（Gayatri C. Spivak）一起被誉为后殖民理论的“圣三位一体”。其主要批评著作有《文化的定位》以及他主编的《民族与叙事》等。

确定空间的可能性大小就变得至关重要了。”（Alaimo，123）巴特勒在作品中通过引起人们对土地、生物学和被边缘化身体的历史压迫之间关系的重视来对未定空间进行呈现。只有把身体理解成为对其进行标定的一系列元素的集合功效的发挥才能真正理解其所具有的改变的可能性。

在传统科幻文学作品中，女性通常是被以白人男性为主的权力掌控者用来标记社会同一性范围及差异边界的重要且普遍的文化象征。由此，被人为固化的差异披上了权力的外衣，与主导同一性相异的都难逃被排斥甚至被消除的命运，中心掌控边缘的权力架构得以巩固，边缘地带的权力缺失得以为继。而巴特勒却通过塑造跨越了传统的性别、种族差异以及殖民者与非殖民者、人类与非人类之间边界的女性主义主体挑战上述差异标记，解构同一性与差异间的对立关系，重新界定权力关系架构。从主体特性的角度而言，这些女性主体符合由女性主义科幻文学文本孕育而生，并在其后成为女性主义主体理论形成的重要促进因素的主体范式，即哈拉维建构的后现代主义主体——赛博格。

按照福柯的话语权相关理论，由性差异形成的在生育和欲望方面的性别角色及功能并不是“生物现实”的写照，而是话语构造的结果。决定性别主体之间关系的并不是主体的身体，而是人们对身体的解读。巴特勒赞同福柯将由于性差异而形成的种类划分去自然化的主张，并在此基础上进一步质疑传统认知体系中男女二元对立的体系，因为该体系将性别差异同社会价值以及权力相关联，而且此种价值体系不可被改变。通过将其书中的女性人物主体置于颇为复杂的权力关系之中，巴特勒试图打破传统的定位主体的中心–边缘模式和种族及性别话语的限制，从他者的角度对主体之间的关系，特别是对以性别和种族标定的权力关系架构进行剖析和解构。这种权力关系架构是非白人女性主体长久以来抗争的对象。

赛博格是“边界造物”的一种，象征着由全球资本主义历史进程中的矛盾冲突以及自然与文化之间边界线的破除而形成的某种政治身份属性，其最主要的特质就是边界的跨越和差异的去自然化。在女性主义理论框架中，赛博格主体的内涵随着文本语境与社会情境以及权力关系间关联的改变而不断扩充、延伸，在被逻辑实证主义话语边缘化的同时形成了某种与其自身独特定位相一致的观点体系，其所具有的主体能动性也通过特定的身份定位体现出来。赛博格是差异的混生集合体，其中也包括能够发现变革的全新政治战略的女性主体之间的差异。“因此，我的赛博格神话是关于被跨越的边界，强有力的融合，以及危险的可能性，这些都是激进的人们会当作必需的政治任务而去探究的。”（Haraway，154）赛博格的构造可以说是充满想象力和创意的，这是一个经由彼此矛盾的社会因素建构的混合型主体，其创设宗旨不是为了拒斥，而是要接受存在于自身之上的种种冲突与不和。“如果能认真对待赛博格而不是将其作为我们的敌人而藐视、憎恨，那么结果将大为不同。我们的身体，我们自己——身体就是权力和同一性

的表现……应该对边界的产生和存在负责任的是我们，我们就是边界。”（180）

拥有与赛博格同质的身份政治的女性主义主体包括：颠覆了“女性主体传统观点和表呈”的游牧式女性主体，通过不断变换地点和位置来挑战主流话语权规限的流动主体，以及拒斥由“纯种逻辑”控制的多元主义而被边缘化的主体女混血儿。混血概念是由文化、经济和地理边界的逐渐消解形成的，而游牧式和迁移式主体则是源自主体不断变换的位置经历。女混血儿的主体能动性来自主流话语认定的边缘位置，故而同游牧式主体和流动性主体密切相关。构成女混血儿起源的多种文化及种族背景，即“杂种后代”，促使其形成了反对固化的主体自我观念以及缺乏内化压迫的意识：“一种全新的女混血儿意识”（Gloria Anzaldua，378）。血统的非纯正成为一种反抗行为。由于需要不断处理重构同一性内涵的要求，女混血儿被说成是“模糊的包容者”，因为“她无法拥有泾渭分明的概念或想法”。于是，她“有着多元化的行为模式”（379），这样才能重构源自强制性差异属类划分的关系架构。这种多层级意识的形成发展过程有时是十分痛苦的。安扎尔朵（Gloria Anzaldua）指出，我们的周围肯定会存在要成为自我的斗争——女混血儿的内心是地理位置上的边境区域，是她们在经济方面的难处以及她们自身力量匮乏的映射。在谈到反抗压迫的抗争时，安扎尔朵坚持认为，这种抗争是内在的，“在美国的墨西哥人，殖民地土著，美国印第安人，偷渡客，墨西哥人，拉丁裔移民，有权势的盎格鲁人，普通盎格鲁人，黑人，亚裔人群——我们的内心就和边境小镇一样，里面住满了同一类人。这种抗争一直都是内在的，但是可以通过外围空间展现出来。内在心智改变之前我们一定要对周围环境十分了解，而且认识上的改变要在社会变革之前。'现实'世界中什么都不会发生，除非先在我们头脑的意象中发生"（385）。

在哈拉维看来，赛博格这一主体的发展演变过程同我们所处社会的三个主要边界的消解十分类似。第一，人类与动物之间的边界越来越模糊。根据生物科技方面业已取得的研究成果，人类和动物在基因构成方面只有极为细微的差异。基因科技和生物科技也由此成为边界研究的前沿领域。赛博格主体恰是出现在人类同动物之间边界的消融区域。第二，人类和动物作为有机体集团和机器之间的边界也在逐渐消解，两者活动范围的重叠区域越来越多——机器越来越智能化，甚至还具备认知能力。第三，生理和非生理之间的边界也在日渐消解。人类科技中电子的比重越来越大，而电子科技控制程序的可视性程度却越来越低。赛博生物没有任何执念，并且居于可视域界之外。赛博生物蔑视西方主流叙事话语重要组成部分的基督教认为主体性本善的说法："'西方式'人文主义意义上的起源故事取决于原初的统一性、完满性、赐福与恐怖的神话——每个人必须与之分离的菲勒斯母亲再现了这种神话——取决于个体发展的任务与历史的任务这对孪生的、对我们来说最强烈地铭刻在精神分析学与马克思主义中的有力神话。"（151）

哈拉维将破除边界的努力称作“边境战争”。边境战争通常发生在生产、生育和想象等社会领域，然而在过去的十年时间里，迅猛发展的科技为其开创了诸如基因工程之类全新的域界。边境战争的战场通常是通过符号呈现的，象征着那些要界定并重置被种族化和性别化的互动的抗争和努力。同该表呈相关的就是经济利益，这是边境战争带给处于意识形态和经济边缘地带的人们生活的最主要影响。边境战争的另一个发生场所就是安扎尔朵在《朝向一种新意识》（“La conciencia de la mestizo: Towards a New Consciousness”）中所说的边界，这个边界就是女混血儿要去反抗剥削劳动力、种族主义、贫穷和不准入籍等非公正待遇的场所。安扎尔朵构建的女性主义理念源自女混血儿的主体位置：“文化和精神价值从一个团体到另一个团体迁移的产物，否认同质是同一性的基础。”（377）从小生长在墨西哥文化、印第安文化以及美国文化的“文化融合”环境中，女混血儿的家乡就是西南部的“边境地区”，该区域是经济、政治、领土和社会冲突的聚集地。一个没有不具文化争议的故乡的女性就是安娜·卡斯蒂洛（Ana Castillo）所谓的“无家国女性”（21）。这样一来的后果就是，她不得不满足每一个文化领地的要求。

地域和文化上的“无家主义”会形成多元化的主体定位，而女混血儿必须面对的否认其真实情境的种种文化表呈混合权力架构使其成为“精神分裂般的存在”（Castillo，39）。为了尽快走出这种伤痕累累的局面，她必须与鲁格尼斯（Maria Lugones）所谓的

"纯种逻辑"（462）进行抗争，因为该逻辑否认社会现实和压迫的复杂性、异质性。鲁格尼斯还进一步指出，女混血儿应该成为"不纯洁和抗争的象征"，是"纷繁复杂、环环相扣的压迫的非纯正抵抗"（459）。这些身份的象征跨越了国家和文化的边界，打破了身份要与某一固定位置联系的限制。按照戴维斯的观点，用迁移和流亡来表征黑人女性的书写根本无法框定在某个固定区域，而是广泛存在于大量不同的地点和时间段。黑人女性的书写常常要刻意回避有争议的问题，其创建的主体有着很强的适应能力，所处位置不固定，经常地变换。该类型主体的一个最主要特点就是迁移和流动，因此常常呈现出新面貌。"这一流动性主体摆脱了所有固定概念的束缚，是能动性和颠覆性话语的基础所在。正如流散呈现出扩展性和他处性，黑人女性主体追求的都是主控话语体系之外的迁移路径。"（Carole Boyce Davies，37）用过程来表征迁移是基于黑人女性的流散史："不同地域和文化的聚合重新界定了黑人女性的经历，而这种经历又反过来影响、再调整了黑人女性的身份。"（3）

赛博生物这一隐喻的最主要特点就是对由文化建构的差异属类及其被赋予的社会地位的消解。这一消解对于政治而言有着十分重要的含义，因其强调能动性是源自长久以来被剥夺权利的空间。赛博生物同女性主义主体身份有交叉重合之处：将对同质性和稳固身份的拒斥作为抗争的基础，这些女性主义主体身份将权力定位在已被霸权性主体框定的边界之中，其所表征的就是那些在霸权性主体看来被剥夺了权利的主体性。将赛博格理解成一种政治身份的观点源于机器和有机体之间不断变换的关系，于是赛博格身份形成发展过程中最重要的因素就是颇具争议的，由意识形态建构的差异类别："心与身、动物与人、有机体与机器、公与私、自然与文化、男与女、原始与文明的二元划分，在意识形态上都是成问题的。"（Haraway，163）这便是巴特勒的作品与赛博格关系最紧密的地方：通过破除同一性的概念来挑战现存的差异种类划分。

美国女性科幻作家的作品是赛博格主体在女性主义文本中的表征及内涵的集中体现。有些女性科幻作家通过创造控制论的有机体或赛博空间中形成的意识形态来引发人们对于科技问题的反思。还有一些女性科幻作家，包括巴特勒在内，则是通过外星物种和混种人的构建以及基因工程来探究赛博格式主体的身份建构，因为赛博生物是后现代语境中边界跨越的理想化主体，只不过赛博生物并不符合"理想"一词的传统社会政治定义。巴特勒对赛博生物这个科幻文学中的经典象征的描画方式很有创新。她并没有创造"真实"的赛博生物，也就是由有机物和无机物组成的生物体，而是创造了可以被理解为"女性赛博格"的主体形象，在意识形态层面尤为如此。其具体做法就是将赛博格"植入"象征差异和非主流的"越界性"女性主体身份之中，凸显这些赛博格式女性主体调整并跨越边界的能力。

巴特勒笔下的所有女性都是在各自的社会群体中有着特殊位

置并被边缘化的主体，都或多或少有着非裔血统，都是奥德丽·罗德笔下的“局外人姐妹”：社会层级低下，言行不被主流规范所接受，是被白人男性权力掌控者“我们”所贬斥的“他者”。也正因如此，她们才都具备在边界之中生存、跨越边界、对抗权威的能力，上述共有特性正是她们力量的来源。其作品对女性主义理论体系最有价值的贡献就是在她创设的奇怪世界和外星物种中生存的女性主体的能动性的理念——她笔下的赛博格式人物主体，即游牧主体、流动主体和女混血儿等，都对自己和所处环境以及相关权力关系有着清楚的认知。她们大都是普通人，尽管有一部分由于基因发生改变而拥有了异于常人的超能力，但没有哪个女性主体像典型的赛博生物那样拥有强大的科技背景。《幸存者》中的艾兰娜，《天才的寓言》中的劳伦，《血缘》中的达娜，《克雷方舟》中的凯拉，“异种移植”三部曲中的莉莉斯，她们都是没有什么特异功能的普通女性。是她们作为黑人女性的主体身份及定位让她们获得了与其他处于相同环境中的主体不同的认知立场。她们看待冲突和权力关系的方式也是与主流认知体系不同的。她们本身就是各自高压生存环境下的“幸存者”，常常要被迫迁移、背井离乡，成为“旅程重新定义空间”的流动主体。由此，也形成了她们最为人所熟知的共性：拥有强大的意志以及能够很好地适应任何强加给她们的环境的能力。她们被主流认知体系视为边缘化的、同权力架构相脱节的视角使得她们能够跨越边界，使她们对于那些生活在灰色地带的生物体而言弥足珍贵。这些女性总是处于不断调整适应环境的状态之中：为了生存，她们要不断挑战极限，并不断尝试打破那些掌控权力的人设置的边界。她们不得不周而复始地面对这样一个残酷的现实，那就是“你认为你可以选择你自己的生活，但是事实上你不能”（《克雷方舟》，79）。

在黑人女性的书写中，如何组建家园和群体都是核心问题。正如布拉伊多蒂（Rosi Braidotti）在《游牧式主体》中所说，同身份位置有着多变关系的游牧主体要求建立一种全新意义上的群体，该群体没有一个得到普遍认可的“家乡”的概念，成为另一种由现代国家构建的主体。在很多方面，游牧主体同移民不一样，因为移民常常将身份绑定在一个虚构的家园之上。与之相反的是，游牧主体没有家乡，而是“将自己最重要的东西随身带至他去到的任何地方，无论在哪儿都能重建一个家”（23）。游牧主体深知，家园的建造是一个过程，对这一点的认识是游牧主体的强项，这一认知形成了不断变动的主体位置的超强适应性，并使得游牧主体能在不丢失必要定位感的情况下从容地跨越边界。

对于很多女性主体而言，位置的迁移是她们理想和现实状态中安身立命的基础：无论是流动性主体，还是游牧式主体，主体社会定位的流动性及可变性都是构成主体身份最重要的因素。同样，在对住在美国的墨西哥女性的书写文本中，女混血儿的概念也是一种全新的，由她们的源头文化和充满暴力的历史的冲击形成的自我意识的象征。虽然巴特勒并不赞许过度简化的做法，但是她笔下的女性主体基本都被赋予了流动的经历：她们被迫到处迁移，其流散漂泊的经历迫使她们不得不依据不断变换的外部环境重新调整并改变自己的主体身份及定位。在《幸存者》中，艾兰娜第一次被迫调整她的身份是被“传教士”收养的时候，第二次是被外星生物绑架的时候。在《野种》中，身为医生的变形人安延舞有着以“流动性和他处性”为本质特点的主体性，这就使她能够摆脱迫害，并时刻调整自己的存在情境。在《天才的寓言》和《撒种的寓言》中，迁徙不但象征着对抗，还代表着生存。在坚定信念的支撑下，劳伦带着她的同伴逃到另一个星球，以逃脱地球上的人类被彻底毁灭的命运。这个信念在书中是以劳伦的旅行日志的形式呈现给读者的。“黑人女性主体在跨越边界、旅行、迁移时会凸显其能动性，并随着能动性的不断凸显最终获得自身的能动性。”（Carole Davies，37）

和上述黑人女性主体一样属于“没有家乡”的游牧式主体的就是外星物种欧安卡利人，他们认为差异是其主体身份的固有组成部分。他们和赛博生物一样，被禁除在框定了人类的性别化主体性、对人类关于真理和道德纯洁度有着根深蒂固影响的社会心理起源说的叙事架构之外。在“异种移植”系列中，莉莉斯向欧安卡利人询问他们的故土，问他们是不是想要回去：“不，莉莉斯，那里就是一个对我们而言已然关闭的方向。现在这里就是我们的家乡了。”（34）欧安卡利人建造的“无起源”赛博生物——乌力就是他们内心想法的最好体现：他们是“空间行走的人”，他们的起源形式多样，他们的未来不是由过去决定的，而是同未知的无尽多样性相关联。从这个角度而言，欧安卡利人和前述的黑人女性主体都是布拉伊多蒂所说的游牧式主体的最佳象征。同赛博生物一样，他们前进的脚步从不会被某个固定的抑或神秘的故土而羁绊。由于西方神话不会给赛博生物带来任何希望，因此这些神话对于他们而言也毫无权威可言；赛博生物也没有梦想，不会将追求更高层次的自我作为目标。同样，巴特勒笔下的女性主体没有可以留恋和回望的过去，也没有逝去的美好纯洁要去追忆："赛博格不会承认伊甸园；它不是由泥土制造的，因而不可能梦想回归尘土。"（Haraway，151）

巴特勒作品中女性人物的主体性总是处于同外部环境调整适应的状态中这一情形与女性主义游牧理论中的迁移和边界跨越有关。让巴特勒笔下的人物变成抗争性主体的不只是她们总是要被迫迁移的事实，还有她们的越界性经历。"迁移和接受差异这两者的结合才能真正让她们具有女性主义赛博格的特质。"在《野种》一书中，模式主义者的雌性始祖安延舞是一个永生的变形人医者，她是巴特勒将合成人类这个科技隐喻转化成有自我意识的主体的最明显例证，目的就是彰显其杂合混生的本质存在。在安延舞身上，要摆脱传统的强制性压迫的全新意识理念的本质显露无疑。通过其不断变换外形的能力，安延舞可以掌握其他生命形式的内在结构——她的边界跨越是彻底和完全的。她能成为任何她想成为的其他人，体验他们的生活，感知他们的存在。《天才的寓言》中的劳伦通过影响到她神经传输的种种干扰而能够切实感受到边界跨越：通过视觉和听觉接触，她可以“分享”其他生命体的痛苦和愉悦。而在《我意识中的意识》一书里，玛丽掌控的模式最终成为能够将所有边界集合并再将其打破的中心。克雷方舟的“动物化”使得人类与动物边界的概念比人类和外星人的差异更为具体和直接，他们将自身的人性与物性割裂开，内在同外表没有关联，因此破除了认为物种的外表是边界成立的决定因素的论断：“我们的确改变了，但是我们的本质没有变，我们不是动物。”（39）“模式主义者”系列中建立在心理机制上的通信体系是现实社会通信科技无形化发展，比如手机或无线网络连接的反映。衡量力量和坚韧的不是人的体力，而是心理能力——两者都是无形的，便成为力量及能力的新的构成因素。

“异种移植”系列中最能凸显边界跨越的是外星生物欧安卡利人同人类的基因交换。作为基因工程师，欧安卡利人一直不断地收集各种植物和动物的基因信息，再将其添加到他们的基因库中，以此更新、重组他们自己的基因。“他们收集生命，把从各个地方收集来的新的生命信息注入他们不断充实的基因库中，注入他们自己的体内。”（《成人礼》，166）此外，从欧安卡利人身上也能看到机器与有机生命体的边界穿越：他们的科技是纯有机的，建筑材料、交通工具、宇宙飞船，都是有机的。欧安卡利人同其他生命形式的共生关系——基因工程代表的就是他们最重要的科技。通过繁殖，这项科技可以用有机体来制造机器，由此，机器同有机体之间的边界也就不复存在了。

在科技语境中，人类（自我）同动物/外星人（他者）之间边界的消融象征着主体和客体位置的反转，“场地”同与之类似的经验现实的位置颠倒。在《黎明》一书中，莉莉斯在被欧安卡利人严密监视的时候感受到了上述转变：“‘我的专业是人类学，’她苦笑着，‘我倒是可以把现在当作实地调查——但是老天，我要怎么才能离开这破地方？’”（86）作为边界跨越的主体，莉莉斯被迫进入的地域，其边界根本无法辨识。主体变成客体，然后又变回来，随着研究场地的反转和交叉，权威的地位也不复存在。“生活于女性主义科幻小说中的赛博生物使男人或女人、人类、人造物品、种族成员、个体身份或身体的地位变得极成问题。”

# 第六章　被边缘化身体的迁移

## 《撒种的寓言》和《我意识中的意识》

《撒种的寓言》和《我意识中的意识》都以被边缘化的身体跨越时间和空间的迁移作为叙述架构的核心内容。随着小说中的身体从一个空间迁移到另一个空间，他们的境遇和价值也会根据他们各自适应能力的不同而改变。恰恰是身体的杂糅特性才使之作为一个享有自由的主体而变得有价值，而不仅仅是被驱使、奴役的客体或单纯用来产生利益的资本。土地和自然在勾勒身体的意象和边界的过程中至关重要。正是土地和自然边界的跨越才促成了历史的产生和身体的繁衍生殖。从有关身体的杂糅以及越界的批评角度来分析《撒种的寓言》和《我意识中的意识》的叙事架构，能很好地体现出巴特勒的作品对于身体不是一成不变的本质特征的强调。

2024 年 7 月 20 日这个周六的早上，劳伦 · 奥雅 · 奥拉米娜用一篇描述一段预知性的不断重复的梦境的简短日记开始了自己的 15 周岁生日。这个梦境在提醒劳伦，她和她的族群所赖以生存的安全其实是虚假的，转瞬即逝的。劳伦的梦境预示了她所在族群的毁灭以及如果她想继续生存下去就必须作出调整和改变。

> 族群聚居地的围墙高大坚硬，离社区的距离近到让人有压迫感。我却感觉这些围墙就像匍匐蜷缩在地上的野兽，不知何时就会跳起来袭击人类，与其说是在保护我们，倒不如说是时刻在威胁着我们。但是我的继母生活在这里，而且她一点儿都不害怕。我只能跟着她生活，因为我只有七岁。（《撒种的寓言》，5）

在劳伦有关她所属位于加利福尼亚“距离洛杉矶约 20 英里”（10）的罗布莱多的人数不多的族群聚居地外围墙的梦中，这些围墙被比作随时都可能兽性大发突然发起袭击，吞噬并毁灭她称为家的猛禽野兽。在《撒种的寓言》这部小说的头三个篇幅较短的章节里，设立这堵围墙的本意是来保护罗布莱多社区的民众免受那些“贫穷的街头地痞、酒鬼醉汉、吸毒者和无家可归的流浪汉”（10）的侵袭和搅扰。然而，在劳伦的梦境里，这堵围墙却成了随时都可能触发在所难免的改变的威胁表征。将围墙作为用来保护并将人类限定在其域界之内的庞然大物表明了土地和人类之间的共生关系。应该说人类同土地之间的这种共生共存关系久已有之，并且广泛存在，尤其是在北美大陆。莱斯利·马尔蒙·斯尔克（Leslie Marmon Silko）梳理过拉古纳印第安人是如何在他们的口述历史和整体的世界观体系架构中宣扬这种共生关系的重要性的：

> 这一共生关系始自土地；他们将土地——地球作为整个网状结构的核心。人类的身份、想象力和叙事都同土地，同地球母亲有着不可分割的内在关联，就好比蜘蛛织就的网是从中心向周围发散一般。（21）

斯尔克提出的人类身份同土地在网状结构中被交织缠绕的说法进一步彰显出劳伦那个预兆式梦境的复杂内涵及重要性。

> 土地和梦境有着相似的地方。两者都有能够激发人类的惧怕情感和隐藏最深的本能并把它们转化成具体意象的巨大潜能——视觉的、听觉的、触觉的，继而再将之转变成具体的事物，这样人类就可以更为直接地面对并把那些令人恐惧的感受或强大的情感通过各种能让人们感到放心安全的宗教仪式以及叙事方式表达出来，同时不断强化某一个族群所推崇珍视的价值观体系。由此，个体作为某一群体以及整个宇宙空间的组成部分的身份得以凸显，个体在独自面对整个世界时的恐慌和惧

怕之情也随之逐渐消失。（38）

劳伦有关围墙的梦境应当结合其族群所生存居住的土地来进行解读。如此这般的话，劳伦对即将有灾难降临的强烈预感，完全可以被理解成她将对自己潜意识里对自己赖以生存的土地有可能要经历变故的一种恐惧，而这种恐惧，又演变成一种足以驱动她为了自己这个与众不同的群体找寻崭新开始的强大原动力。

斯尔克的网状结构比喻还很好地表现出《我意识中的意识》这部小说在涉及由主人公玛丽一手打造的网状结构模式方面的重要组成部分。正是玛丽的模式 / 心灵感应网络才将其他杂糅的“活跃元素”和“非活跃元素”交织在一起构建出位于加利福尼亚福赛斯的一个模式主义者家庭。小说《我意识中的意识》是由以多罗和安延舞分别作为父亲和母亲的一个杂糅种族的创建为主要内容的《野种》的后续之作。玛丽是多罗的女儿，安延舞的孙女，是几百年不间断的优胜实验的产物。她拥有心灵感应的超能力，多罗最初就是希望能够借助玛丽来实现那个完全是他本人的族群的进化发展。因此，玛丽在《我意识中的意识》里扮演着女性家长的角色，引导并指挥着拥有杂糅性身体的主体的迁移和改变。

在整个“模式主义者”系列中，巴特勒都在试图不断地表明，多罗后代族群或者说“野种”的家族结构是极不稳定的，很容易去功能化，尽管其群体成员之间有着相似度极高的关联性和切近性。在《我意识中的意识》一书的序言中，多罗告诉玛丽，虽然她有着强烈的要逃离自己那个嗜酒成性的母亲和整个族群的愿望，然而她同时还有着“要尽可能靠近他们”（5）的下意识。同那些与自己的能力及外表都相似的身体保持密切距离的需要对于理解巴特勒在作品中建构的以及存在于现实生活中杂糅身体的迁移模式至关重要。以多罗为例，他总是会被那些拥有特殊能力的身体所吸引，并且丝毫不会顾及某个身体所处的地理位置以及经由社会建构并被镌刻在身体上的身份是怎样的。多罗如此形容那些吸引着他的杂糅性身体：

> 每当这个时候我总是能够认出这些人……那些一旦我能获取他们的身体我便可以得到最大限度满足的人类。我想你也可以这样理解，就是那些尝起来味道最好的人。（90）

虽说多罗要以蚕食自己后代的方式延续生命，但更为重要的是多罗本身也是因具有杂糅身份而境遇凄惨的主体。

> 在他延续了四千多年的生命里，除去最初的几百年，剩余的所有时间里他都在想尽一切办法来构建一个以他为中心的族群。显然，他就是作为一个历经百年而成的变异体而存在。他的后代族群都是变种人，但是其变异的程度要弱很多，完全就是绵延四千年的精准操控繁殖的产物。（9）

多罗身上同类相食的特性可以被看成在能够不断强化自身存在的群体中延续生命的原始需求的表现。由此，《我意识中的意识》一书就是专门勾画拥有杂糅身份的杂糅身体的族群是如何发展并不断对自身进行重新构建的。虽然其创作初衷并非标新立异，但是这一作品仍旧是理解被边缘化人群观念体系的颇有见地的尝试和探究。按照《我意识中的意识》一书的叙述，杂糅身体总会向其他的杂糅身体迁移，以求实现并获得某种正常的自然状态。玛丽的模式和“专属感受”就营造出一种情景，其中杂糅被等同于常态化标准以及某种同绝大多数的杂糅性观念完全格格不入的种族纯粹性。

> 我发自内心地认同模式的合理性及正确性——凡是模式的成员都是我的后代，这毋庸置疑。对于多罗的精神禁区的标定，我的感觉比他自己还要强烈。但是这都不重要了。(58)

在玛丽的转变过程中，她不经意间收集到的人类的种种态度就能很好地证明：身体就是资本。诚然，权力和传统礼制的相关问题对于解读从被边缘化向常态标准转变的过程发挥着至关重要的作用，但是不得不承认的是无论是权力还是传统礼制都是有时间效应的，并非恒久不变。转变发生在身体里，发生在福赛斯，还发生在书中人物角色以及读者的意识当中。然而，远比转变发生的场域或其标定的范围更重要的，是转变形成的媒介，这便是血缘纽带和种族关系的话语语境。

劳伦在罗布莱多的家庭是由她的父亲、继母和两个弟弟组成的。劳伦的父亲是教区牧师，在很多方面都扮演着族群大家长的角色。作为教堂的负责人，他以在艰难困苦时期为教众指引方向并提供精神支撑的方式增强族群的凝聚力。劳伦的父亲还负责训练族群里的年轻人如何使用武器。

> 人们对武器枪械和射击的看重是我父亲的失误导致的。他只要离开社区，就会随身携带一支九毫米口径自动手枪。他把手枪别在自己的腰上，这样大家都能看得见。他说这样会避免错误的产生。携带武器的人们经常遭遇杀身之祸——不是在交火中被打死，就是被狙击手一枪毙命——但是没有武器的人更容易被杀戮。(《撒种的寓言》，37)

虽说劳伦和她的家人所居住的那个并非未来理想社会的地方同那个法律缺失的无序的旧时西部地区并不十分相像，但是同当时洛杉矶的内城或任何一个现代都市的贫民窟都有许多相似之处。除了劳伦的父亲随身携带的单手武器之外，奥拉米娜家族还有大量用来防身的武器库存。劳伦和罗布莱多族群所处的环境就是身体安全的危险隐患。

劳伦之所以成为《撒种的寓言》的核心人物，是有多方面原因的。她的个体形成经历是贯穿整个小说叙事架构的主线。即便在她只有 15 岁的时候，她看待发生在其生活的族群内部和周围的事件的态度及观点就已描画出她所处的世界在经历着怎样的改变，而读者们所生活的现实世界又将经历怎样的变革。在《撒种的寓言》中，害怕和恐惧一直都是变革和生存的原初动力。劳伦能够直面恐惧的强大能力使其成为小说的女主角。克莱尔·柯蒂斯指出，巴特勒的作品将恐惧描写成“既是人类生活中的现实存在，也是人类行动力的原始动机”（411）。劳伦对其生存的外部环境的成熟精辟的观点在很大程度上是源于其“超意念感知”的能力，这种能力能让她对周围人的所感所想洞察力十足。就像巴勒特“模式主义者”系列中那些具备超能力的人物角色一样，劳伦的超意念感知也让她的身体与众不同，拥有无上的权力。巴特勒一直都是用差异来作为其作品中主要人物的身份标记，她的写作模式似乎也是在暗示，如果个体能够意识到他自身差异蕴藏的改变的可能性，那么与众不同或者同时处于若干不同身份边缘的区域恰恰是一个饱含潜力的强权性位置。在小说讲述的前后四年的时间里，劳伦经历了某种蜕变式的进程：从最初把自己的特异功能当成罹患了某种疾病，到后来逐渐认识并接受她同其他人不一样的地方，再到凭借这种特殊能力成为族群的领袖以及小说结尾整个部落的家长式人物。

劳伦的超意念感知能力是一个特别难以应对的差异，尤其是她所赖以生存的地方不认为主体的物质化身体拥有任何的价值。在一次前往相邻部落教堂的旅行之后，劳伦解释了她为什么尽量不去多看那些在罗布莱多之外的大街小巷里屡见不鲜的骇人场景。

> 只要我不盯着那些旧伤顽疾看，那些东西就不会给我造成过多的伤害。我见过一个浑身赤裸的小男孩，身上没有一块完好的皮肤，到处都是大片大片的伤疤疮口；一个男人没了右手，在断腕处结了一个巨大的痂；一个大约 7 岁的光着身子的女孩，鲜血不断地从她的大腿上往下流；一个脸部被打得青肿连片、血迹斑斑的妇女……（《撒种的寓言》，13）

在小说《撒种的寓言》名为“2024”的第一部分，读者知道其时的美国已经研发出了新的毒品，并在水星建立了殖民地，整个国家沦落成了某种资本主义的副产品，“政客们和跨国企业攫取了大量的社会财富”，而无产阶级几乎一无所有。所有的中产阶级被迫聚集在一起，靠着高筑围墙来自保，而那些游手好闲、毫无技能的人就像街头混混、流浪汉一般游荡在曾是那般繁华的大都市的街头巷尾。劳伦正是通过她本人对其所处外部环境和信奉神灵的感知及思考才创立了《土地种子：生存要义》。《土地种子：生存要义》是劳伦有关自己创立宗教的若干寓言的集合，该宗教将改变视为上帝，并且要在各个星球上对自身及人性加以传播。各个星球或者说宇宙空间是劳伦认知中的终极边界。与此同时，迁移，甚至是超越地球边界的迁移是人类必不可少的经历也是巴特勒作品的核心观念之一。在《血孩子》一书中，巴特勒就讲述了一支受奴役的人群（特兰人）逃离地球来到了虫族居住的特里克星球的故事。在这里，人类被迫同虫族形成了某种共生共存的关系，成了虫族幼虫的宿主，这样就能保证人类和虫族双方的种族延续。

> 正是因为你们人类的到来，我们才重新认识到健康、充满活力的种族应该是什么样子的。你们的祖先从赖以生存的土地上逃离，就是要躲避那些要杀害他们或者奴役他们的同类。因为我们，你们的祖先才活了下来。我们当他们是人类，把我们的“保留地”送给他们，而他们却把我们当成害虫一样屠杀。（《血孩子》，25）

特兰人和居住在罗布莱多的那些人一样，都是由其生活的地域/星球来标定身份的主体。“保留地”就是一块受到保护的区域，在其范围内生活的人都是为了生存而愿意同外星物种共生共存的。将保留地圈起来的那堵围墙就好比划分人类“上层”和“下层”人群的等级标准。那些愿意并且接受差异和杂糅性的人将会比那些不情愿丢弃用来标定种族纯粹性及同质性的刻板固化、一成不变的观念标准的人拥有“更好的”（更长的寿命和源源不断的活力）生活。最终，保留地，或者自留地，或者庄园，也可以说是集中营地的边界在相当程度上只会存于人们的想象之中。

若是从上述内容判断，罗布莱多的围墙其实是没有实际效力的，居住在其中的人们也不会因围墙的存在而消除恐惧，对火灾和强暴行为的担忧依然存在。围墙至多不过就是一个滤网，而不是居住其中的人们所预想的坚不可摧的防御工事。

> 有人直接穿过铁门开枪攻击艾米。这应该是一个偶然事件，因为从铁门外面是看不到里面的。射击者要么就是对着站在铁门前面的任何人开枪，要么就是对着铁门开枪，对着整个族群开枪，是冲着我们，冲着我们的财富和特权来的。子弹就是铁证。之前也有过子弹射击铁门的事件，都是从最上面，接近门顶端的地方射进来的。而现在，在铁门的下半部分也有了六个子弹撞击的痕迹——加上这六个弹痕，一共可以看到七个凹陷，这都是子弹射到铁门上没有穿透而留下的痕迹。（《撒种的寓言》，48）

劳伦对那些虽然没有发生但已经暗潮汹涌的不好之事的感知事实上就预示了罗布莱多这个社群的围墙以及居住在其中的人们难以逃脱的悲惨命运。

环绕着罗布莱多社群的那圈围墙就是作为经济差异标记的被社会建构出来的边界。围墙外面的人可以冲着罗布莱多围墙抛扔脏物以发泄心中的羡慕嫉妒恨："蛆虫，动物尸体，垃圾袋，有的时候甚至还可能是人的四肢或一个死孩子。"（47）但罗布莱多的围墙和那些石砖硬瓦的坚固墙壁不同，其功用更多的是抽象的而非具体的。对于所有生活在罗布莱多的身体而言，围墙象征的就是差错和转瞬即逝的安全。

劳伦之所以能够成为整个叙事架构的女主人公，很重要的原因就是她勇于承认其所处环境的各种事实真相并且做好了应对各种可能到来的改变的准备。换言之，她顺应并接受了土地万物的自然规律和法则。劳伦在很小的时候就已经明白，阶级差异就是标定罗布莱多社群同其围墙之外人们的边界，但是这种差异从本质上说完全是虚妄的。超越围墙、到围墙之外的地方去才是劳伦想要生存下来而必须去做的事情。对此，贝斯 · 麦考伊（Beth McCoy）表达了如下看法：

> 几乎所有的关于非裔美国人的文本都有一个共有的元素，那便是黑人必将经历的，在具体和抽象世界中都极为关键的矛盾与冲突。尽管土地本身是中性的，但是其地貌地形完全可以遮蔽真相——甚至背叛——更为重要的是，政治文本和历史能够把土地变成财富资产、暴力杀戮、神秘经历，或者赋予土地很多其本身并不具有的深意。（223）

围绕土地 / 社群而进行的政治书写是《撒种的寓言》叙事架构中绝大多数——如果说不是全部——矛盾冲突的根源。对于土地和居住在其中的人们的看重和价值的附加是符合资产阶级理性的。由于土地的所有权掌握在人数极少的特权阶层手中，故而土地就标定了那些数量极少的“有产人群”以及围墙之外数量众多的“无产人群”。颇具讽刺意味的是，认为围墙之内人群具有价值并可以作为资本的认知只是基于资产阶级理念中神话般的虚构、假设。随着劳伦对于罗布莱多之外世界及其相关联的危险性认知的增多，《撒种的寓言》第二部分主要就介绍了关于罗布莱多社群以及作为其主体的若干家庭内部瓦解的过程。也就是说，若标定土地的边界的存续岌岌可危，那么居住其中的家庭必然难逃城门失火殃及池鱼的连带危险。

## 中段行程以及居家生活

《撒种的寓言》一书的后半部分以劳伦对于罗布莱多社群是怎样毁于一群把脸涂成各种颜色的狂热崇拜者和街头小混混手里的描述开始的。直到劳伦回到罗布莱多的断瓦残垣中她才意识到已经完全失去了自己的家和所有的亲人。在这一刻，劳伦明白她一直竭尽全力去做准备面对的东西终于到来了，她曾经接受的生存训练也终于可以派上用场了。于是，劳伦带领着幸存下来的几个邻里乡亲踏上了他们的中段行程。

巴特勒在《撒种的寓言》之前的所有作品中都着重对处于迁移状态中的女性身体进行刻画。劳伦决定假扮成男人的模样，于是她剪短了自己的头发，穿上男人的衣服。在劳伦看来，女扮男装可以有效地减少她被强暴甚至遭遇更危险情境的可能性。同行队伍中社会经验更为丰富的扎赫拉还提醒劳伦，在穿越城市的时候要考虑如何保护那些肤色不同的夫妻的安全。“肤色不同的夫妻或伴侣很容易成为被攻击的对象，不管他们是异性恋还是同性恋。”（《撒种的寓言》，157）虽说在这个处于灭亡边缘的世界里，种族差异已然变得不值一提，然而对于人类社会而言，这仍然是个不可忽视的因素。

在劳伦的带领下，这部分幸存者从 101 高速沿着加利福尼亚州一路北上，直奔加拿大。劳伦沿途一直在不断地丰富发展她的“土地种子”宗教并向同行的成员们传教，由此形成了某种移动教区。在杀死了一个已经意识不清的攻击者之后，劳伦确立了在这个小集体中领袖的地位。扎赫拉和哈里都目瞪口呆地看着劳伦用从火堆里取出的大石块猛砸那个袭击者的头部，然后又用尖刀割断了那个已经被砸得失去意识的人的喉咙（《撒种的寓言》，176）。杀死袭击者的行为，既保护了教众的安全，也彰显了劳伦的领袖权威。杀死袭击者也可以看成劳伦将其追随者当作理应受到自己保护的情感以及这种情感在“土地种子”语境中的象征意味的表现。劳伦、扎赫拉以及哈里在一路北上的行程中还遇到不少其他的旅行者，其中的一些被准许加入他们的队伍。劳伦就像一个牧羊人，带着羊群奔向未知的乐土。就像当年他的父亲领导着罗布莱多的民众那般，劳伦也在学习如何指引自己的“土地种子”教众。

劳伦所生活的时代是距离现在并不遥远的近未来，其时的美国已经被资本主义及其完全物质化的认知思维模式变成了一个第三世界国家，并且正走在由内而外的腐化灭亡的进程之中。一个神秘的公司组织通过提供安全保证和正常生活的承诺来管控奴役那些迫切需要工作和保护的民众。这个公司把所有的家庭都当作劳工来奴役，他们所作所为的唯一目的就是获取利益。劳伦的哲学 / 宗教信仰同这家公司完全是相对立的，就好比她的父亲当年在邻近的社区教堂中宣讲基督教教义那般受到重重阻碍。“土地种子”主张，要把差异和改变当成足以驱动整个世界的核心动力来看待并接受。对财产的看重会得到相当程度的弱化，因为物质在危机和变革的过程中是极为短暂易逝的。劳伦和她的追随者重新审视物质主义和神秘公司提供的所谓保障承诺之后，认为群体的价值要比个体的荣华富贵更有价值。

劳伦这个人物角色在很多方面都堪比她的父亲，甚至是耶稣基督或摩西：她既是整个族群的领袖，又是“土地种子”教会的极富同情心的开创者，是思想深邃的哲学家。劳伦自身的超意念感知能力能够让她以一种既深刻又有前瞻性的方式衡量生命的价值、看待生活的乐趣。她能够感知到她周围每一个人的喜怒哀乐，在精神上能够与这些感受共情，并成为她的追随者甚至是被她感知的敌人身体的守护者。劳伦继承了父亲的遗愿，也成了族群的领袖，但她选择了一条截然不同的路径，她要带领她的追随者前往位于外太空或者所谓天堂里的理想乐园。劳伦和“土地种子”的教义都是能够在《圣经》中找到原型的。比如，劳伦很明显就是一位先知。《圣经》里耶稣是至圣至贤之人，是上帝或者天父的具身化体现。而对于罗布莱多社群而言，劳伦的父亲也是如此，其圣明贤德在很多方面却是神秘地通过劳伦加以体现的。劳伦就是那个能够指引她的追随者从日渐荒蛮的西海岸奔向变革与发展之圣土的神明之音。

劳伦作为领袖带领的这次旅行或者迁移最值得关注的一点就是，这场迁移是发生在一个国家有可能经历的最严重的灾难过程中的。当劳伦和她的族群成员沿着西海岸北上的时候，有关种族差异的二元对立体系也处在逐步瓦解的过程之中。劳伦引领的群体的种族构成绝对称得上复杂多样，就同他们行进途中遇到的形形色色的乌合团伙一般。其时的美国整个国家连同其国家身份也在土崩瓦解，劳伦所带领的教众族群中的种族身份和歧视也在逐渐消亡。种族、性别以及阶级身份的边界限制被打破，国家身份自然不复存在。这在逻辑上是完全说得通的，因为标定建构了国家身份及其意象的就是个体的阶级、性别以及种族身份。身体能够界定并构建一个民族以及整个国家的意象，也能轻而易举地破坏并重构国家以及国家的边界。

在《我意识中的意识》中，玛丽就以福赛斯为起点，要创建自己的民族国家。和劳伦一样，玛丽是她自己教众朝圣之旅或中段行程的领导者。在行进的过程中，玛丽的心灵感应能力形成了某种网状的模式，能把她同另外六个非常活跃的、实力强劲的心灵感应者联系在一起。同劳伦的经历不同的是，玛丽不需要带着她的教众迁徙，教众通过心灵感应被吸引到位于加州的福赛斯这里。另一个区别就是，玛丽的追随者并非自发自愿的信众，而是经由一个看似随意的过程拣选出来的。玛丽通过心灵感应召集的诸多成员来自远近不同的各个地方，从相邻的亚利桑那州到距离遥远的纽约州或宾夕法尼亚州。

玛丽的模式把赛斯·达纳和自己一直在暗中守护的哥哥克雷·达纳从位于亚利桑那沙漠上的家中召集过来。对于达纳两兄弟而言，玛丽的召集帮助他们脱离了贫穷落魄、生命不保的生活。

> 克雷暗暗下定决心要结束自己的生命。但是他迟迟下不了手，毕竟，他内心是不想死的。然而，他越来越无法忍受生命中的各种痛楚。(63)

作为哥哥的暗中守护者，赛斯对自己的职责厌倦不已。他甚至开始怀疑，自己用心灵感知能力操控克雷的做法是对自己和哥哥人性的摧残。于是，玛丽的“每个赛斯留下丝毫争辩或反抗可能性的一字法令”，对于赛斯和克雷两人而言，都是最好的选择。玛丽的召唤是对家庭、指引以及崭新开始的邀请。对于玛丽模式中的其他心灵感应者而言情况也是如此。

瑞秋·戴维德森是一个宗教治疗者，靠着教区教众的性命来作为自己生命延续的给养。

> 在仪式进行到一半的时候，人们就会为了供养她而割断自己的喉咙。他们供养她，使她不断强大，驱逐她的所有病痛，这一切都是他们甘愿为自己心目中的神明而付出的。(70)

对于瑞秋而言，作为资本的人类身体就是维系生命的养料。同多罗和玛丽一样，瑞秋的超能力需要她的追随者身体的滋养和补给。这种共生共存而非寄居寄生的关系在巴特勒的作品中屡见不鲜。作为对其教众供养的回赠，瑞秋帮他们治疗疾病和伤痛。没有教众们的供养，瑞秋的生命就无以为继。玛丽要迁移北上的召唤解除了瑞秋对其教众的依赖和限制，将之纳入了具有更旺盛生命力的心灵感应者模式的共生关系架构之中。

杰西·博纳尔、艾达·德拉肯以及詹·绍尔特也是玛丽新创建的模式的受益者。所有被关联到模式架构中的心灵感应者在使用他们的超能力方面都是非常积极并且成功的，因此他们前往福赛斯的实际行程于他们而言简直就是不费吹灰之力。换句话说，玛丽新组建家庭的中段行程是从所有人都在加州的福赛斯集结之后才开始的。更确切地讲，中段行程的起点是位于最初一个被招募的模式主义者家中，这人便是卡尔·拉尔金，玛丽的新婚丈夫。对于这群模式主义者而言，中段行程的意义非凡：是对玛丽作为母性大家长的掌控能力的检验，是发展模式架构、壮大队伍的有效途径，也是摆脱多罗这个父亲的主导权的良好契机。通过小说里这些形形色色的人物将关于身体的问题具象化呈现，巴特勒在如何看待身体的复杂性、杂糅概念以及其在决定人类身份命运过程中发挥的作用等方面作出了巨大的贡献。

劳伦把迁移目标朝向其他星系是不无道理的，毕竟在标划个体身份的边界不复存在之后，国家以及整个世界的身份也应该从更为宽广的空间层面来予以构建，其他星系自然应该被包含其中。这种思维模式完全可以用来直面许多研究杂糅性和流散的学者所持有的顾虑担忧，因其认同杂糅性的观点一旦被接受，就会“在文化的平等化进程中形成众多差异的盛宴”（Hutnyk，95），那时，某个文化或某个身体被赋予的价值就只沦为一些无足轻重的个体之间细微的千差万别。巴特勒作品似乎就是要将这种担忧等同于没有能力接受一些无可避免之事。此外，接受杂糅性还会被认为将导致“差异的消失”（96）而不是对差异的强调和凸显。在巴特勒的作品里，接受差异无疑会引发后一种情况，这被描画成是顺应自然法则的。

劳伦和玛丽都竭尽所能找寻她们能够生存，同时又没有统治阶层强加给她们的带有边界规限的空间。劳伦从罗布莱多围墙里冲出来的举动意味着对其原有环境的破坏和抛弃。玛丽从被奴役受压迫的地位转变成拥有无上权力的位置，虽然她所建构的模式有些类似于多罗掌管的村落的封建体系，但是摈弃了多罗沿用的对那些胆敢违背神之旨意的人的惩罚甚至消灭其肉体的《旧约》式做法。无论是劳伦还是玛丽，其想要逃离的都不是某种特定形式的奴役压迫；确切地说，两人都是要从基于对差异和权力的剥削和利用以及对不享有权力人群的压制之上的发达的现代化社会逃离。由于两人皆为女性，故而很多学者会从女性主义的视角来分析解读她们迁移和求生的种种行为，殊不知这种做法在一定程度上限制了对巴特勒创作初衷的全面深层理解，毕竟两人并不单纯是因为自己的性别而奋起抗争的。她们要抗衡的是威胁到她们以及整个社会组织架构的思想及压迫体系。并不是只有女性才会有她们的顾虑和担忧，她们的问题也仅仅代表着女性个体或女性群体。她们为了权力及自主移动性的抗争是根源于身份层级划分的压迫压制的结果。从这个角度而言，巴特勒的这两部作品完全可以被看成如何破除并重建这种社会环境的蓝图。压迫性层级架构的颠覆和破除建立在新的社会准则的形成和使用基础之上。艾莉丝·沃克尔（Alice Walker）提出的“妇女主义”能够更好地反映出巴特勒作品中的反压迫主题。

于是，一旦能够接受所处的环境一直都是处于变化的状态，接受所有事物都不是一成不变这个事实，那么变革的观点，或者改变至少是主体身份标定的重要特性的观点自然就不是无稽之谈了。如果物质获取不是人类社会的主要目标，那么稀缺性的概念自然就没有那么重要，为了争夺像土地和矿产这样的有限资源而展开的各种斗争自然会减少，以建构压制性层级为目的的划分身体的方式方法自然也会逐渐消失。物质崇拜的消亡毫无疑问会影响到人类如何在种族的域界内看待差异的价值。诸如懒惰、不可信赖等有关人性阴暗面的复杂内容也不会再作为特定刻板印象或瑕疵标记而存在。身为女性，也不会再成为体弱无力、缺乏理智的必然关联主体。以劳伦的经历为例，这些差异都是想方设法攫取物质利益而存在的。

通过劳伦的“土地种子”社群，巴特勒不但勾勒出了要求结束压迫奴役的行为体系，更重要的是，还着力强调了尽管处于压迫奴役之下，群体依然要确保自身的存续。切实可行的意识形态理念体系是可以适用于任何环境的，因为这是一种确保理念创建者在任何环境下都能得以生存的思维模式架构，其在适用范围和形式上都应该是没有规定和限制的。上述思想体系在不断变化的场景中更能发展壮大，并以不断改变的形式和内容作为标定性特性，其目的只有一个，那就是生存。在《撒种的寓言》一书中，最重要的概念莫过于“切实可行”，这是“土地种子”所有信众行为的最佳表征。在每一个性命攸关的危难时刻，劳伦都用实际行动践行了她的寓言理论，证明了她的理论体系绝不仅仅是纸上谈兵的虚幻之说。每一天，“土地种子”都在经历变革；每一天，其信众也都能体会到他们为了应对改变而作出的调整、适应。

可以说巴特勒的绝大部分作品都是围绕人类同身份和权力的抗争而展开的。这些抗争的核心便是关于一直都存在的各种不同身体的问题：男人，女人，人类，外星物种，同性恋，异性恋，等等。巴特勒在其作品中反复强调的一个观点便是，身体和被附着在身体上的身份会因逐渐进入杂糅状态而不断变化。身体在存续、死亡以及获得权力的过程中都会经历改变的发生。

# 第七章　巴特勒作品中的种族和性别政治

## 混生主体的抗争

关于宗教、种族、性别、环境以及贫穷的评论一直都是巴特勒作品中必不可少的组成部分。作为一名推理小说作家，巴特勒很容易被认为对政治十分关心，事实上巴特勒的作品也是经常描写治理的艺术，并对那些会以某种形式争夺权力和领导权的人产生影响。她去乌托邦式的警戒性故事揭示出令人忧虑的现实社会的残酷现状，并在地区、国家以及全球层面勾画出个体的生活状态以及个体之间的关系模式（Stillman，15）。诸如对温室效应、经济以及社会剥夺、美国历史上的种族主义等内容的呈现都无不表明巴特勒文本的政治属性。

经典科幻文学作品因其对“他者”的分析研究而向来都是政

治评论的上佳场所。科幻小说作家们用讽喻给政治蒙上了一层面纱，以免让这一文学子类的白人成年男性读者们感到不舒服。从约翰·罗纳德·瑞尔·托尔金[①]（John Ronald Reuel Tolkien）的《魔戒》（*Lord of the Rings*）到库尔特·冯内古特[②]（Kurt Vonnegut）的《五号屠宰场》（*Slaughterhouse Five*）之类的科幻小说都对冷战和世界大战进行了批判，其犀利的文字使得遮蔽的面纱几乎派不上用场，以至于作者们都必须明确否定这是对某一特定政治事件的描画，这样读者们才不至于无暇关心书中到底描画了怎样的故事。事实上，很多评论家都认为《魔戒》向其众多读者提供了过多的"文学外"的经历感受，是需要予以关注的问题。托尔金通过他的作品激发了人们极大的好奇心、求知欲，以至于读者们甚至会忘记他们读到的只不过是虚构的小说（Attebery，154）。这些作品足以改变整个文学子类的书写特性和政治价值，巴特勒的作品毫无疑问也是具有这种能力的。巴特勒十分擅长把政治书写巧妙地融入好听好看的故事里面，她丝毫不担心对政治的描画会分散读者对故事的注意力，因为她笔下的所有内容一直以来都是政治、种族、阶级、性别和身份相关内容的直接呈现。

---

① 约翰·罗纳德·瑞尔·托尔金（John Ronald Reuel Tolkien，1892—1973），英国作家、诗人、语言学家及大学教授，以创作经典严肃奇幻作品《霍比特人》《魔戒》《精灵宝钻》而闻名于世。

② 库尔特·冯内古特（Kurt Vonnegut，1922—2007），美国黑色幽默作家，美国黑色幽默文学的代表人物之一。以喜剧形式表现悲剧内容，在灾难、荒诞、绝望面前发出笑声。这种"黑色幽默"风格始终是冯内古特小说创作的重要特质。其代表作《五号屠宰场》《猫的摇篮》抓住了他处身时代的情绪，并激发了一代人的想象。

殖民和迁徙的复杂历程中自然少不了强有力的抗争，尽管这些抗争本身也充斥着矛盾和冲突。巴特勒笔下的赛博格式女性主体反抗权威、权力的过程极其痛苦，其边界跨越的行为也充满暴力，但在巴特勒看来，这绝不是解决女性主义所关注问题的唯一可行途径。因此，她对赛博格式女性主体的描画突出复合与变形，弱化征服与同化。巴特勒作品中的女性主体善于适应新的环境，拒绝将自己的力量凌驾于他人的意志之上，富有同情心，接受并尊重差异。哈拉维力主的边界消融也通过主体间的差异融合以及主体对差异的理解和接受表现出来，可以说是在反映“差异化政治”的同时表明接受并认可才是对待差异的正确方式。同赛博生物一样，巴特勒塑造的黑人女性主体都被置于某种体系之中，但又处于各自体系的权力架构之外，因为只有在这个特殊位置上的主体才有可能实现对权力的重新分配。她们能够掌控边界的超常能力成为巴特勒探究政治抗争的基础。可以说她们的才能让她们具有了相当程度的影响力，但是她们绝不会在任何情况下滥用自己的权力。不会将权力用于满足一己之利在巴特勒看来是女性最明显的特质，这源于她们与生俱来的被边缘化的社会定位——哈拉维的赛博格也是如此。在她的作品中，巴特勒习惯将男性/男性化同权力的滥用相关联，而女性/女性化同生命的给予和对权力的拒绝相关联。这种性别权力的极化分布既是文化女性主义者认为女性天性柔和善良的观点的表现，也是激进的建构主义女性主义者提出的，所谓男性和女性都是通过实现各自被预设了的、具有不同性别关联的意识形态之后便可获取权力这一论断的反映。

女性主义立场理论试图探究基于源自共有社会经验的某些特定知识体系的发展演变。“认知特权”的概念来自马克思认为无产阶级的革命性源自其同生产资料的关系的论断。女性主义立场理论的若干说法就是上述概念同劳动力的性别划分相结合的产物。从早期的南希·哈索克（Nancy Hartsock）、多萝西·史密斯（Dorothy Smith）等人开始，女性主义立场理论者们一直致力于构建日益复杂精准的社会意识模型。立场理论最富创意的说法是将认识论的本质主义方式和唯物主义方式区别开来，也就是米歇尔·麦提森（Michelle Matison）提出的“生物立场”同“获得立场”的比对。虽说巴特勒作品中的主要人物都是黑人女性，但她还是竭力避免将其立场本质化的做法。在巴特勒看来，立场并非源自生物因素，也绝非以某种排外的、超验的种族及文化记忆为基础，而是由社会组成成分决定的物质及文化经历发展而来。女性与男性权力的对峙实质上是相迥异的认知立场的表征，并不意味着绝对的两极化。权力的性别化使用本身问题重重，也是巴特勒在作品中反复探究的矛盾之一。若从女性主义立场理论的角度出发，巴特勒笔下的女性和男性权力可以被理解为社会定位导致的认识论差异的表征。这些差异会导致截然不同的权力道德观。

《幸存者》中的艾兰娜和“异种移植”系列中的莉莉斯就是黑人妇女主体性多重话语含义的最佳表呈。两人都是迁移主体，并需要同掌控她们各自生存环境的殖民势力相抗争。艾兰娜是名为

“传教士”的天主教团体收养的孤儿，这个团体中的人因不具备心灵感应的超能力而被地球上的精英阶层“模式主义者”所排挤。虽然是被“传教士”们养大的，艾兰娜却从不接受他们因被边缘化而形成的狭隘世界观。为此，艾兰娜总是在调整和改变自己，做到既能被“传教士”们接纳，又不会失去自我。后来，“传教士”们来到一个外星星球并打算将之据为己有，原本生活在这个星球上的外星物种奋起反抗，并劫持了艾兰娜。这段经历是对艾兰娜自身文化协调性的进一步考验，因为她必须再次调整和改变自我，以求生存。同艾兰娜的经历类似，莉莉斯也需要同对其有绝对掌控权的外星生物打交道。人类赖以生存的地球被一场核战争彻底摧毁，外星生物却将之恢复如初。然而，人类若想继续在地球上生活，就必须同外星物种欧安卡利人进行“基因”交换——人类一旦同外星生物生育后代，那么“人类”的定义将被彻底改变。莉莉斯就是欧安卡利人挑选来为两个物种之间的基因交换准备合适人选的“管理者”。对于这部分受她管理的人而言，莉莉斯更像一个母亲而不是领导者。作为一个非裔黑人女性，莉莉斯是被双重边缘化的主体。身为管理者的她，是这个人类族群中习惯了因自己被传统的性别及种族分化赋予优势地位的白人男性的眼中钉。而外星人选择她来进行管理恰恰是因为她作为一个黑人女性的立场及其同固有权力架构的关系。

艾兰娜和莉莉斯同掌控她们并要求她们绝对服从的权力所有者之间的关系都十分紧张。在《幸存者》中，艾兰娜被夹在意欲殖民外星星球的人类和由加尔科恩、塔克科恩这两个彼此敌对的部落组成的外星“土著”之间。她跟塔克科恩人蒂乌特的孩子是其同外星生物文化联盟达到顶点的标志，后来这个孩子在一场加尔科恩人同人类的武装冲突中丧生。艾兰娜的越界行为是殖民主义想象中最令殖民者不能接受的糟糕情况：殖民者被被殖民者同化。在“异种移植”系列中，其他人类都斥责莉莉斯“帮助”欧安卡利人奴役人类的行为。他们对莉莉斯想方设法在跨物种繁殖过程中保全人类的努力视而不见，只是一味地批评她根本就不该同外星人妥协甚或合作，认为她的做法是对人类的背叛。她们在同权力体系抗争过程中的杂合身份连同边界模糊的主体定位都是政治聚合局限性的反映。

巴特勒笔下的女性主体拒绝加入包裹着她们的男权架构之中，并常常制造出超越西方社会权力争斗域界的亲密关系。这种“对重构同一神圣样貌强制力的反抗”是“差异的他者化秩序”的表征（Haraway，378—379）。有着多样化表呈的他者从而成了主体性的标准——破碎的，非正常的，四分五裂的，既缺乏统一性也不是一个整体。艾兰娜把自己的孩子置于“同一性样貌”的对立面，并敢于改变“传教士”们自我标榜的“人类”的神圣样貌：“你知道蒂乌特和你都是男人，要不然我怎么能跟他生孩子呢？”（《幸存者》，41）艾兰娜的做法实际上是在激起殖民者的终极恐惧：混生，也就是血统的非纯净。作为种族、文化以及意识形态方面的越界性因素，混生动摇了差异存在的根基，使得权力掌控者和被掌控者之间的界限越来越模糊。与之类似，莉莉斯在“异种移植”系列中的后代，有着一半人类血统、一半欧安卡利人血统的乌力儿童从根本上改变了“人类”的内涵与定义。他们的存在破除了种类划分的自然化，从而基于这些种类划分之上的传统体系架构也变得摇摇欲坠。和《幸存者》不同，“异种移植”系列中惧怕在殖民者的强权之下自身主体性会遭到破坏的换成了被殖民的人类，因为对于殖民者欧安卡利人而言，“混生”正是他们基因工程的最终目标。

在传统认知体系中，人类与外星物种的后代是有着被标记身体的“怪物”，因为他们的存在，具身主体性需要被重新界定。这种被标记的状态其实就是边界经历的体现：一方面，这种经历在权力架构体系中毫无立足之地，而另一方面，又同拒不承认他者存在的权力体系密不可分。“怪物和‘证明’这个动词的关联绝不仅仅是具有相同的词根；事实上怪物可以预示。”（Haraway，378）巴特勒在作品中就将由权力决定的象征性和社会性标记展现出来。《家族》中达娜的白人祖先鲁弗斯在无情地鞭笞奴隶之前，自己就曾是一个饱受压迫的可怜人。由于父亲的惩罚而留在身上的道道疤痕让人们认为鲁弗斯是一个缺少自律、只可以和奴隶为伍的下等人：“比起那条鞭子，汤姆 · 韦林给他儿子的标记要多得多。”（《家族》，39）然而，鲁弗斯上述的主体定位在他发现一个白人男性在体系中应该拥有的位置的那一刻发生了彻底的改变：“他变坏了。他现在完全长大成人了，已经成为体系的一部分。他爸爸说了算的时候他还能顾及我们一些——那时候毕竟他不能为所欲为。但是现在，他可是无所顾忌的。”（223）巴特勒特别擅长通过被屈辱经历标记的女性身体的表呈来表现标记主体的定位这个主题。在杀死鲁弗斯后，通过时光旅行回到家乡的达娜失去了一条胳膊，身体的残疾代表着体系带给她身体的伤疤：她不是“完整地回来的”。这段时空旅行的经历夺走了她身体的一部分。

莉莉斯对将要附着在她孩子身上的标记感到害怕；这些标记会剥夺她的孩子们的人类经历，使其被边缘化，使他们成为他者：“‘他们怎么都不会成为人类’，她喃喃自语，‘他们只会成为一个物体，成为怪物’。”（《黎明》，246）最后，恰恰就是怪物得到了全新的开始：巴特勒用她作品中外星人和人类的杂种后代建构了哈拉维所谓的“差异的另一种秩序”（Haraway，379），其内容同由白人男性惯用的俄狄浦斯情结决定的秩序完全不同。这个差异秩序不以父亲的身份来定位，而这是长久以来传统科幻文学叙事架构的基点所在。这些象征着种族非纯净，起源、历史都缺乏，为预设好的社会秩序所不容的怪物孩子们重新界定了“人类”主体性的根基。

除了不采用传统的男权家庭式叙事方法，巴特勒还对人类印记和差异的接受，尤其是变形和身形转换表征的接受作了比对。“心理变色龙”艾兰娜和变形人安延舞，她们二人主体身份的核心都是变形。欧安卡利和人类的后代也通过基因交换具有了变形的能力：“你可以改变你自己的形体。之前我们只能通过繁衍后代完成的事，比如改变形态，回归到较为原始的形态，现在你自己就可以完成的。”（《幸存者》，72）这一杂糅性也表明混血主体是非纯洁抗争的代表。和赛博生物一样，女性混血主体表征着来自不止一个源头的意识，而这个源头不会被分割成碎片。

《撒种的寓言》是一部预警式文学作品：如果现有的政治体制及机构不思改变当下的方向路径，美国会面对怎样可怕的未来灾难？整部小说中，除了科幻小说这个文学门类的标记以及大众对于该子类作品天马行空的幻象的认知（误解）之外，没有其他任何的掩盖或伪装。以霍达 · 扎奇（Hoda Zaki）、皮特 · 斯蒂尔曼（Peter Stillman）和克莱尔 · 柯蒂斯为代表的评论家们对巴特勒作品中的乌托邦及去乌托邦特质进行了全面中肯的分析，并达成了这样一种共识：巴特勒的作品，无论是乌托邦式的想象还是去乌托邦式的描画，其目的都是要激励读者去思索今日的政治变革将给明天带来怎样的影响。《天才的寓言》的结尾处用交织着悲观和希望的复杂笔调勾勒出已经 81 岁高龄的劳伦 · 奥拉米娜注视着第一批供给飞船离开地球前往太空探索新的疆土的场景。《天才的寓言》是对成年劳伦一生遭遇和斗争经历以及美利坚帝国衰落过程的回顾。如果说《撒种的寓言》是对未来的预警，那么《天才的寓言》就是任何形式的乌托邦社会未来都很有可能出现的结果的体现。

研究巴特勒的学者们以及分析解读巴特勒极富辨识度的推理小说的文章和著作等基本上都持有一个相似的观点，即巴特勒的作品改变了科幻文学子类中性别及种族政治书写的传统（Govan，

14）。然而，虽然文学评论界已然意识到这一特质，但是却没有出现对这一变革重要性的量化研究。完全有理由认为，巴特勒填充了未来社会的颜色及文化复杂性。对于一个向来被认为是有白色和绿色作为主色调的文学子类而言，巴特勒用将有色人种设定为主人公、大反派以及幸存者的方式扩充了只有白人主角和绿色外星人的人类未来。

巴特勒本人及其作品的成功（荣获了难以计数的科幻文学奖项）在很大程度上改变了人们对于黑人女性作为科幻文学作家以及科幻文学主要人物的固化认知。诚然，巴特勒将性别问题置于其作品叙事架构核心位置的做法并非原创——在巴特勒之前的厄苏拉·勒瑰恩（《黑暗的左手》）、琼安·鲁斯（《女性化男人》）以及玛格丽特·阿特伍德（《使女的故事》，*The Handmaid's Tale*）等这一做法的先行者，其贡献不容磨灭——但是巴特勒对种族和性别的融合绝对应该被视为科幻文学子类中出现的明显的政治性变革。在当代非裔美国文学领域，巴特勒的影响力是不容置疑的。托尼·莫里森和艾莉丝·沃克尔并不是严格意义上的科幻文学作家，但是两人将种族和性别置于各自作品中叙事架构的突出位置的做法为巴特勒奠定了坚实的基础，他们二人作品的成功以及被认可也使得巴特勒的作品受到科幻文学出版商的青睐。尽管巴特勒本人多次公开表示许多科幻文学的先行者和奠基人对她自己关于这一子类的理解和认知产生了巨大的影响，但依然不可忽视的事实是，巴特勒的小说对在其之前作家及作品的分析解读的反作用，以及其后意欲探究科幻文学无限可能性的新时代非裔美国男性和女性作家的影响力都是巨大的。较有代表性的作家和作品包括塔娜娜莱芙·杜[①]（Tananarive Due）的小说《留住我的灵魂》（*My Soul to Keep*，1997）、《鲜血》（*The Living Blood*，2001）和《血色奴隶》（*Blood Colony*，2008）（专门致敬奥克塔维亚 · 巴特勒的作品），纳卢 · 霍普金森（Nalo Hopkinson）的《戒指上的棕色女孩》（*Brown Girl in the Ring*，1998）、《盐道》（*The Salt Roads*，2003）和《新月的手臂》（*The New Moon's Arm*，2007），以及著名的侦探小说作家沃尔特 · 莫斯里（Walter Mosley）的《蓝光》（*Blue Light*，1998）和《波浪》（*The Wave*，2006）等，这些都是仿照或遵循由巴特勒的作品所开创的非裔美国科幻文学写作范式的优秀作品。巴特勒在科幻小说中对于黑人女性身体的书写，是关于在背离传统的由白人男性主导的、由不同的诉求和权力关系组成的群体之间寻求提升和发展的政治文本。在有关影评家弗朗西斯 · 盖特沃德（Frances Gateward）的评述中，阿里 · 布洛克斯（Ali Brox）认为巴特勒的作品试图打破许多有关权力的统治性认知理念体系：

> 吸血鬼以及吸血鬼电影通常被认为难登大雅之堂，是“邪

---

① 塔娜娜莱芙 · 杜（Tananarive Due）是美国书卷奖得主和美国有色人种民权促进协会奖（NAACP Image Awards）获奖作家。

典影片”[①]，“它们拥有直接挑战正统美学作为根基的性别歧视、白人至上主义、厌女主义以及资本主义等认知理念的巨大潜力”。吸血鬼这个主体形象象征着对统治性意识形态理念的颠覆。（391）

综上所述，巴特勒的作品是政治文本的典型代表。关联分析考量“寓言”系列小说和巴特勒的收官之作《雏鸟》中包含的种族和性别政治以及去乌托邦元素的政治价值，是对其作品中黑人女性身体复杂建构进行量化研究的基础所在。像邵里·马修斯和劳伦·奥拉米娜这样的人物角色都是身处政治极不稳定的环境中的女性主体，二人处在要挑战白人男性主导的权力架构的位置之上。邵里一直生活在被暗杀的危险之中，而劳伦则必须应对一个式微软弱的政府和一个专制独裁的总统，两位黑人女性都是从千难万险的环境中生存下来的。巴特勒的作品表明，黑人女性的身体不但能够在去乌托邦的环境中生存下来，还能不断成长发展。邵里和劳伦通过身体变形、调整适应以及出众的领导能力的发挥等方式得以在充斥着暴力混乱的空间地域里成功生存的经历就是要求

---

① 邪典影片（Cult film/Cult Movie），又被称作“邪典电影”，是指某种在小圈子内被支持者喜爱及推崇的电影，指拍摄手法独特、题材诡异、剑走偏锋、风格异常、带有强烈的个人观点、富有争议性，通常是低成本制作，不以市场为主导的影片。这不是一个电影业内规范的类型片，而是欧美影迷划分的电影标签。最初是指代一部影片中出现元素混合、自成体系、亚文化的特征。最早的邪典影片是《洛基恐怖秀》，后来就有更多的电影被吸纳到这个标签之下，很多想象力奇绝的香港武侠片也会被贴上邪典影片的标签。

对有关黑人女性的身体政治进行重新审核评估的最有力证据。其实，按照巴特勒的描述，黑人女性的身体最适合于去乌托邦式的环境政治。从社会层级的角度来说，作为白人男性身体的完全对立性存在，或者至少是与白人男性身体丝毫搭不上关系的黑人女性的身体，就其本质而言却是能够激起基于种族和性别的优势政治体系最彻底变革的原动力。

虽然看上去同之前的“模式主义者”系列、“异种移植”系列和“寓言”系列小说相去甚远，然而《雏鸟》这部小说非常符合巴特勒对文本政治书写的一贯风格。戈万指出：

> 伊纳有着十分与众不同的家族结构；那是一种法律体系架构；他们有独特的处事和行为规范，令人拍案叫绝的争议解决模式，该方式的不断演进便能够确保以一种同他们的传统相符的关怀备至的、执法公正的、深思熟虑的方式来解决家族之间重大的意见分歧或潜在的争端。(43)

小说的主人公邵里 · 马修斯的经历表明，即便是作为外来物种的吸血鬼都难以摆脱种族和性别政治的影响。作为《雏鸟》一书叙事架构发动机的冲突就是种族歧视。邵里皮肤中的黑色素成了吸血鬼精英阶层中各家族成员争执不休、互不相让的根源，并因此形成了不同的政治派别。虽然邵里皮肤中的黑色素使其能够在日光照射中存活，但是这却是对伊纳 / 吸血鬼整个族群血统纯洁度的威胁，并且危及了种族的进化。邵里之所以会成为伊纳这个乌托邦社会的威胁，不仅因为她半人半吸血鬼，还因为她有着因种族差异而变得复杂异常的人类身份。

邵里的黑皮肤扰乱了伊纳人高挑瘦削、面容苍白的集体同质性。邵里在小说中所面临的窘境有力地表明，种族和种族主义的社会建构甚至具有能够在吸血鬼这个非人类物种里存在和不断进化演变的能力。伊纳人也有着自己的社会层级，尽管吸血鬼作为一个群体有着十分明显的标识，然而还是有一些伊纳人会因为种族纯正的非理性要求而沦为族群的牺牲品。邵里是一项基因实验的产物，该项实验的目的是要通过改变只能在夜间活动的存在特性来整体提升伊纳人的生存质量。邵里皮肤里的黑色素对于那些被称为黑夜人质的伊纳人而言就是不受时间约束的生存状态的相对表征。如借用柏拉图的意象学说以及沃卓斯基兄弟擅长通过镜头而呈现的意象，那么邵里就是可以带领伊纳人寻找新世界之光的"那个人"。同大多数巴特勒的其他作品一样，《雏鸟》里的真理要毫不例外地能够表征一系列的改变，需要那些直接能够感受到真理之光的人的灵活能动以及想象力才能洞悉其真谛。"教育的目的不是将光明放进盲人的眼中；而是要让人们的灵魂能够追索光明，让灵魂去发现真理的存在。"（Lawrence，4）换言之，邵里在小说中的任务不是试图说服伊纳人的长老们相信不再害怕日光是一件多么好的事情。她要去面对的最大障碍是要让那些有着传统保守思维的老吸血鬼相信，日光免疫带来的改变并不会必然导致他们个体身体以及政治理念的消亡。巴特勒在自己的作品中经常探究并追问：为了生存人类会愿意牺牲自己人性的哪一部分？在《雏鸟》中，伊纳人面临着同样的问题。

伊纳人中流传着这样一种说法，即他们是被一位女神派遣到地球上的，他们的这位造物主希望他们在这里变得强大无敌、智慧无边，再通过能够找到返回她身边的路径来证实他们的能力（《雏鸟》，193）。也许正是这个传说中关于智慧和强大的部分暗中激励着伊纳人要不再惧怕阳光、要打破种族纯正或其他关乎同质性以及乌托邦的社会建构固限的愿望。事实上，异质性和混血自古以来都是同任何一个种族要延续要生存的基本愿望密切相关的。

作为伊纳人的一个分支，马修斯家族在其延续的过程中具备了通过白人族群成员来养育出黑人后代的本领。这种技能只有可能是先进的外星科技的产物，因其违背了显性遗传和隐性遗传的属类法则。综合了多罗的基因实验（《野种》）和欧安卡利人的遗传特性（《黎明》），一个伊纳人的科学家小组提出了将人类 DNA 同伊纳人 DNA 结合的混血模型。这项硬核科学实验并不会给人留下太多想象空间，毕竟一旦人类和伊纳人在繁衍生殖方面做到共生共享，其最终目标自然是改变伊纳人原先苍白无血的肤色，使之暗沉。于是，邵里暗深的肤色及其生殖生育能力最终有可能造成伊纳人的变异和整个物种的更长时间延续。在这里，巴特勒意欲凸显的是，作为杂糅性主体的邵里，其对于人类和伊纳人的无上价值恰恰表明，黑人女性的身体要比其他人类和伊纳人的身体更有价值。邵里的黑人女性身体比小说里任何一个白人男性的苍白身躯都要强壮，适应能力都要强。邵里应该享有相应权力和尊重的原因是她拥有在超越伊纳男性身体行动范围域界的空间里自如移动的能力，而不是因为这种能力背离了伊纳人的同质性和乌托邦构想而与众不同。

反对乌托邦主义的代表人物以赛亚·柏林[①]（Isaiah Berlin）提出，乌托邦总是持有某种僵化不变的关于人类本性的看法，他们此举的目的就是要让人们接受某一特定的价值观体系或者放之四海而皆准的理念架构（Curtis，149）。然而，人类的本性却是反普适性理念之道而行之，因此对理想社会的希冀就会导致对那些不接受被预设为普适性价值观念的个体的暴力压制行为。“寓言”系列小说和《雏鸟》以及巴特勒的大部分作品都真实反映了上述社会现实。“政治”一词之所以会应运而生，就是因为任何建立具有普适性价值理念体系的要求都不可缺少用来平息暴力行为的协商沟通过程。在巴特勒的作品中，政治就是用来解决社会内部矛盾问题的理想化进程。“土地种子”社群内就有很多有待借助构建社会秩序的方式解决的问题。而《雏鸟》一书中，正是因为伊纳人

---

① 以赛亚·柏林（Isaiah Berlin，1909—1997），英国哲学家、观念史学家和政治理论家，也是20世纪最杰出的自由思想家之一，以赛亚·伯林主要是因为对政治和道德理论的贡献而闻名的。首先，他在消极的和积极的自由之间作出了著名的区分，并主张对于可能的误用，消极概念是更为安全的一个。其次，他将价值多元主义观念作为伦理学中的中间立场，确立于一元论和相对论之间，并对于道德生活提出了一种独特的描述。两种观点的结合导致了自由思想中一个新的学说自由多元主义（Liberal Pluralism）的建立。

的马修斯家族和斯尔克家族对于其家族成员该遵循何种方式解决问题争执不下，才导致了暴力行为的发生。

伊纳人保守的政治观念同理性思维是格格不入的，故而邵里被迫通过暴力的自我防御来证明自己。伊纳人对于邵里的杂糅会导致族群肤色和文化组成架构的改变的惧怕，威胁到了伊纳长老们视为等同于社会稳定和秩序的伊纳美学。巴特勒以仿吸血鬼叙事的方式批判了将性 / 别政治同文化美学以及宇宙学相关联的做法，巴特勒作品中吸血鬼作为主体形象建构的内涵也远不止性的暗指那么简单。

杰维尔 · 戈麦斯（Jewelle Gomez）的《吉尔达故事集》（*The Gilda Stories*，1991）可以被当作巴特勒笔下邵里这个人物的创作来源之一。对于戈麦斯笔下的吸血鬼而言，喝人血是激情四射的欲望之举，但最终要的是同人类之间的一个“公平的交换”（Gomez，25；Johnson，72）。虽说人类同吸血鬼之间的共生共存关系在戈麦斯和巴特勒的作品中都是叙事架构的基点所在，然而两者的区别也十分明显，巴特勒的小说不像戈麦斯的作品那样，整个叙事都是围绕吸血鬼而展开的。“吉尔达及其族群成员同人类之间的血液‘交换’就是一种特定形式的爱欲式经济：双方都必须得到满足，而且双方之间并不存在买卖关系”（Johnson，73），而邵里的饮血行为则具有更多的特殊含义。邵里同人类之间无疑存在着共生关系，然而这种关系因虽没有铭刻在其上的历史却有着长达半个世纪之久的青春期的肤色沉暗的身体而变得异常复杂。“《维鸟》一书同吸血鬼叙事传统范式相背离之处在于其并不是依托恐怖、超自然现象或哥特式描画来烘托气氛、达到效果。”（Govan，40）巴特勒的作品对传统吸血鬼叙事的拒斥体现最为明显的，就是其对种族、性、性别政治以及对理想化空间的建构及解构等方面的突出关注。“巴特勒用她自己惯用的方式建构出一个可信的、完整的社群，其中的个体成员都受到我们人类共有的人性特质的原动力驱使，这便是爱、恨、恐惧、家庭、饥饿、傲慢与偏见。”（Govan，42）正因为如此，巴特勒凭借自己的实力让邵里的故事不但真实可信，还从一众关于吸血鬼的文学作品以及影视作品中脱颖而出、卓尔不群。娜塔莎·罗德斯（Natasha Rhodes）的《刀锋战士》（*Blade Trinity*）、格雷格·考克斯（Greg Cox）的《黑夜传说》（*Underworld Evolution*）都是当代吸血鬼叙事中力图表现家庭、爱、恨以及人类主体建构的典型代表，只不过在作为推理小说或乌托邦小说的可信度方面甚为欠缺。

确切地说，巴特勒的小说并非乌托邦式的，而是去乌托邦式的；其叙事目的也绝非追求完美和同质化，而是要着力对暴力和差异进行协商。然而实际上，“去乌托邦引领我们的方向路径同乌托邦是一样的，即便是没有指明我们应该选择什么方向，也至少明确告诉了我们若是选择其他的方向则必将面临的危险是什么”（Curtis，153）。如果将巴特勒的作品归为“现实主义乌托邦”叙事，那么其能够在社会秩序中形成或定位平衡的能力则是巴特勒作品政治价值的有力佐证。从“寓言”系列小说和《雏鸟》中都可以看出，人类和伊纳人都不会只接受某一种理念。故而，在不完美的混杂状态中找到能够促成妥协的点，则既是标定巴特勒作品符合人类本性描画的特质，也是其背离传统叙事范式准则的标记。“上帝就是变化”这一魔咒般的观念给个体认知留下的空间比任何本质主义视角都要宽广（155）。马修斯家族通过基因进化生育了邵里的做法或许并不能够解决其他伊纳家族的问题，然而其存在本身无疑为伊纳人连同人类提供一个对双方都有益处的行之有效的变革创造了无限可能。

《雏鸟》中所体现的身体政治复杂而又有趣。邵里的身体有着难以想象的复杂性，因为关于她身体的论述是十分折中的。邵里有着青春气息逼人的“让成年人垂涎欲滴禁不住犯罪”（《雏鸟》，18）的身体，但事实上她已是53岁高龄的“青少年”。她确定无疑是一个非裔美国人，而她对人血的渴望又毫无疑义地表明她是一个吸血鬼。邵里具备吸血鬼的许多特异功能，其中一个便是可以吞噬人类或大型动物的身体和鲜血来让自己受到损害的身体恢复正常。这一功能的重要之处便是其表明了围绕邵里身体的叙事中，其伤疤和遭遇的损伤都是暂时的。邵里在故事的一开始就被置于暴力和死亡的包裹之中：

> 我停下来审视自己。我的皮肤上伤痕累累，在我能看到的地方都已被触目惊心的伤疤所覆盖。这些伤疤都是大面积的褶皱皮肤，斑驳之中透着发亮的棕红色。我真想知道自己看起来

是什么模样。我摸了摸自己的头，发现头顶上几乎没有头发。我的头和我身体的其他部位一样，都处在愈创阶段。（10）

邵里身体上最有意思的在于它没有任何关于自己的记忆，所有被镌刻在其上的东西都被擦除了，只剩下种族差异标记，而这一标记只有在他的身体被置于有差异的环境中才有意义，也就是当她面对自己极度苍白、高挑瘦削的吸血鬼亲族时。邵里的身体在很大程度上要依赖超越了种族、性 / 别以及物种等传统域界的家族血缘纽带。这具看起来尚未成熟而且没有过去丝毫印记的身体能够如此年轻，恰恰是因为其所有者只有 53 岁。她的父亲告诉她，她可以同自己的共生主体有亲密接触，但是她的身体对于繁育后代来说还太过年轻，尚未发育成熟。目前，由于她的器官还未成熟、自己本身也不够强壮，因此还怀不上孩子（86）。邵里在伊纳家族里的母亲们都超过 350 岁了，也就意味着 53 岁的她还有很长很长的生命之路。

除了生存时间要远远超过人类之外，伊纳人在性别的界定方面也与人类大有不同。伊纳人的家庭架构是靠性别来区分的。伊纳女性同伊纳男性的生活区域是分开的。邵里跟她的女性家族成员住在一起，而她的哥哥斯蒂凡同他的父亲伊奥西夫一起生活。邵里家族里除她之外的所有女性成员的灭亡让她成了唯一有资格成为女性族长的人。同许多以女性为主的叙事文本一样，邵里的家族纽带遇到极大危险并一度被割断，但是很快又借助于族群的支持和奉献而得以重建。邵里能够重建自己的家族并克服艰难险阻生存下来，最主要原因就是她是黑人，是女性。邵里能够感知并在日光下自主活动的能力，再加上她非人类的超级速度和力量，屡次救她和她的共生主体于危难之中。在小说中，巴特勒让邵里的身体成为伊纳人的可见之物，保证她的身体不会被边缘化且在权力掌控和灵活改变方面的巨大潜力不会受到削弱，正是通过性别和种族这两个用来标定主体身份的惯常维度开启了邵里身体的政治化进程。通过将邵里刻画成不容易被操控或抹除的某种存在性力量，巴特勒意在证实，黑人女性的身体可以是也应该被看作政治权力的源头所在。

## 差异化政治：差异与权力架构

《撒种的寓言》一书以 18 岁的劳伦 · 奥拉米娜和她 57 岁的丈夫泰勒 · 班科尔安葬了他们的亲朋好友并给他们世代居住的大山命名为“橡子”而结束。橡子是一粒从一棵粗壮健康的大树上掉落的种子，日后会长成更加枝繁叶茂的参天大树。这个名叫橡子的族群部落就是一种希望的象征，劳伦希望他们的族群有一天会像昔日的美利坚合众国那样繁荣强大，“虽变了样貌，但还是昔日的自己”（《撒种的寓言》，298）。

> 《撒种的寓言》试图在那个乌托邦已被认为是天方夜谭的时代里重构、更新人们头脑中的乌托邦的意象。这部小说将弗雷德里克·詹姆森称为特性十足的后现代主义似乎自相矛盾的美学勾勒出来:“在乌托邦终结之后的乌托邦主义”的浩大工程（154）。

《天才的寓言》是劳伦的女儿艾莎·韦瑞（也就是拉尔金）对自己母亲回忆的重述。其时，天主教的原教旨主义者在来自得克萨斯州一位重生的政客的帮助下取得了政府的掌控权。天主教美国教会的领袖贾雷特当上了美国总统，他“热衷于通过在别的国家进行扩张甚至是发动战争来鼓动国民，实现国内的和平，对环境问题置之不理，用对宗教组织的鼓励扶持来作为资助穷人的主要手段，为了推行自己的治国理念和相关政策而容忍天主教会团体的任何行为，即便是他们触犯了法律”（Stillman，16）。为了重建天主教的道德价值观念体系，贾雷特提倡并亲自参与到对包括巫师、被怀疑是妓女的女性、毒贩和酒鬼等人的焚烧活动中（《天才的寓言》，354）。这便是一个男人的理想之国如何成为一个女人的地狱的绝佳例证。

> 《撒种的寓言》和《天才的寓言》两部小说都深刻地反映了去乌托邦的美国社会中腐朽落败的政府或者强权专制的宗教原教旨主义。与此同时，两者也蕴藏着构建乌托邦社会的巨大潜

> 能。尽管劳伦·奥拉米娜希望并满心期待成功，但她也很清楚地知道“土地种子”前往其他星系的道路崎岖坎坷、险象丛生（《天才的寓言》，405）；巴特勒用掷地有声却充满同情的笔触描写了韦瑞对于奥拉米娜作为族群领袖的种种质疑及其对橡子部落的接受和支持。巴特勒虽然没有在作品中给出一个明确的乌托邦方案，却明白无误地表述了许多乌托邦式的可能性：无论是为了橡子部落还是为了“土地种子”，抑或是两者兼而有之，人类都在相互协作、共同努力的过程中改变他们自己和他们的世界。（Stillman，32）

斯蒂尔曼有关巴特勒在自己去乌托邦式的作品中提供了若干乌托邦可能性的评判表明，在巴特勒的作品中，黑人女性的身体更具备探究模糊语境的复杂政治的能力。橡子部落和《土地种子：生存要义》作为解决问题的方案，本身都是灵活可变的，而且最起码具有本质上的普适性或者“现实主义的乌托邦”特性。相比之下，贾雷特的天主教原教旨主义路径就要刻板僵化很多，因其建立在神明必将永恒不变的理念基础之上。

诚然，在“寓言”系列小说中最为明显激烈的斗争就发生在天主教一成不变的上帝以及劳伦不断变化的上帝两种宗教信仰体系之间。这一斗争是贯穿全书的冲突的表征——是乌托邦同混杂繁乱之间的斗争。来自“土地种子”的一个寓言力求证明，虽然混乱局面是危险的，但与此同时它也是可被改变的，是可控的。

混乱
是上帝最危险的脸庞——
难以描摹、变幻无穷、充满饥渴。
混乱的样子——
就是上帝的模样。
唯有行动。
变换“改变”的速度
或者它的方向。
将“改变”的能量源重新聚集起来。
牵引“改变”带来的影响。
抓住“改变”
利用它。
适应并成长。(《天才的寓言》, 26)

以上这段寓言表明，混乱有可能存在于现实主义乌托邦之中。对于一个愿意利用变革的社会而言，无序和毁灭都可以被转化成有利的局面。若能摆脱绝对化的好坏二元对立的狭隘视角来考量变革的起因和结果，就有可能带来有价值的结果。书中的寓言就假设，以上帝之名呈现的混乱局面是一个可以通过小心仔细地沟通协商、精心准备而引导、控制的社会性建构。同样，书中的寓言还通过一种在本质上也是意识形态层面的心理学政治路径破解了一贯被加载在混乱之上的毁灭性内涵，使之去神秘化。邵里和劳伦都是因自己的黑人女性身体而成为有利于变革的上好良机的表征。

艾莎·韦瑞承认政治在其母亲一生中发挥了重要的作用，政治和政治家对于其母亲和橡子部落的形象也有着不可忽视的影响。

> 政治和战争同等重要。科学和技术同样很重要。以吸毒为时尚的犯罪行为以及种族、民族、宗教和阶级宽容方面的引领行为都很重要。她的确看到了这些风尚的重要性，通过特定的渠道——那些因现实、情感甚至生理等而出于自愿或不情愿的种种行为。我们人类通常会觉得能够俯视别人是能让人获得成就感的事情——而这些被俯视的人都生活在各自群体的最底层，非常容易被人欺负甚至奴役，他们有可能被构陷成所有麻烦的制造者、任何问题的缘由……我的母亲一直都很关注这种情形，并且经常跟我们提起。有时她还把自己的所见所闻所思所想写进“土地种子”的唱诗里。(77)

和所有的宗教文本一样，“土地种子”教会中的所有唱诗颂词都有着浓重的政治色彩。国家政体和教会之间的边界一直都是模糊不清的，因为绝大多数的人类社会存在的根基便是现实和理想的不断斗争。作为一种社会性建构，宗教通过解答日常生活中那些难以回答甚至没法回答的问题来帮助维系某种社会秩序的存续。

上述那些答案就构成了这个社会神秘学、事实真相以及历史的基础。在同她的兄弟马尔克斯的对话中，劳伦将“土地种子”定义为某种“真相和真理的集合”（117），而且这些真理并不一定必须是完整的或者绝对的。正因其并非绝对意义上的真相、真理，才会有“天主教思维”对“土地种子”的批判，认为劳伦对事物的洞察认知是有瑕疵的，是危险的。绝对性法则或者普适性真理的缺失恰恰是难以确定边界的模糊空间、尚未有答案的问题以及混乱等存在的明证，与此同时这也恰好是天主教认定为原罪并要与之斗争的。

尽管宗教及与之关联的政治议题是串联起全书叙事架构的主要线索，性/别政治也是《天才的寓言》要着力探究的主要内容。自劳伦的父亲在《撒种的寓言》一书中消失以后，劳伦一直都是整个族群的女性家长。从她正式的头衔“塑造者”就能够看出劳伦在橡子部落中发挥着怎样的引领决定作用。劳伦的家族同女性主义奴隶叙事或莫如村庄的历史记述中所描画的奴隶家族很是相似。

> 我们部落族群中的很多成员当初是独身一人或带着很小的孩子过来投奔我们的，因此我能为他们做的最好的事情就是建立起能够容纳超越通常意义上的教父母与教子女之间关系的族群家庭纽带。（65）

她的丈夫以及橡子部落的其他成员都称呼她为劳伦或奥拉米

娜（用她父亲的姓氏做称呼）（122），彰显出一个由女性主导的家族意味着什么。和绝大多数传统的女性主义奴隶叙事中的家族一样，劳伦的家族通过族群纽带和自我奉献的方式来逃脱压迫。对于群体的受压迫问题而言，并不存在个体层面上的解决方案。他们不是一个又一个的弗雷德里克·道格拉斯，以个体出逃的方式挣脱奴隶制的枷锁，却把自己的骨肉至亲和爱人留在苦痛的深渊。用劳伦的话说就是："我们早已习惯于彼此依赖、相互支撑。"（65）马尔克斯一直怀疑橡子部落是班科尔的——"这是班科尔的地盘，是他把你（劳伦）俘虏了"（116）。劳伦却底气十足地告诉自己的弟弟"这是属于我们的土地，我是这片土地的创造者。我为生活在这片土地上的人们创建了信仰体系，帮助他们认识这个世界的本来模样，以及这个世界未来会变成什么样子……"（116）。虽然劳伦拥有和男人一样的权力外表及内涵，但是她的领导风格从本质而言还是女性十足的。由于她的黑人女性身体及杂糅特性，劳伦毫无争议地成为橡子部落最为理想的领导者。

劳伦的身体还会处于某种特殊的状态，那便是超级共情。这一状态能够让她很好地感知并感受其他身体的痛苦和欢乐。

> 能够活下来的那些共情者学会了接受痛苦并保持沉默。我们像保守秘密那般小心翼翼地将我们的脆弱之处隐藏起来。很多时候我们能够做到不采取任何行动或者丝毫不表现出来。有些人认为共情共享是一种超能力或者权力的象征——是人人都

想拥有的，我对此感到十分费解。(37)

尽管劳伦并不以自己的超级共情能力为荣，但这种超能力的确让她拥有了很多优势。毕竟作为一个共情者，劳伦可以读懂镌刻在别人身体上的经历和感受，这是其他所有人不具备的能力。当然，这种超能力也可能会让劳伦置身于很多不利局面之中，但是这并不能改变她很强大这个事实。能够读懂镌刻在身体之上的语言的能力指代的就是一种超越文字和语言之外的沟通模式。劳伦从一个奴隶贩子手中救下马尔克斯就是一个很好的例证。

> ……库格尔的确想要摆脱马尔克斯。他嘴上的说辞明显同他的身体话语不符。我觉得身为一个共情者，我对人们的身体话语非常敏感。在绝大多数情况下，这并不是一件什么好事。它迫使我去感知感受那些我不愿意感受的东西。精神病患者和经验老到的演员们都会给我造成很多的麻烦。但是这次，我敏感的感知帮助了我。(96)

马尔克斯能够成功地从危险中脱身完全是得益于他姐姐的超级共情能力。尽管有着男性的主体身份，马尔克斯的男性身体也是直到劳伦施以援手才摆脱了危险的困境。在把马尔克斯安全地带回橡子部落之后，劳伦表示："他还真的是我见过的人里面最好看的之一。"(99)班科尔听了之后，颇为不满地回应："我想知道的是，他好看的相貌是救了他呢还是害了他呢？”（99）将男性身体置于通常都是女性身体会陷入的危险境地之中，巴特勒以此展开对性别身份建构的相关问题的探究。正是由于马尔克斯有着一副令人着迷的完美身体，他的性别则变得无关紧要甚至为人所忽视了。在《天才的寓言》中那些混乱的情形里，马尔克斯的男性身体被极大地削弱，沦为被虐待毒打的对象，被迫成为肉体出卖者和性暴力行为侵犯的对象。马尔克斯的遭遇有力地证明了，性别并不是身体获得安全以及被重视的保证。马尔克斯曾向劳伦述说自己的悲惨经历：

> 他们并不是毒打我，对我施暴之后把我放了。他们是把我关起来，这样他们就能不断地、一次又一次地糟蹋我。等他们玩够了、玩腻了，就把我卖给拉皮条的。（119）

正因为马尔克斯经历过如此非人的待遇，他才会在接触了“土地种子”这样的政治理念之后感到惊恐无比。马尔克斯认为自己的遭遇是由混乱局面导致的。按照马尔克斯的理解，混乱是一种没有绝对法则的生活体系，十分强大，不容改变。种族、阶级、性/别身份在混乱环境中毫无意义可言。在劳伦看来，最幸运的莫过于“土地种子”提倡这样一种理念：在混乱波动中求生存以及打破身份边界的束缚，都要依靠那些投身于政治斗争的人或人们的力量和远见卓识。

## 性和混乱的政治

巴特勒对性欲和性别身份的书写构建的叙事架构，其主要关注点便是针对“性”在非裔美国文学想象体系中是如何被加以预设而展开的深刻拷问和重建。更确切地说，巴特勒的作品颠覆了始自维多利亚主义的西方文化和媒介对于“性”的符合社会礼教的建构。上述作品试图解构性作为一种行为以及性作为一个名词或身体的一个部分（从解剖学角度）时，所谓的可接受和禁忌背后的罗格斯。同性恋、异性恋、双性恋、跨物种杂交乃至乱伦都属于正常现象，在将身体作为超越性和肉体的存在进行界定的过程中上述情形都是不可或缺的内在有机成分。

科幻文学的书写特质使得通过对语言的运用和想象力的发挥，用全新的方式来思考欲望的对象以及渴望这一对象的主体及其身份成为可能。在巴特勒的早期作品《模式之王》中，女主角安博是一个双性恋者。双性恋是挑战二元性别架构的一种比较传统保守的方式。“当我遇到一个吸引我的女性时，我就选择做女性；同理，当我遇到一个吸引我的男性时，我就选择做男性。”（133）在《天才的寓言》一书中，安博就对女性产生了难以遏制的欲望。与之不同的是，由于自身身体的多变性，安延舞和多罗雌雄同体的社会性别特质被酷儿化，并使得以同性或异性取向以及双性取向来界定性欲及相关行为的做法不具可行性。

经典精神分析理论通常认为性欲源于主体及其欲望对象的身

体，性欲同社会性别之间只有偶然性关联。“正常”的性欲就是异性间的情欲：一个男人希望同一个女人有肢体上的亲密接触。然而弗洛伊德早年就通过区分“性对象”和“性目的”来质疑这种偶然性关联。尽管弗洛伊德将对象选择和性行为的某些特定变体归结为“精神失常”和“性变态”，然而其将性对象和性目的分而视之的做法还是推动了由根深蒂固的对象选择是性欲的决定性因素的观点朝性欲是一系列令人愉悦的性行为的酷儿理念的转向。该理念将“性变态”视为从规制身份中的挣脱和解放。对性/性别/性欲间非稳固关联的性别酷儿解读能使我们挣脱所谓“正常”和“异常”性欲的固限。也就是说，决定主体身份的并不是欲望对象的性/别，而是主体性快感的目的。正如朱迪斯·巴特勒在《模仿与性别抵抗》（“Imitation and Gender Subordination”）中所论及的：

> 有必要明晰性欲常常逾越任何给定的行为假设的域界，……这就是为什么根本无法从任一给定的性别呈现中推导或分辨某种性欲。在生理性别、社会性别、性别呈现、性行为、幻想、性欲之间并没有直接的表述性或偶然性关联。上述说法中没有哪一个足以界定其他所有称谓。性欲恰就是由那些根本不可视或在某种程度上从未出现过的成分构成的。(25)

跨性别主义学者迪恩 · 斯佩德（Dean Spade）认同对基于主体

及其对象选择的性/别属类的固化性欲界定的质疑，他的研究支持性别酷儿理论试图将性别表演从被归化的，同性欲之间的关联中解构出来的做法。他反对用异性间情欲和同性间情欲来界定人类的性欲属类，而是选择一个适用于直男/女和男/女同志的界定方式，表明欲望的复杂性，主张对性欲的性别酷儿解读：

> 我所希冀的是用精准、详致、激励并新颖的语言去不断地重新镌刻、重新辨识身体和性经历，而不是用简而化之的说法来禁绝关于我们都是如何吸引力非凡的争论。性本位的属类及其同性别身份的关系不足以用来描画欲望，更与主体的社会身份构建无关，最重要的是，无法规限欲望。由此，生理性别、社会性别和性欲之间以及性主体、性对象、性目的之间的稳固关联不复存在。（13）

《野种》一书中的安延舞跟男人和女人都保持着两性间关系，这一双性取向的定位是在传统种族权力架构和欲望语境中被建构的极端身份。在奴隶制时代的美国，安延舞化身成一个白人男性，娶了一位白人妇女做妻子，并拥有一座位于美国南方的种植园。在其白人男性的外表以及这个外表所赋予的社会地位的保护下，她可以放心大胆地把“家人”，即其他黑人以及多罗育殖计划的后代子孙都聚集在自己的庄园里。她以男人的身体同她的妻子进行两性间的亲密接触，还跟她生了很多孩子。两个女人以彼此认可的社会性别互相关爱。

此处，奥克塔维亚·巴特勒是通过安延舞来质疑并挑战基于种族和社会性别的权力架构的。一方面，社会性别受到权力话语的制约（安延舞化身为一个白人男性来保护自己的家人），另一方面，欲望使得两位女性跨越异性恋和种族规制的羁绊走到一起（一位白人女性和一位黑人女性相爱）。当多罗问安延舞为什么娶那个白人妇女的时候，安延舞回答："因为我相信她……在一起的时间长了，我们都非常渴望彼此。"（218）两人之间的欲望超越了性欲的传统域界。

通过这两个主体的建构，巴特勒将身体由欲望建构并根据彼此不同、不断变化的性欲望和社会性别而改变的想法付诸实践。性欲望和需求决定着巴特勒书中主体身体形态的变化，表明了不同的性对象而不是特定的形体或任何形式稳固、预设的生理、性别身份在主体性欲望产生过程中发挥本质作用。与强制异性恋语境相悖的是，性客体的性 / 别根本无法决定主体的性欲，因为根本就不存在一个稳固的主体的性 / 别模式。

芭芭拉·克里斯蒂安、黛博拉·麦克道尔、黑兹尔·卡尔比以及其他研究黑人女性文学的学者都认为，当代的非裔美国女性作家大都遵循着通过黑人斗争来呈现反抗以及关联外部认知的自我的书写传统（《黑人女性启蒙运动》）；巴勒特则是利用科幻文学的表现手法将该传统发扬光大。事实上，塞缪尔·德拉尼（科幻文学界最负盛名的非裔美国男性作家）曾明确表示"科幻文学是可以被用来挑战传统的主体呈现方式最适合、最理想的文学类别”（Helford，259）。由于巴特勒是在科幻文学这个以大量使用暗喻指代而著称的文学子类中对自我身份进行呈现的，这就使得她的作品能够跨越传统的哲学和流行文化领域中的修辞障碍和鸿沟，消融理论文本和文学文本之间的边界。

科幻文学最引人入胜的地方就是其主体：他者——外星世界和梦境空间，源自无意识状态的原始素材既是这类作品最大的卖点，也是保证这一子类得以延续的关键。被冠以“科幻小说”名目的书籍和满是特效制作和饱含想象力服饰装扮的影视作品，在处理有关边界跨越、建构、解构、身份边界等敏感甚至被其他类型作品视为禁忌的内容时，要轻松容易得多。然而，在理论以及实际操作方面，上述情形却并没有预想的那般良好。若要探讨“他者”，那么就不能不涉及自我。比如，研究奴隶叙事和他者/非裔美国文学的学者们一直以来都十分关注非裔美国人群体以及整体美国文化中关于“自我”的种种意象。巴特勒的“寓言”系列和小说《雏鸟》中呈现的混乱及性政治都表明，美国人的身份以及美国人的意象都处在一直不断的改变过程中。虽然其作品不是乌托邦式的，但巴特勒本人绝对是一位乌托邦思想家。过去被视为标准的用有限边界和毁灭性历史及未来作为身体标记的做法被巴特勒证实是不可接受的。巴特勒的作品大力提倡接受模糊性和差异才是谋求生存的必要前提的理念。

巴特勒对人类/非人类区分的表现手法同以往的科幻小说不

同，不仅如此，她还打破了传统科幻小说热衷于强调的边界划分。在她的作品中，权力位置发生了转换，他者成为规范，成为发号施令者，足以掌控他人。通过将“我们”置于“他者”的范围之内，巴特勒从根本上弱化了分而治之的意识形态，印证了汉德尔森关于在主体的内部，自我的一些方面同“他者化”的另一些方面对话的理论主张，“他者就在我们之间”。

巴特勒将人类想要掌控他者的本能欲望置于一个令人颇感不适的生物学框架之内。在“异种移植”系列中，欧安卡利人发现人类智慧非凡，并崇尚等级划分，这两者的结合是致命的，因此导致了几乎摧毁整个地球的核战争。也就是说，人类的基因构成注定了人类难逃自我毁灭的结局。在巴特勒的笔下，整个人类及其栖息地的灭亡并不是某个历史进程，比如冷战，而是一种不可逃脱的宿命。因此，当欧安卡利人打算建造一个水星殖民地让人类在没有外星种族的情况下繁殖后代时不无担忧地表示：“你给予他们（人类）用来创造一种文明的工具，势必被他们用来毁坏这一文明，就好比万有引力势必将他们的新世界拉到以太阳为中心的轨道上一样。”（《克雷方舟》，145）这种肯定是欧安卡利式的肯定，因为欧安卡利人深入了解了人类的基因，熟悉人类的行为。他们似乎在暗示人类生来就有的暴力本性。伴随着人类的进化而来的“人类矛盾”认为按等级划分的行为（包括差异）比智商更为重要，其结果就是对差异的零容忍，甚至会诉诸暴力。巴特勒在《黎明》中着力刻画了这种暴力倾向：当莉莉斯把处于窒息性睡眠的人类同伴唤醒，让他们准备好同外星物种共同生活时，被她唤醒的人都对莉莉斯充满了敌意。后来，当她的人类同伴知道莉莉斯同外星物种欧安卡利这个“他者”有过接触，她的身体结构也发生了改变之后，更是视莉莉斯为死敌。莉莉斯同其同伴的这场冲突就是一个预设的结局。其实早在莉莉斯唤醒这些人类同伴之前，她就料想到了会有暴力行为的发生，为避免自己受到性侵害，要做好斗争的准备。意识到差异已经无法被遏制后的恐惧压制住了所有的理智：“我们很紧张。我们不知道要发生什么。我们很害怕。你无法体会我们的感受，因为你与我们不同。没有人知道到底有多不同。”（《黎明》，214）

“模式主义者”和“异种移植”系列小说描写的未来社会都是去乌托邦式的，冰冷而现实，人际关系尤为如此。模式主义者的心灵感应能力是遗传的，与生俱来的，就像《幸存者》中科恩族人能变色的皮毛那样决定着他们的社会地位。塔克科恩族的蒂乌特在《幸存者》中曾说：“对蓝色的尊崇是我们生而有之的，没有谁想过为什么，对蓝色不敬是不可能发生的。”（109）这些源自基因的标记形成了规定人际关系和社会秩序的属类。正如西方文化体系中的性别和种族，这些基因标记就是作为层级结构的基础的差异的表征。在外星种族的世界里有着和人类一样的歧视以及奴役。由于差异是同价值观和功能密切相连的，因此种族主义和性别歧视在不同语境中的表现形式也会相应地发生转换，但其本质并没有改变。巴特勒对外星物种族群与人类相似的社会架构的描写就是要表明，差异的根源并非差异本身，而是因由标记而来的属类划分。她明确否定差异是与生俱来的自然过程，强调主体对待差异的方式才是形成自我与他者二元对立的根源。

在面对差异时，巴特勒笔下的外星物种同人类的恐惧和拒斥不同，他们大部分都能正确地对待差异，不会拒人类于千里之外，而是尝试同人类——这个对于他们而言是“未知”的物种和解、共存。《血孩子》中，特里克人跟小男孩说明了两个物种对待彼此的本质差异：人类总想着奴役外星物种，但是他们的努力最终失败了，于是人类不得不维持同外星物种的共生关系。在《幸存者》一书中，前往外星的人类被称作“传教士”，他们虽然接受加尔科恩族的帮助，但他们在心里仍把加尔科恩族看成低等物种，并禁绝文化上的往来。鉴于此，艾兰娜与塔克科恩族的融合就形成了鲜明的对比。塔克科恩族人蒂乌特与艾兰娜之间的亲密关系是塔克科恩族接受了作为他者的艾兰娜的证明。蒂乌特和人类不同，他与艾兰娜相处时并没有过多地考虑她与自己的相异之处，相反，正是两人之间的差异使得蒂乌特深深被艾兰娜吸引：“我与她的不同让她退避三舍，而她与我的不同却让我着迷。虽然语言都不足以形容她外貌的不堪入目，但至少她和我一样，都是天然不加修饰的。”（72）艾兰娜和蒂乌特对彼此差异的接受才使得身为人类和科恩族人的两人能够相融相处。两个相异物种可以破除分化和敌视并相互接受，是巴特勒作品思想体系的关键所在，这便是对其他存在形式的接受及认可，无论此种形式是否超越主体的认知域界。

“异种移植”系列小说的叙事架构也是围绕巴特勒力求探究的对待差异的不同方式而展开：人类习惯性地拒绝任何形式的改变，条件反射般将异于自身的其他物种分门别类，而欧安卡利人却将别的物种与自身的差异看成他们整个族类得以存在的根本条件。外星物种懂得差异形成过程中的积极因素，认为差异是能够保证主体身份不会被固化的一种实践。欧安卡利族喜欢并珍视同他者的关联，与此同时对惯有的差异划定属类进行解构，这些做法使得欧安卡利族能够正确地接受差异。莉莉斯曾对她跟欧安卡利人生下的儿子阿金解释人类和外星物种对待差异的迥异立场：

> “人类向来害怕异类，”莉莉斯曾告诉阿金，“而欧安卡利人却渴望差异的存在。人类在千方百计迫害异己的同时，还需要通过他们来界定自己的身份和地位。欧安卡利人寻找并接受差异，通过找寻差异欧安卡利人才能确保这个种族不会因太过单一而灭亡。你现在可能不明白我说的这些，将来你会懂的。以后，你会发现你同时拥有我说的这两种态度，当你感觉纠结时，试着选择欧安卡利人的做法，接受差异。”（《成人礼》，80）

巴特勒在书中对人类和外星物种看待差异截然相反的态度的描写，很好地表现出非白人女性对把差异当作自然的既定存在这一观点的批判。掌控权力的人界定差异，故而这些被建构的差异丝毫不会影响界定人的主导位置，还会强化他们的主导身份：这是一种“永远不会质疑界定人是何种本质性存在的差异或差别”（T. Minh-ha Trinh，88）。郑明河指出，执掌权力的人并不是否认差异的存在，而是操控差异，并将差异置于静止的框架之中。“我们不再期望消除你们与我们的差异，而是要你们牢记并不断强调。至少在一定程度上做到如此。”（90）在界定差异的人看来，差异只不过是身份的对立面，差异终归要被同质化，正如颂扬所谓的“多元文化主义”的文本为差异的存在创建了足够的空间，而这些空间却恰恰规限了差异的发展边界。最好的例子莫过于，只有在“特殊日子”的“特殊场合”，某些纯正的多元文化行为才能得以表现。郑明河指出，认为差异是“既有的”这种观点源自二元对立的西方认知体系（89），该体系认为差异应归属于权力关系架构中：主体之间的差异被看成一种绝对存在的观点就是二元对立思想体系的衍生物，物种起源的纯粹以及真实的自我等概念也是如此。郑明河提出的“差异化政治”，就是通过将差异表呈为同质 / 自我的一个稳固对立体而建构出层级框架。

若将同一性理解为多维、动态的，而不是稳固、自发的，那么差异的概念便可以被重新界定。此种差异将从根本上打破“连贯性的幻觉”和完整性，这都是人们长久以来被灌输的渴望同质化的表现。巴特勒的边界跨越就很好地反映出这种模糊了“我们”同“他们”界限的全新界定的差异。因此，自我 / 他者、同一性 / 差异的两分架构被巴特勒作品中的多样性、层次、灵活性等理念所破除。一旦能够接受差异是自我的一部分，就可以克服惧怕分裂及隔离的心理恐惧，能动性的发挥和政治对抗也就成为可能。此处，最值得探究的就是多样性的自我这一理念是如何从根本上撼动自我/他者的两分架构的，毕竟在语境之外，自我毫无稳定性可言。自我是在特定语境中形成的，反过来则不成立，由此差异对于自我而言，不是威胁而是根基所在。主体性的形成过程本身就充满变数，没有明晰的结点，因而此过程中差异也是关联因素。所以，边界本身是可变的，并不是只能用来框定排斥他者的范围。

# 结语

巴特勒将权力掌控者眼中的“他者”作为叙事主体，背离了传统科幻文学作品万变不离其宗的由男性，尤其是白人男性主体“我们”主导的叙事模式。在巴特勒的笔下，女性从来不是只作为男性主体行为的目标或原因而存在，她们的行为都是直接针对自己周围发生的事情的反应。暴力都是其反抗权威的一种手段，在自我保护或保护他人时都是如此，是美国黑人女性几个世纪反抗史的体现。通过对不同女性主义主体模式的书写，力求证明同一性并不是一个横稳的封闭实体，而是一个不断转化并且永不终止的渐变过程，差异和边界跨越都是主体身份建构的固有组成部分。

在有关差异和权力关系的女性主义话语方面，巴特勒作品的最主要贡献就是用越界作为抵抗殖民和统治压迫的主要方式。传统的基于二元对立的权力关系架构完全无法框限巴特勒作品中的社会交往模式。他者成为自我不可分割的一部分，形成了对明显的差异以及意识形态领域划分的挑战。他者，外星生物成了规范性的主体存在，自我却成了他者。通过破除边界和改变叙事角度，巴特勒向权力定位的合法性提出挑战，其作品也成了后现代主义有关流动的主体性以及不断变化的主体身份的突出代表。

利用多罗和安延舞这两个间性主体对跨性别酷儿身份的探究无疑是具有开拓性的。易形者作为雌雄同体间性人的重要含义在于其并不是集合了“男性化”特质和一些积极优良的“女性化”特质的综合体。与之相反，其所代表的是获取身份的能力和一个连贯稳固的自我意识，这种能力和意识不是由话语建构的社会性别指征决定的，而是源自跨越生物体界限并根据主体外形的变化而作出欲望定位的调整的主体。多罗的非物质化性别身份同其外在的形体表呈并无关联，正因为这一身份是非语境的，因而是稳固不变的。安延舞的身份同物质实在密切关联，是其外在形体的物质组成成分和社会定位共同作用的结果。这一身份可被视为成功规避了传统身份界定架构所力主的，非社会建构即本质主义两个极端。安延舞不断变换的形体造就了其不断调整的外在身份及其核心身份内涵的叠加，这在不抹除身体物质实在性的基础上撼动了传统的性/性别/性欲望之间的稳固关联。然而必须指出的是，这种坚持也使得两者之间的关系仍旧被框定在异性恋的语境之内，小说对繁殖这一隐含主题的描述也明确了这种异性恋关系。

诚然，巴特勒对于安延舞和多罗本初性别身份的坚持略显保守，因为这种坚持同社会性别多样性以及性别酷儿是不相符的，有悖于两者作为社会性别跨越或“无社会性别”主体的定位。然而，必须明确的是，这种本初身份同作为其外在表呈的身体的分立对于辨识跨社会性别人群的身份是至关重要的，因为这一人群的身份同基于其物质化身体的社会性别指征背道而驰。巴特勒旗帜鲜明的社会性别、性欲的性别酷儿观给二元性别体系带来了严峻挑战。

贯穿巴特勒作品的是两条相互对立的主线：殖民历程与抗争，对差异存在的肯定。可以说，巴特勒习惯在一个殖民者与被殖民者冲突对抗的语境下，挖掘差异被认作补益性而非损毁性的身份建构方式。认定差异并不意味着要让非规范的那些主体身份标记去进一步明确差异的存在，而与此同时，上述标记又是由框定主体身份的边界决定的。巴特勒消解边界的做法主要有两种：改变对差异的界定及划分，以及化解差异并接受他者。承认并接受差异，意味着对现存若干社会架构的解构和对所有可能的非我存在的接纳这两者的有机结合，由此，长久以来“我”同“非我”，即“我们”和“他们”的两分架构之间似乎很明晰的界限不复存在。此外，对差异的承认和接受打破了作为西方传统认知体系中两分法划分基础的身份与差异之间的语境对立，是巴特勒作品中最能带给人希望的因素。

巴特勒的作品充斥着身份层级结构和权力关系。她极富创造力地运用差异来表呈压迫和支配的种种表现形式，并在批判种族和性别这些标定主体身份层级和类别的标记的过程中揭露了差异形成的过程及本质。巴特勒的这种做法使其同不假思索便接受“女人”这个性别属类划分的女性主义作品以及那些不加甄别地美化民族和文化遗产的人分道扬镳。巴特勒旗帜鲜明地反对把有色女性的主体性在丝毫不考虑其自身特质的前提下，冠以情绪化、自私等标签的主流观念。同时，巴特勒还批判应对差异和权力的简单划一的方式。巴特勒的作品向来不以单向理论架构为基准来构建书中人物主体之间的关系，而是通过对矛盾和困境的描画来反映女性主义语境中众多尚未得到解决的冲突，目的就是要论证，笼统抽象的理论对于主体所在的具有特殊性的实际情况而言并无多少借鉴意义，面对主体自身的欲望和想法，简单划一的解决办法根本行不通。

# 参考文献


Alaimo, Stacy. "Skin Dreaming: The Bodily Transgressions of Fielding Burke,Octavia Butler, and Linda Hogan." *Ecofeminist Literary Criticism:Theory, Interpretation, Pedagogy*[M]. Edited by Greta Claire Gaad and Patrick D. Murphy. Illinois: University of Illinois Press, 1998, pp.123—138.

Aldiss, Brian W. *Trillion Year Spree*: *The History of Science Fiction*[M]. New York, NY:Avon Books, 1986.

Alford, C.Fred. *The Self in Social Theory*[M]. New Haven: Yale University Press, 1991.

Althusser, Louis. *Positions*. Essentiel, 9. Paris: Iditions sociales, 1976.

Andreolle, Donna Spalding. "Utopias of Old, Solutions for the New Millennium:a Comparative Study of Christian Fundamentalism in M.K. Wren's *A Gift Uponthe Shore* and Octavia Butler's *Parable of the Sower.*" *Utopian Studies*[J]. 2001, Vol.12 Issue 2, p.114.

Anzaldua, Gloria. "La conciencia de la mestizo: Towards a New Consciousness."*Making Face, Making Soul/Haciendo caras*[M]. Ed. Gloria Anzaldua. San Francisco: aunt lute, 1990.

Apter, Andrew. *Black Critics & Kings: The Hermeneutics of Power in Yoruba Society*[M].Chicago & London: University of Chicago Press, 1992.

Asimov, Isaac. *Foundation*[M]. Garden City, NY: Doubleday, 1951.

——. *Nebula Award Stories 8.* New York, 1973, Preface.

Attebery, Brian. *The Fantasy Tradition in American Literature*[M]. Bloomington: Indiana University Press, 1980.

Barr, Marleen S.*Future Females: A Critical Anthology*[M]. Bowling Green, Ohio: Bowling Green State University Popular Press, 1981.

Bidwell, Duane R. "Carl Jung's *Memories, Dreams, Reflections:* A Critique Informedby Postmodernism." *Pastoral Psychology*[J]. Vol. 49, No. 1, 2000, pp.13—20.

Blassingame, John W. *The Slave Community: Plantation Life in the Antebellum South*[M].New York: Oxford University Press, 1972.

Blum, Joanne. *Transcending Gender: The Male/Female Double in Women's Fiction*[M].Ann Arbor, MI: University of Microfilms Inc,

1988.

Beal, Frances. “Black Women and the Science Fiction Genre: Interview with Octavia Butler.”*Black Scholar*[J]. Vol.17(March-April 1986), pp.14—18.

Berry, Mary Frances. *Long Memory: The Black Experience in America*[M]. New York:Oxford University Press, 1982.

Bight, David. “A Psalm of Freedom.”*An Introduction to the Narrative of the Life* of *Frederick Douglass*[M]. Boston: Bedford Books of ST. Martin’s Press, 1993.

Bogle, Donald. *Toms, Coons, Mulattoes, Mammies, and Bucks:An Interpretive History of Blacks in American Films*[M]. New York: Viking Press, 1973.

——.*Blacks in American Films and Television: An Encyclopedia*[M]. New York: Garland Publications, 1988.

Brown,William W. *Clotel, or the Presidents Daughter*[M]. North Stratford: Ayer Company Publishers Inc., 1969.

Braidotti, Rosi. “Cyberfeminism with a Difference.” *Feminisms*[M]. Ed. Sandra Kemp and Judith Squires. Oxford: Oxford University Press, 1997.

Braidotti, Rosi. *Nomadic Subjects: Embodiment and Sexual Difference in Contemporary Feminist Theory*[M]. New York: Columbia University Press, 1994.

Brox, Ali. "Every Age Has the Vampire It Needs: Octavia Butler's Vampiric Vision in *Fledgling*." *Utopian Studies*[J]. Vol.19.3 (2008), pp.391—409.

Butler,Judith.*Gender Trouble: Feminism and the Subversion of Identity*[M]. New York: Routledge, 1990.

——.*Bodies That Matter: On the Discursive Limits of"Sex"*[M]. New York and London: Routledge, 1993.

——. "Foucault and the Paradox of Bodily Inscriptions." *The Journal of Philosophy*[J]. Vol.86 (Nov.1989), pp.601—607.

——. "Imitation and Gender Subordination."*Inside/Out: Lesbian Theories, Gay Theories*[M]. *Ed. Diana Fuss*. New York: Routledge, 2004.

——.*Undoing Gender*[M]. New York: Routledge, 2004.

Butler, Octavia E.*Patternmaster*[M]. New York, NY: Warner Books, 1976.

——.*Mind of My Mind*[M]. Garden City, NY: Doubleday, 1977.

——.*Survivor*[M]. New York: Doubleday &Company, Inc., 1978.

——.*Kindred*[M]. Boston: Beacon Press. 1979.

——.*Wildseed*[M]. New York, NY: Warner Books, 1980.

——.*Clay's Ark*[M]. New York, NY: Warner Books, 1984.

——.*Dawn*[M]. New York, NY: Warner Books, 1987.

——.*Adulthood Rites*[M]. New York, NY: Warner Books, 1988.

——.*Imago*[M]. New York, NY: Warner Books, 1989.

——.*Parable of the Sower*[M]. New York: Four Walls Eight Windows, 1993.

——.*Parable of the Talents*[M]. New York: Seven Stories Press, 1998.

——.*Fledging*[M]. New York: Seven Stories Press, 2005.

——.*Bloodchild and Other Stories*[M]. New York: Four Walls Eight Windows, 2005.

——.*Parable of the Talents*[M]. New York: Seven Stories Press, 1998.

Burroughs Catherine B. and Ehrenreich, David. *Reading the Social Body*[M]. Iowa City:University of lowa Press, 1993.

Cameron, James. *Aliens*. 20th Century Fox, 1986.

Carby, Hazel. *Reconstructing Womanhood: The Emergence of the Afro-American Women Novelist*[M]. New York: Oxford University Press, 1987.

Castillo, Ana. *Massacre of the Dreamers: Essays on Xicanisma*[M]. New York: Plume/Penguin Books, 1994.

Chambers, Samuel A. "Sex and the Problem of the Body: Reconstructing Judith Butler's Theory of Sex/Gender."*Body Society* [J]. Vol.13: 4(2007), pp.47—75.

Christian, Barbara. "Somebody Forgot to Tell Somebody Something." *In Wild Women in the Worldwind*[M].Eds. Joanne Braxton and Andree Nicola McLaughlin, New Jersey: Rutgers University Press, 1990, pp.326—341.

——. "Trajectories of Self-Definition." *Conjuring: Black Women, Fiction,* an *Literary Tradition*[M]. Eds. Marjorie Pryse and Hortence Spillers. Bloomington: Indiana University Press, 1985, pp.233—248.

Cobb, John B. Jr. and Griffin, David R.*Process Theology*: *An Introductory Exposition*[M]. Philadelphia: The Westminster Press, 1976.

Conde, Maryse. *I, Tituba: Black Witch of Salem*[M].North Carolina: University of Virginia Press, 1992.

Cornelius, Janet Duitsman. *When I Can Read My Title Clear: Literacy, Slavery,* and *Religion in the Antebellum South*[M]. South Carolina: University of South Carolina Press, 1991.

Cuniberti, John. *The Birth of a Nation: a formal shot-by-shot analysis together with microfiche*[M]. Woodbridge, Conn: Research Publications, 1979.

Curtis, Claire P. "Rehabilitating Utopia: Feminist Science Fiction and Finding the Ideal." *Contemporary Justice Review*[J]. Vol.8, No.2, June 2005, pp.147—162.

——. "Theorizing Fear: Octavia Butler and the Realist Utopia."*Utopian Studies*[J]. Vol.19.3(2008), pp.411—431.

Davis, Angela Yvonne. *Women, Race, Class*[M]. New York: Random House, 1981.

Davies, Carole.*Black Women, Writing, and Identity: Migrations of the Subject*[M]. London: Routledge, 1994.

Dean, Carolyn. "Productive Hypothesis: Foucault, gender, and the history of sexuality." *History and Theory*[J]. Oct.1994, Vol.33, 271(26).

Dery, Mark. "Black to the Future: Interviews with Samual R. Delany, Greg Tate,and Tricia Rose."*Flame Wars: The Discourse of Cyberculture*[M].Eds. Mark Deny. Durham, NC: Duke University Press, 1994, pp.180—187.

DiTommaso, Lorenzo."History and Historical Effect in Dune."In-*Science-Fiction-Studies*[J]. Greencastle, IN. Nov.1992, Vol.19:3(58), pp.311—325.

Dixon, Thomas. *The Clansman: An Historical Romance of the Ku Klux Klan*[M]. Ridgewood, NJ: Gregg Press, 1967.

Doerksen, Teri Ann. "Octavia E. Butler: Parables of Race and Difference." *Into Darkness Feering: Race and Color in the Fantastic*[M]. Ed. Elisabeth Anne Leonard. Westport, CT: Greenwood Press, 1997.

Donadey, Anne. "African American and Francophone Postcolonial Memory: Octavia Butler's *Kindred* and Assia Djebar's *La Femme sans sépulture*." *Research in African Literatures*[J]. Vol.39, No.3, Fall

2008, pp.65—81.

Douglass, Frederick. *Narrative of the Life of Frederick Douglass: An American Slave*[M].Boston: Bedford Books of St. Martin's Press, 1993.

Du Bois, W.E.B. *The Souls of Black Folk.* A Norton Critical Edition[M]. Eds. Henry Louis Gates and Terri Hume Oliver. New York: W.W. Norton &Company,1999.

——. "The Comet."*Dark Matter: A Century of speculative Fiction From theAfrican Diaspora*[M]. Eds. Sheree R. Thomas. New York: Time Warner, 2000, pp.5—18.

Due, Tananarive. *The Between*[M]. New York: Harper Perennial,1995.

——.*My Soul to Keep*[M]. New York: Harper Prism, 1997.

——.*The Living Blood*[M]. New York: Washington Square Press, 2001.

——.*Blood Colony*[M]. New York: Atria Books, 2008.

Ferguson, Moira. *History of Mary Prince,A West Indian Slave*[M]. Ann Arbor: University of Michigan Press, 1997.

Fincher, David. *Alien 3*.20th Century Fox, 1992.

Fishkin, Shelley Fisher. *Was Huck Black?: Mark Twain and African-American voices*[M].New York: Oxford University Press, 1993.

Foucault, Michel."Nietzsche, Genealogy, History." *Language,*

*Counter-Memory, Practice:Selected Essays and Interviews*[M]. Eds. Donald F.Bouchard.Trans.Donald Bouchard and Sherry Simon. Oxford: Basil Blackwell,1977, pp.139—164.

——.*The History of Sexuality*[M]. 1st American edition. New York: Pantheon Books,1978.

——.*Discipline and Punish: The Birth of the Prison*[M]. New York: Vintage Books, 1995.

Fox-Genovese, Elizabeth. *Within the Plantation Household: Black and White Women of the Old South*[M]. Chapel Hill, NC: University of North Carolina Press, 1988.

Franklin, John Hope. *From Slavery to Freedom: A History of African Americans*[M]. 5th edition. New York: Alfred A. Knopf, Inc., 1980.

Frazier, E. Franklin. *The Negro Church in America*[M]. New York: Schocken Books, 1974.

Fry, Joan."An Interview with Octavia Butler." *Poets and Writers Magazine*[J]. Vol.25: 2 (March/ April 1997), pp.58—69.

Gates, Henry Louis, Jr. *The Signifying Monkey: A Theory of African-American Literary Criticism*[M]. New York: Oxford University Press, 1988, pp.3—124.

Gates, Henry Louis, Jr. *Race, Writing, and Difference*[M]. Chicago: University of Chicago Press, 1986.

Gateward, Frances. “Daywalkin ‘Night Stalkin’ Bloodsuckas: Black Vampires in ContemporaryFilm. ”*Genders*[J]. Vol.40(2004):38, Nov.2007, www.genders.org/g40/g40/gateward.html

Govan, Sandra Y. “*Fledgling* by Octavia Butler.” *Obsidian III: Literature in the African Diaspora*[M]. Vol.6, No.2/Vol.7, No.1, Fall/Winter 2005-Spring/Summer 2006, pp.40—43.

——. “Going to See the Woman: A Visit with Octavia E. Butler.” *Obsidian III:Literature in the African Diaspora*[M}. Vol.6, No.2/Vol.7, No.1,Fall/Winter 2005-Spring/Summer 2006, pp.14—39.

Griffith,D.W., director. *The Birth of a Nation.* Majestic Motion Picture Company,1915.

Grosz, Elizabeth. “Inscriptions and Body-Maps: Representations and the Corporeal.” *Feminine, Masculine, and Representation*[M]. Eds. Terry Threadgold and Anne Cranny-Francis. Sydney, 1999.

——.*Volatile Bodies: Towards a New Corporeal Feminism*[M]. Bloomington, IN: Indiana University Press, 1994.

Haley, Alex. *The Autobiography of Malcolm X*[M]. New York: Ballantine Books, 1964, pp.164—168.

Hampton, Gregory J. “In Memoriam: Octavia E. Butler.”*Callaloo*[J]. Vol.29: 2, Spring 2006.

——. “Migration and Capital of the Body: Octavia Butler’s *Parable of the Sower.*” *College Language Association Journal*[J].

Vol.49.1 (Sept.2005), pp.56—73.

——. "Vampires and Utopia: Reading Racial and Gender Politics in the Fiction of Octavia Butler." *College Language Association Journal*[J]. Vol.52.1(Sept.2008), pp.74—91.

Haraway, Donna. "A Cyborg Manifesto: Science, Technology, and Socialist-Feminism in the Late Twentieth Century." *Simians, Cyborgs, and Women: The Reinvention of Nature*[M]. New York: Routledge, 1991.

——.*Primate Visions: Gender, Race, and Nature in the World of Modern Science*[M]. New York: Routledge, 1989.

——.*Simians, Cyborgs, and Women: The Reinvention of Nature*[M]. London: Free Association, 1991.

Harper, Frances E. *Iola Leroy*[M]. Boston: Beacon Press, 1987.

Harrison,Rosalie."Sci-Fi Visions: An Interview with Octavia Butler."*Equal Opportunity Forum*[J]. (Nov.1980):34.

Heilbrun, Carlon G. *Toward a Recognition of Androgyny*[M]. New York: W.W. Norton, 1964.

Heinlein, Robert A. *Stranger in a Strange Land*[M]. New York: Putnam Press, 1961.

——. "Sience Fiction: Its Nature, Faults and virtues."*The Science Fiction Novel:Imagination and Social Criticism*[M]. Eds. B. Davenport. Chicago, 1969, pp. 21—30.

Helford, Elyce. “Would you really die than bear my young?: the construction of gender, race, and species in Octavia E. Butler’s Bloodchild.” *African-American Review*[J]. Summer 1994, Vol.28,259 (13).

Henderson, Mae Gwendolyn. “Speaking in Tongues: Dialogics, Dialectics, and the Black Woman Writer’s Literary Tradition.” *Feminist Theorize the Political*[M]. Eds Judith Butler and Joan W. Scott. New York: Routledge, 1992.

Herbert, Frank. *Dune*[M]. Philadelphia: Chilton Books, 1965.

Hodge, Joanna. “A Small History of the Body.” *Angelaki: Journal of the Theoretical Humanities*[J]. Vol.3 (Mar.1993), pp.31—43.

Holloway, Karla F.C. *Mooring and Metaphors: Figures of Culture and Gender in Black Women’s Literature*[M]. New Brunwick: Rutgers University Press,1992.

*Holy Bible*. King James Version, TN. Nashville: Holman Bible Publishers, 1989.

Hopkinson, Nalo. *Brown Girl in the Ring*[M]. New York: Warner Books, 1998.

——. *The Salt Roads*[M]. New York: Warner Books, 2003.

——. *The New Moon’*s Arms[M]. New York: Warner Books, 2007.

Hopkins, Pauline E. *Contending Forces*[M]. New York: Oxford University Press, 1988.

Hooks, Bell. *Talking Back: Thinking Feminist-Thinking Black*[M]. Boston, MA: South End Press, 1989.

——. "Representing Whiteness in the Black Imagination." *Cultural Studies*[M]. Eds. Lawrence Grossberg, Cary Nelson, and Paula Treichler. New York: Routledge, 1992, pp.338—346.

——.*Feminist Theory From Margin to Center*[J]. Boston, MA: South End Press, 1984.

Hufford, Don. "The Religious Thought of W.E.B.Du Bois." *Journal of Religious Thought*[J]. 1997, Vol.53/54 Issue 1/2, p.73.

Hutnyk, John. "Hybridity," *Ethnic and Racial Studies*[J]. Vol. 28, No.1, Jan.2005, pp. 79—291.

Jacobs, Harriet A. *Incidents in the Life of a Slave Girl*[M]. Cambridge, Mass: Harvard University Press, 1987.

Jameson, Fredric. *The Political Unconscious*[M]. Ithaca, New York: Comell University Press, 1981.

——.*Archaeologies of the Future: The Desire Called Utopia and Other Science Fictions*[M]. London&New York: Verso, 2005.

——.*Postmodernism: Or the Cultural Logic of Late Capitalism*[M]. Durham: Duke University Press, 1991.

Johnson, Charles. *Being and Race: Black Writing Since 1970*[M]. London: Serpent's Tail, 1998.

Johnson, Judith. "Women and Vampires: Nightmare or Utopia?"

*Kenyon Review*[J]. Winter 1993, Vol. 15 Issue 1, pp.72—80.

Jones, Gayl.*Corregidora*[M]. Boston: Beacon Press, 1975.

Ketterer, David. "The Left Hand of Darkness: Ursula K, Le-Guin's Archetypal'Winter-Journey'." *Riverside Quarterly*[J]. Gainsville, FL: 1973, No.5, pp.288—297.

Krimmer, Elisabeth. "Mamas Baby, Papa's Maybe: Paternity and Bildung in Goethe's Wilhelm Meisters Lehrjahre." *The German Quarterly*[J]. Vol.77.3 (Summer 2004), pp.257—277.

Kristeva, Julia. *Powers of Horror: An Essay on Abjection*[M]. New York: Columbia University Press, 1982.

Lacan, Jacques. *Feminine Sexuality: Jacques Lacan and the école freudienne*[M]. New York: Patheon Books, 1985.

——.*Feminine sexuality*[M]. New York: W. W. Norton & Company, 1982.

Lawrence, Matt. *Like a Splinter in Your Mind: The Philosophy Behind the Matrix Trilogy*[M]. Malden, MA: Blackwell Publishing, 2004.

Lefanu, Sarah. *In the Chinks of the World Machine: Feminism Science Fiction*[M]. London: The Women's Press, 1988.

LeGuin, Ursula K. *The Left Hand of Darkness*[M]. New York: Walker Press, 1969.

Levine, Lawrence W. *Black Culture and Black Consciousness:*

*Afro-American Folk Thought from Slavery to Freedom*[M]. New York: Oxford University Press, 1977.

Lorde, Audre. “Age, Race, Class, and Sex: Women Redefining Difference.” *Sister Outsider*[M]. Freedom: The Crossing Press, 1984.

Luckhurst, Roger. *Science Fiction: Cultural History of Literature*[M]. Cambridge: Polity Press, 2005.

Lugones, Maria.*Women's Nature: Rationalization of Inequality*[M]. New York: Pergamon Press, 2001.

McCaffery, Larry. “Interview with Octavia Butler.” *Across the Wounded Galaxies*[M]. Eds. Urbana and Chicago: University of Illinois Press, 1990.

McCoy, Beth A. “Walking the 5: Octavia Butler's *Parable of the Sower*.”*The Sonia Sanchez Literay Review*[J]. Vol.9, No.1, Fall 2003, Special Issue “ Black Travel Writing”, guest editor R. Victoria Arana, pp.223—236.

McDowell, Deborah. *The Changing Same: Black Women's Literature, Criticism, and Theory*[M]. Bloomington, IN: Indiana University Press, 1995.

——. “The Changing Same: Generational Connections and Black Women Novelists.” *Reading Black, Reading Feminist*[M]. New York: Penguin Books, 1990, pp. 91—115.

McKay, Nellie Y. and Gates, Henry Louis Jr. T*he Norton Antholo-*

*gy of African American Literature*[M]. New York: W. W. Norton, 2003.

McLaurin, Melton A. *Celia, A Slave: A True Story*[M]. New York: Avaon Books, 1993.

McKnight, Utz. "The African in America: Race and the Politics of Diaspora."*African Identities*[J]. Vol.6, No.1 (Feb.2008), pp.63—81.

Mehaffy, Marilyn and Keating AnaLouise. "'Radio Imagination': Octavia Butler on the Poetics of Narrative Embodiment." *Melus*[C]. Vol.26, No.1 (Spring 2001), pp. 45—76.

Meier, August. *Negro Thought in America 1880—1915*[M]. Michigan: University of Michigan Press, 1966.

Melzer, Patricia. *Alien Constructions: Science Fiction and Feminist Thought*[M]. Austin:University of Texas Press, 2006.

Mitchell, Angelyn. "Not Enough of the Past: Octavia E. Butler's *Kindred*." *The Freedom to Remember: Narrative, Slavery, and Gender in Contemporary Black Women's Fiction*[M]. By Mitchell. New Brunswick, NJ: Rutgers University Press, 2002, pp.42—63.

Mixon, Veronica. "Futurist Woman." *Essence*[J]. Vol.9:12, Apr.1979, pp.12—15.

Morrison, Toni. *Beloved*[M]. New York: Signet Book, 1991.

——.*Playing in the Dark*[M]. Cambridge, MA: Harvard University Press, 1992, pp.v-viii.

Morth, Ingo. "Elements of Religious Meaning in Science Fiction

Literature. "*Social Compass*[J]. 1987, Vol.34 Issue 1, pp.87—122.

Nicholson, Marjorie. *Voyage to the Moon*[M]. New York: Macmillan, 1948.

Phillips, Jerry. "The Intuition of the Future: Utopia and Catastrophe in Octavia Butler's *Parable of the Sower*." *Novel*[J]. Spring/Summer 2002, pp.299—311.

Plant, Sadie. "The Future Looms: Weaving Women and Cybernetics." *Cybersapce/Cyberbodies/Cyberpunk*[M]. Eds. Mike Featherstone and Roger Burrows. Wiltshire: The Cromwell Press, 1995.

Probyn, Elspeth. *Sexing the Self: Gendered Positions in Cultural Studies*[M]. London: Routledge, 1993.

Proser, Jay. *Second Skins: The Body Narratives of Transsexuality*[M]. New York: Columbia University Press, 1998.

Putzi, Jennifer. "Raising the Stigma: Black Womanhood and the Marked Body in Pauline Hopkin's *Contending Forces*."*College Literature*[J]. Vol.31.2 (Spring 2004), pp.1—21.

Raffel, Burton. "Genre to the Rear, Race and Gender to the Fore: the Novels of Octavia E. Butler." T*he Literary Review*[J]. Spring 1995, Vol.38, p.454 (8).

Rieder, John. *Colonialism and the Emergence of Science Fiction*[M]. Connecticut. Wesleyan University Press, 2008.

Riggs, Don. "Future and 'Progress' in *Foundation and*

*Dune*."*Spectrum of the Fantasti*[M]. Westport, CT: Greenwood, 1988, pp.113—117.

Roberts, Adam. *The History of Science Fiction*[M]. New York: Palgrave Macmillan Press, 2005.

Rodney, Walter. *How Europe Underdeveloped Africa*[M]. London: Bogle-L'Ouverture Publications, 1972.

Rubenstein, Roberta. *Boundaries of the Self: Gender, Culture, Fiction*[M]. Chicago: University of Illinois, 1982.

Rubin, Gayle. "Thinking Sex: Notes for a Radical Theory of the Politics of Sexuality." *The Lesbian and Gay Studies Reader*[M]. Eds. Henry Abelove, Michele Aina Barale and David M. Halperin. New York: Routledge, 1993.

Rushdy, Ashraf H.A. "Families of Orphans: Relation and Disrelation in Octavia Butler's *Kindred*." *College English*[J]. Feb.1993, Vol.55, No.2, p. 135(23).

Salvaggio, Ruth. "Octavia Butlter." *Suzy McKee Charnas/Octavia Butler/Joan D. Vinge*[M]. Eds. Marleen S. Barr, Ruth Salvaggio, and Richard Law. Mercer Island, WA: Starmont, 1986.

Scott, Ridley. *Alien*. 20th Century Fox, 1979.

Scholes, Robert and Eric S. Rabkin. *Science Fiction: History, Science, Vision*[M]. New York:Oxford University Press, 1977.

Sewdgwick, Eve Kosofsky. *Epistemology of the Closet*[M].

Berkeley: University of California Press, 1990.

Shinn, Thelma J. "The Wise Witches: Black Women Mentors in the Fiction of Octavia E. Butler."*Conjuring: Black Women, Fiction, and Literary Tradition*[M]. Eds. Marjorie Pryse and Hortence Spillers. Bloomington: Indiana University Press, 1985, pp.203—215.

Silko, Leslie Marmon. *Yellow Woman and a Beauty of the Spirit*[M]. New York: Touch-stone, 1996.

Soyinka, Wole. "The Fourth Stage: Through the Mysteries of Ogun to the Origin of Yoruba Tragedy." *Art, Dialogue Outrage: Essays on Literature and Culture*[M]. New York: Pantheon Books, 1988.

Spaulding, A. Timothy. *Re-Forming the Past: History, The Fantastic, and the Postmodern Slave Narrative*[M]. Ohio, Columbus: Ohio State University Press, 2005.

Spillers, Hortence. "Mama's Baby, Papa's Maybe."*Within the Circle*[M]. Eds. Angelyn Mitchell. Durham, NC: Duke University Press, 1994, pp.454—481.

Stam, Robert. "Multiculturalism and the Neoconservatives." *Dangerous Liaisons: Gender, Nation, and Postcolonial Perspectives*[M]. Eds. Anne McClintock et al. Minneapolis: University of Minnesota Press, 1997.

Stark, Rodney. "Physiology and Faith Addressing the Universal Gender Difference in Religious Commitment." *Journal of the Scien-*

*tific Study of Religion*[J]. Sept.2002,Vol.41 Issue3, pp.495—507.

Steinberg Marc. "Inventing History in Octavia Butler's *Postmodern Slave Narrative*." *African American Review*[J]. Vol.38, No.3, 2004, pp.467—476.

Stevenson, Randall. *Modernist Fiction an Introduction*[M]. New York: Harvester Wheatsheaf, 1992.

Stillman, Peter G. "Dystopian Critues Utopian Possibilities, and Human Purposes in Octavia Butler's *Parables*." *Utopian Studies*[J]. Vol.14, 2003, pp.15—35.

Sundquist, Eric. *To Wake the Nations: Race in the Making of American Literature*[M]. Cambridge, Mass: Belknap Press of Havard University Press, 1993.

Synnott, Anthony. *The Body Social: Symbolism, Self and Society*[M]. London and New York: Routledge, 1993.

T. Minh-ha Trinh. *Woman, Native, Other: Writing Postcoloniality and Feminism*[M]. Bloomington: Indiana University Press, 1989.

Thomas, Sheree R. *Dark Matter: Century of Speculative Fiction from The African Diaspora*[M]. New York: Time Warner Company, 2000.

Thompson, Robert Farris. *Flash of the Spirit: African and Afro-American Art and Philosophy*[M]. Log Angles: Random House USA Inc, 1984.

Thomson, Oliver. *A History of Sin*[M]. Edinburgh: Canongate,1993.

*The Interpreter's Dictionary of the Bible*. New York: Abington Press, 1962.

Toth, John. "Power and Paradox in an African American Congregation." *Review of Religious Research*[J]. Vol. 40, No. 3 (Mar.1999).

Torjesen, Karen Jo. "Genders, Book Review, Bodies, Religion: Adjunct Proceedings of the XVIIth Congress for the History of Religions."*Journal of the American Academy of Religion*[J]. Dec. 2001,Vol.69, No.4, pp.945—948.

Turner Bryan S. "The Body in Western Society Social Theory and its Perspective." *Religion and the Body*[M]. Eds Sarah Coakley. Cambridge University Press, 2000, pp.15—41.

Vint, Sherryl. *Bodies of Tomorrow: Technology, Subjectivity, Science Fiction*[M]. Toronto: University of Toronto Press, 2007.

——."Only by Experience: Embodiment and the Limitations of Realism in Neo-Slave Narratives." *Science Fiction Studies*[J]. Vol.34, No.2 (Jan.2007), pp. 241—261.

——."Becoming Other: Animals, Kinship, and Butler's *Clay's ark*." *Science Fiction Studies*[J]. Vol.32, No.2 (July 2005), pp. 281—300.

Walker, Alice. *In Search of Our Mothers' Gardens*[M]. New

York: Harcourt Brace Jovanovich, Publishers, 1983.

Walker, Barbara G. *The Woman's Encyclopedia of Myths and Secrets*[M]. New York: HarperCollins, 1983.

West, Cornel. *Race Matters*[M]. New York: Vintage Books, 1994.

White, Eric. "The Erotics of Becoming: *Xenogenesis* and *The Thing*." *Science Fiction Studies*[J]. Vol.20, No.3 (Oct.1993), pp.394—408.

Wolmark, Jenny. *Aliens and Others: Science Fiction, Feminism and Postmodernism*[M]. Iowa City: University of Iowa Press, 1994.

Zaki, Hoda M. "Future Tense."*The Women's Review of Books*[J]. Vol. xi, No.10-11 (July 1994) , pp.37—38.

——."Utopia, dystopia, and ideology in the science fiction of Octavia Butler." *Science Fiction Studies*[J]. Vol.17, No.2(July 1990), p.239 (13).

Zimmer, Marion. "Interview with Octavia Butler." *Marion Zimmer Bradley's Fantasy Magazine*[J]. July 2005. www.adherents.com/people/pb/Octavia_Bulter.html

Zindell, David. "Octavia Butler: Persistence." *Locus Magazine*[J]. June 2000. www. locusmag.com/2000/issues/06/Butler.html